故乡的月亮

岑元胜 著

花城出版社
中国·广州

图书在版编目（CIP）数据

故乡的月亮 / 岑元胜著. -- 广州 ：花城出版社，2025. 1. -- ISBN 978-7-5749-0041-7

Ⅰ. I267

中国国家版本馆CIP数据核字第2025SP4818号

出 版 人：张　懿
责任编辑：李　谓　曹玛丽
责任校对：李道学
技术编辑：林佳莹
装帧设计：彭　力

书　　名	故乡的月亮
	GUXIANG DE YUELIANG
出版发行	花城出版社
	（广州市环市东路水荫路11号）
经　　销	全国新华书店
印　　刷	佛山市浩文彩色印刷有限公司
	（广东省佛山市南海区狮山科技工业园A区）
开　　本	880毫米×1230毫米　32开
印　　张	10.625　1插页
字　　数	250,000字
版　　次	2025年1月第1版　2025年1月第1次印刷
定　　价	68.00元

如发现印装质量问题，请直接与印刷厂联系调换。
购书热线：020-37604658　37602954
花城出版社网站：http://www.fcph.com.cn

谨以此书献给故乡的前辈及同时代的乡亲

自序

不老的欲念

写完《故乡的月亮》《难忘清水塘》《追风少年》最后一组文章，心里释然。是的，能够一篇一篇写出来，是自信给予的力量，是时光陪伴的结果，应该感谢时光，感谢自己。

写作"欲念"萌发于中学阶段，除了学习课文，还阅读了一些从老师那儿借来的文学书籍，凭着兴趣写了一些习作。进入师范学院中文系读书时，正遇"伤痕文学"兴起，看到一批青年作家"脱颖而出"，开始心心念念，梦想成为一个作家，每天晚上少不了伏在床上看书至熄灯，把加菜的钱用来买书刊，也在地方报刊和校刊发表一些短文。毕业后，因工作和生活，从事了另一种文字职业，无暇把欲念延续下去。

许多年过去，以为欲念被社会洪流、被工作和生活的繁杂淹没而枯萎，然而没有，它在休眠，像藏在地下的根芽，几十年后向我呼唤，还跳出来，在我面前铺展开，鲜花盛放。

我坐在案前，冥思苦想，浮现的无数杂事把脑里搅乱，过后，发现思绪飘回到家乡。对了，家乡是个好听的、熟悉的、热爱的地方。它自然、广阔，像个大容器，把许多人和事都收纳其中。我出生后,母亲抱着到屋侧晒场"望光光",第一次睁开眼看见的是马腰山,懂事后钻进山林里摘野果,跳到池塘里浮水,然后是跟着父母去地里劳动,爬到山顶看白云,看远处的漠阳江……离开家乡至今,觉得自己还是一个乡下人,难以习惯城里的一切,不时想念家乡。

这注定我要写家乡,由一棵树、一位老人出发。

在同龄人收起工作心态,开始走向公园、茶馆、娱乐场时,我却选择把自己关在屋里拾文字。这会是一种折磨,而我似乎喜欢这种折磨,其中有乐趣,有工作感,有受按摩的快意。文思没有别人敏捷,进度并不快,时间也不够集中,但却认真,认真到一个段落,一句话,一个词语。有时,一些小灵感在躺下床时跳出来,立即起身迎接,写出一段文字。有些文章写了几个开头,才用一个,或写了一半,第二天否决了,归入垃圾篓。到最难时,也曾自问过,这样写下去行吗?你是痴了,尽管苦苦地把以往生活中纷杂事件化作了有温度、有呼吸的文字,当今又有多少人去读你的文章呢?还好,出现的这些焦虑,并没有怎么妨碍写作,过后又心心念念,初衷不改,还觉得这样写出的文章才有意义。

写写歇歇,不少时间从桌面流过,终于把这些陈旧的文字集合在一起,絮絮叨叨说故言今,算是我与那个时期自然、社会和人生途中经历过的事情重新邂逅。

文章的形式大概为散文,散文应该是个什么样子呢?或许如行家们所说:散文是真的大门,打开它,满是灿烂的阳光;是善的小窗,推开它,一派明媚的月光;又是美的花园,走进去,尽是鸟鸣与花香;还是春潮猛涨的江水,给人间带来生机、活力、希望。

精辟的论述，包含散文的思想性和艺术性。当今一些文章，针对社会上出现的问题和弊病进行直言式或幽默式的批评。我不善于运用这种方式，更不会板起面孔去对待别人。每篇文章动笔之前，或大或小，或深或浅，确定一个观点或见解，试图在叙述一件事情、一个人、一个物体时，把角度调整到能够表达某种思想那一面，如《牛的命运》《青蛙与人》《想念一棵树》，都反映和批评一个时期社会上出现的不良风气。《他的名字叫幸福》，有点儿幽默味道，叙述的是村里人生活困难时，一位老人和被他吸引过来的一群村孩日常生活之琐事、趣事，去表达一种人生于重压下的乐观、能动心态，让人们看到一片开豁，一片清新，一片光明。

把散文"当诗一样写，写出具有诗的意境"，是古今文学家的追求。柳宗元的《永州八记》、范仲淹的《岳阳楼记》、欧阳修的《醉翁亭记》、朱自清的《荷塘月色》、杨朔的《荔枝蜜》都如是。这方面，我一直向往着，学习着，在剪裁布局、语言提炼方面做了努力，希望文中具有应有的"形"与"神"。如《青蛙与人》写了这样一段："每当入夜，蛙们纷纷跳到大田里，找一块泥坨伏着，忘情地呼朋引伴，呱呱呱，声音立体，响彻如绸的夜空，踩不烂，割不断，在人们的睡梦中铺展开，旷野无垠，鲜花盛放；呱呱呱，似乎用这种方式为大地万物竞长鼓与呼，为村庄子嗣延续加油；呱呱呱，绵绵不断地传递出这片土地上被农历浸润的烟火和风水。"其他篇中也有一些这类语言，愿望是除了表达文中的思想，还让读者像行走于一片树林中，忽然看见几株鲜艳而婀娜的小花，一阵小惊喜过后继续前行。

时光匆匆，如水如烟，对写作追求的时间，不可能比过去搁下的时间多了，我还期望有所长进。在延续欲念的日子里，艰辛、吃苦也是生命给我的快乐。

  本书的出版，得到了韦计有先生、邱奕淋先生的大力支持，在此诚表谢意！

目录

第一辑　古风古韵的炮会

春湾，永远的荣耀 / 3

探寻李惟扬 / 9

古风古韵的炮会 / 17

浴火铁屎迳 / 26

在阳春 / 33

第二辑　想念一棵树

他的名字叫幸福 / 43

父亲盖房子 / 52

难忘清水塘 / 61

故乡的月亮 / 69

想念一棵树 / 75

春到乡村 / 84

儿时看电影 / 90

粽香 / 98

期待春节 / 104

乡村之秋 / 111

跟着母亲去劳动 / 117

追风少年 / 126

相信母乳的力量 / 133

第三辑　静处仙湖

漠阳江之源 / 143

鸡笼顶散记 / 150

四崆峒山记 / 158

静处仙湖 / 163

拥抱鸣沙山 / 169

马兰色彩 / 175

最是东湖看不够 / 180

第四辑　麻雀叽喳

鹦鹉的空间 / 187

牛的命运 / 192

家燕 / 200

红家蚁 / 206

村蝉记趣 / 211

青蛙与人 / 217

麻雀叽喳 / 222

第五辑　浸在酒杯里的往事

漠阳江畔拾梦记 / 231

堤围的光芒 / 238

浸在酒杯里的往事 / 244

英雄姊妹树 / 249

小草谣 / 255

根 / 260

向往登山 / 265

第六辑　白云生处

扶贫纪事 / 275

为了谁 / 284

人与江 / 290

白云生处 / 312

大塘村的鸭 / 319

吃狗肉无妨 / 324

第一辑　古风古韵的炮会

李帅一声令下，三门火炮齐发，桅杆高指的战船像无数颗划过海面的流星，朝大海深处疾驰；数千双炯炯眼眸凝在海面上，将一排排浪涛烧得滚沸如汤；铿锵的刀戈撞击声、如雷的号筒声，带着将士的饱满激情从战船冲出，排空破浪，托起海上一片片云霞，直逼辽阔海空。

——《探寻李惟扬》

春湾，永远的荣耀

岭南之南，从盛唐时代开始，有这样一条古道：自广州至肇庆，曲折，起伏，慢悠悠向西延伸到新兴，过春湾，往阳春西南通达高州，长数百公里。古道狭小，山丘对峙，遍地荆榛，远没有西京与秦汉古道的繁荣与险峻，而它却是沟通粤中与粤西最早而重要的古道之一，每天都有官人、商贾和军人行走其中。最显赫的数当年冼夫人队伍，从故里电白起拔，顺古道浩浩荡荡开到阳春合水高流河地域，在那儿驻扎训练，之后拔营走这条古道东征广州平叛。

走过此古道的人，无不惊叹大自然的崇高与卓越——在古道穿越新兴的数十公里西南大地上，造化一片奇特的喀斯特地貌，此乃被后人称作"广东小桂林"的春湾。它纵横二十多公里，西望蜿蜒的云雾山，东探高峻的天露山，域内群峰拢聚，洞府幽微，江流如练，湖泽棋布，村舍俨然。身入其境，不禁慨叹："此境只应天上有，人间难得几回见。"

古人对游地的审美主体不是亮丽，而是自然、险幽、奇异，对山水岩洞尤感兴趣。从这条纤延古道形成开始，春湾就有了外域文人名宦探寻的足迹。那时岭南还没有哪处山水像东岳泰山、杭州西湖那般有过封禅和游幸的神灵赫奕。然而，无论怎么说，春湾是大自然造就在粤西大地上的一块翡翠，尽管山重水复，也挡不住迁客骚人的心旅和脚步。

隋朝大业年间（605—618），隋炀帝杨广重视拓展弱域，繁荣边陲贸易。那时，春湾的百页剑门、通天蜡烛、慈云岩诸景，已令人流连忘返。于通真岩（原名铜石岩）前建成的德慧禅寺，更是香火旺盛，佛喃无终，成为当地人和路过春湾的文人仕宦仰拜之地。

时至北宋，广南东路转运判官、哲学家、理学派开山鼻祖周敦颐，沿着古道先辙，于熙宁二年（1069）正月巡游至春湾。甫入境，他就被一种新鲜的气息所慰藉，眼前众峰叠秀，树木葱茏，岚烟翠影，尤显天地灵气。游兴勃发的周判官，最终寻胜探幽至通真岩。大自然把岩洞口开在一座向东探兀山体的腰间，前面树木蓊郁，如翠似染，德慧寺近壁而立，阳光把洞门抹上一层金黄。周判官心怀虔诚之意，从岩脚一路拾磴而上，以宋学大家兼路使的心智鉴赏岩寺，游讫欣然题"转运判官周敦颐茂权，熙宁二年正月一日游"。留题刻于岩壁上，面朝南偏西，至今清晰可辨。可惜，周敦颐第一次登上通真岩时，年事已高，后上庐山隐居，忙于著书立说，三年后辞世。假若他有机会再谒此地，或许会留下另一种感叹文字。

同是北宋人的太子中书舍人许彦先，是位与时俱进，眼光独到的文学家，与王安石、苏轼一样，为北宋文学革新做出了卓越贡献，因遭奸臣构陷，被外放为广南路茶盐转运副使。那些年，他几经春湾，两谒通真岩，于熙宁十年（1077）题诗："壁倚乾宁碣，龛笼大业僧；七年驰使路，两蹑石梯层。"

仁者见仁，智者见智。天造地设的岩洞是恒久不变的。当时，许彦先可以诗说洞观，但他不说，只在不变的岩洞壁上刻了"大业僧"和"乾宁碣"两大人工附丽的物象，可见，当时许彦先向佛之心大于观岩之意。沧桑变迁，抵不住风雨削蚀的"德慧寺""大业僧"和"乾宁碣"消失了，后人未能考证"乾宁碣"上刻着什么文字，也不知晓"大业僧"的容貌如何。而许彦先成了一个佐证，他行事不过是禀其心志，并不虑及身后之名。然而，他的所言所为，让后人从中得知通真岩一千多年前的一段历史。许彦先的睿智，令人敬佩。

先于前述诸位名臣，相传唐代景龙年间（707—710），刘三姐与其祖父自广西传歌至春湾，以通真岩为歌台，每天歌如泉涌，最终在此得道升仙。至今，洞里仍留有供奉这位歌仙的龛笼，常年摆设着鲜花与山桃。春湾没有留下刘三姐庙，粗陋而不变的洞府或许是她的庙，连接天上飞梦和地上传说之所。看到洞里那尊蒙上了深重颜色的小神像，让人想起她用天仙般的歌喉，把恶财主的歌匠唱得大败，掉落河里的情景。

庙堂之高，江湖之远。南越边陲的小春湾与京城汴梁相隔千山万水，在宋代的文明版图上也许找不到。那时电信科技还沉睡在大洋底下，只有神灵和天使才能凌空自由飞行。臣子们游罢春湾，还梦萦不散，靠马背把春湾的景物和故事送到皇上那儿，这确是一件不容易的事。

宋代第三位皇帝赵恒，是位尚儒崇道，敬畏天地的君主。他也许多次从臣子那儿得知造物主赋予春湾一种天启般的辉映，早已心驰神往。这次，他又从臣子的奏事中得知刘三姐在春湾的传说，心中一悦，赐予"通真"二字，"真"取意"本性""本源"。刘三姐已臻于仙界，这十分切合当时宋朝的理学本性。尔后,"铜石岩"易名"通真岩",赵恒也被聪明的后人封了一个"真宗"的庙号。

幸得御赐的通真岩声名远播。此后几代,游客纷至沓来。清代傅从绳与陈善清游通真岩时,于岩壁题"歌台暖响"和"缥缈仙山"。崆峒巨观,卓拔挺秀的慈云岩,与通真岩两山之隔,不减通真岩的灵奥,亦为游客寻胜探幽之地,存有清代、民国摩崖石刻二十余题。据史载,历代儒士名臣对一方异土留题文诗惜墨如金,崖刻或碑刻更不易。赵恒的御赐,周敦颐、许彦先诸名臣骚客光顾留题,如春风绿枝,为春湾这块地注入了新的生机,使之文蔚日盛,绽放出大师的精神光芒。

一方水土融入一种异端文化,就像丰乳睿智的母亲,养育着这方人。古道的开拓,先师携播的"中正仁义"为人准则与"出淤泥而不染"的高尚品质,对春湾人的影响深远。

假若往历史河流上溯更远,唐代封开县莫宣卿堪称春湾文明代表,春湾人的楷模。这位广东历史上第一位状元,晚唐受拜春州因战乱分出北部设立的勤州知县。当年,全境遭遇大战,遍地烧得黑枯干焦,满眼尸骨。战乱未平定,又瘟疫暴发。在民不聊生时,许多宗族人家纷纷外逃,或者隐遁山中。从某种意义上说,莫宣卿的家庭是随他的官位移居春湾的,凭他当时的身份,完全可以回迁老家封开,或迁到另一个地方,躲得比任何一家安稳。但是,他没有这样做,他根须已经在这块土地盘扎下来,知道自己此刻还有更深一层价值和更重责任,决意不离不弃,留下自己和妻子儿孙。

抗击猛如虎的瘟疫,无异于身陷一场真刀真枪的战斗,加之社会败风日盛,猖獗横行,这需要何等的气魄,需要何等的人格,需要何等的爱家之情?今天,我们穿过苍茫的历史烟尘,看见莫公的身影是那样从容、刚毅、自信。战胜瘟疫之后几年，他带头捐出私银，用于重建家园，周济贫苦人家。还身先士卒，带领儿孙垦荒种地，修整河渠，使荒凉之地几年内变成了鱼米之乡。往昔外逃的人家看见这块曾经背弃的土地重新萌发勃勃生机，飞扬着耀眼的阳光，便陆续回迁原地。经历过大起大落多灾多难的莫氏，也从那时开始成为春北盛族。莫公的精神感动、哺育一代代春湾人，他也无疑被春湾的历史接受、载录，被后人尊崇。元末明初经朝廷甄准建筑的莫氏宗祠"红门"，更弘扬了莫氏家族文化和卫国爱家、匡扶正气的传统。作为莫氏家族一颗星辰的莫公，配得起宗祠丰厚的香火馈饷。

一方人得到一种正能量的历史文化教养，是莫大的福祉，能够保持初心不变，长久守护历史文化，又是一种令人欣喜的德行。历史一代一代穿越，一代一代春湾人以"厚德载物"的胸襟，不断容纳、弘扬和守护传承文化精粹。正因如此，春湾人变得坚韧、自信、大度。

二十世纪六十年代的"文化大革命"中，破坏成为一种"时髦"，周边大批宗祠、寺庙、门楼等文物，被破坏、捣毁。关键时刻，春湾人把心与身边的历史瑰宝紧紧连在一起，挺身挡在山脚下，制止了不法之徒乱砍乱砸文物的行为。此后很长一段时间，一双双明眸如一把把闪亮的利剑，日夜盯守住山上的每一座寺庙，每一帧石刻，每一块钟石，每一个牌坊，有人甚至洒热血，域内大批不可复制的文物古迹才得以完整保存下来。这是春湾人的功绩与自豪，也是历史的气数。

二十世纪九十年代，香港亚视等影视公司看中了春湾天工地造的景观，蕴厚的历史文化和行善若水、温如春风的人品，接连进来，以石林、通天蜡烛、通真岩、慈云岩、莫氏宗祠诸景物为场地，拍摄了二十多部影视剧，留下了刘晓庆、甄子丹、元彪、徐少强、潘志文等一批巨星身影。春湾从此多了一个"粤西影视基地"的美称。

春湾古风犹在，新氛蔚然。漫步镇中，一条旧街赫然入眼。这条四百多米长的老街，融入了民国初期春湾人的财富和心智，楼屋建筑大多两层，一座连一座，正面一律为中西结合特色的"骑楼"。百年沧桑中，它经历了太多往事，直到今天，还固执地保存着昔日容颜，为粤西保留最完好的旧镇街之一。人们透过那深长而斑斓的巷影，看到了往昔春湾人市井生活中一段苍凉的故事和喜盈盈的笑脸。

改革开放后，世界进程惊心动魄。春湾人回接千古，与时俱进，于漠阳江东畔拓建了一条四十米宽、二千多米长的色彩鲜亮的通衢大道，与当年纤绵古道一样，东接省道达肇庆，西接省道至茂名。

因了独特的自然景观和蕴厚的历史文化，春湾景区于二十世纪九十年代获得国家地质公园称号，通真岩、慈云岩被定为省级文物保护单位。

春湾是属于春湾人的，又是你和我的。春湾庞大而结实的历史活剧已凝成了一块透明的琥珀，一种有机的荣耀。日月经天，江河行地。流淌的光辉，像延续的生命那样壮丽和卓越，绝不会被一个时期河流浊水污染或被汪洋的时间碾压而失色、泯灭。

探寻李惟扬

我小时生活的村庄，与李惟扬故居隆岗相距四十多公里，没有一户人家姓李，但人们很早就知道，清朝那里出了一位传奇式武坛巨擘。

对族外人来说，李惟扬的故事只知一二，在民间流传的"广东乡试武科第一""殿试武科三甲榜眼""关刀海上漂飞"等故事，是他一生许多闪光点中的几例。

今年秋日的一天，我们怀着对李惟扬无比崇敬的心情，来到他三百年前的故居——阳春市岗美镇隆岗村。村前路口一个高大牌坊刻着"崧台李惟扬故居隆岗村"，第十代孙辈李展和一位村里人在此等候我们。沿着一条干净的水泥路往村里走，道旁学校围墙上贴着大版绘画"村规民约"和"李氏家风家训"。村子坐北向南，四周被翠竹和高大的杂树围拢着，俨然一个大家庭院。宅舍多是外饰瓷砖的新楼房，门户相依，望衡对宇。耀眼的村楼夹着几间青砖灰瓦老屋和一些横卧在屋侧的旧石条，巷子狭长而幽静。

我们要造访的崧台李公祠坐落在村子稍前，

正南朝向，三间两进，一开天井，占地五百六十多平方米，砖木瓦硬山顶结构。从布局看，整座村子像一只展翅的鹰，李公祠像翘起的鹰头，里外砖壁，山顶鳞瓦，披覆的尽是二百多年老屋的沧桑。背后衍生的和左右延展的楼屋，都拟照李公祠坐向定位而建。村落两边纵向隆起小山冈，背后山脉连绵；前面一个长弧池塘，连着一片肥沃的稻田，过了稻田再过一个山坡，就是奔流不息、钟灵毓秀的漠阳江，山脉水系命意不俗。

李氏的种子能够在此地生根发芽，是举家逃亡时的一个偶然选择。崧台后嗣向我们口述了他们这段家史：清顺治初年，李惟扬祖父李会煦任广西博白知县。那时平西王吴三桂养寇自重，致使两广地区战火经年不息，又遭逢连年旱灾，不少百姓饿死病死。为人正直、爱民如子的李知县痛苦难堪，几经思量后，打开官仓放粮赈济百姓，上万灾民的性命活下来了，而府库亏空难填。无奈之时，李知县变卖全部家产充作赋税，然后挂印辞官，辗转流徙至广东阳春。

先前与母亲回了广东开平老家的李成玉寻父而来，在岗美一荒坡上找到寓居的父亲。随后，李成玉被附近村庄一黎姓富豪聘为私塾先生，并赠"荒塘一口""鬼寨一条"。父子觉得此地气象不错，便有意在此安居，着手改变寨形寨貌，将荒塘开整成弯月形池塘，将难听的寨名改为"隆岗"，取光隆兴旺之意。两年后，李氏第一座两间二进居屋在此落成，血脉从此开枝散叶。可惜，祖居在咸丰年间因"客土械斗"被烧毁，李公祠在族人的保护下，逃过一劫而得以保存下来。

我们跟着李公后嗣的脚步，走进肃静而幽远的李公祠。穿过一进，随李展的手势看去，"崇德堂"檐下挂着"榜眼"的牌匾，在太阳映照下放出耀眼的光芒。牌匾为木质，长一米多，宽半米有余，阴刻，红底，文字和饰边花纹镏金，"榜眼"两字楷体，浑厚、结实、有力。

状元、榜眼、探花，是从京城响起传遍大江南北的"三鼎甲"。一位南粤边陲青年，怎么这么了得，一举进京撷取这么高的荣誉？从地方志和村人口碑中得知：一六八四年七月一个夜晚，李成玉小妾冯氏生下一男婴，他认为儿子有"虎相"，虎乃武将，根据"我武惟扬"诗句，给儿子取名惟扬。

少年时，李惟扬渴望在文科上能够出人头地，读了许多诸子百家的书和唐诗宋词。而在参加县试时，因考官作弊，他吃到了名落孙山的苦果。天性刚毅的李惟扬没有因此而一蹶不振，苦苦思索时，觉得自己有一种天赋的"武商"，相信自己的"武运"大于"文运"，从此决意弃文从武。

李惟扬把习武从武作为终生追求。他选择了漠阳江之西的崆峒山作为习武之地，拜老道为师，日习武术，夜读兵书，一去就是几年，通晓弓、枪、棍、刀、剑、矛、盾、斧、戟等诸般武艺。在一次乡办武会上，他拿出学到的武艺战胜几名勇士，锋芒崭露。一位高僧看了他展示的武艺后说：有一天，这位少年是要出人头地的。

从师回家，他愈加意气风发，把习武提升到一般人不可企及的高度：请石匠用毛青石打造了两块练功石，一块三百斤，一块四百斤。因练功石形似古代用青铜铸造的门锁，又叫它为"石锁"。这个称呼很实在，更有意义——它是一座非凡武殿的大门锁，能把它举起，玩得转，就打开了武殿大门。不然，它就像一头石牛，沉沉地阻挡在门槛上，让人想入非非，而又进不去。

青年李惟扬天天陪着石锁，日现星隐，不知多少日子，石锁磨起又磨掉一双手的老茧。他成功了，练就了一身跟青石锁一样坚硬强壮的肌腱，铸造出一把打开武殿大门的"钥匙"。在几个乡联办的武会上，他把四个壮汉抬出的石锁抛了又举，举了又抛，玩转得潇洒自如，乡众和勇士敬佩得五体投地。

作为历代重要兵器的大刀，因形似关羽的青龙偃月刀，又称关刀，是李惟扬的至爱。史记关羽的偃月刀重七十斤，李惟扬叫人打造的关刀比关羽的大刀重三十斤。当然，无论怎样，不能拿"李刀"跟"关刀"论英雄。而又可试想，长近两米，重一百斤的铁器，对一般人来说，是件庞然大物，用肩扛都觉得吃力，更别说带它上刀戟纵横交错的战场厮杀了。

"李刀"是专门打造的，只有李惟扬才适合。他在家背后树林中辟出一块坪地，作为练习场所。严寒酷暑，空地上飞舞着刀锋的光影，关刀按照这位树志青年的意念，有路有套地挥舞，斩、劈、砍、抹，颤抖着空气，颤抖着树叶，颤抖着斑斑的砖壁。每次练刀下来，浑身大汗淋漓，筋骨酸软。一位英俊青年，从家境看，完全可以过着纨绔弟子那种闲荡生活，可是，他却钟情那把笨重的冷铁。也许，天意"苦其心志，劳其筋骨"吧。

现在，它们一动不动，摆置在"崇德堂"左侧。青石锁一个大，一个稍小，底部四个角和四条边磨得钝滑，上面凹槽抓手处留着几条指痕，像少林寺石板上留下的武僧脚窝一样。我立在暗褐色的空气中，用出神的目光一遍一遍摩挲着沉重而坚硬的青石锁，俯身抹去上面经年积存的灰尘，仿佛感受到肌理还留存着一位追梦青年灼热的体温，感受到一种神秘的巨大力量在四周回旋。我不禁肃然，为一种威武所激动，为一种气魄所震慑。

竖起比一般人还高的大关刀，静静地躺在一个玻璃罩里。看着这把锈迹斑斑的冷铁器，清楚地感知其活脱的形制神韵，悠然让人回到三百年前，感受它的凛凛威风和炙手烫热。

一个人的才能，不管文才武才，就像树枝上的嫩芽，总是在它必然要长出的地方悄然露头。一七一〇年，李惟扬参加科省乡试中武科头名，荣登解元，一七一二年进京都参加武科会试，中进士及第，钦点榜眼。

从此，他带着"天子门生"的光环，正式步入戎马生涯和人生仕途。

初始，朝廷授他御前侍卫官。这个身份，有如大师手中的一块玉石，最容易发现瑕疵。年轻的李惟扬清楚自己身份的特殊，处处事事，时时刻刻惕厉勤勉，任劳任怨。地方志有载：一个漫天风雪的冬夜，他和两位侍卫官一起在宫内值守。凌晨二时，朝廷巡夜经过那里，看见两位侍卫官坐倚在墙壁下呼呼大睡，他却手执大刀，像一棵雪松一样挺立在那儿，炯炯目光注视着周围……后来皇上康熙知道此事，十分感激，李惟扬因此受到多次嘉奖，并授浙江狼山镇游击职衔。

康熙看中的爱新觉罗·胤禛，跟父皇有同样的脾性，喜欢用武力炫耀大清的威仪，他格外珍惜从父皇手中继承过来的一批军中干将。正是用武之年的李惟扬，行事作风十分迎合时势和朝廷的脾胃，受到皇上雍正的赏识，三年后升至闽浙都督府标中军副将，之后一路南下，擢升至广东左右翼总兵官，官阶为正二品，是当时广东军界相当有权势的人物。

雍正之末，乾隆之初，"康乾盛世"的辉煌年景。一度平静的东南沿海出现了几块狂乱乌云——从外国进来的敌对势力和海盗对大清帝国的疆土和财富虎视眈眈。浙江、福建、广东沿海经常发生外来抢、掳、杀等案件，人心惶恐不已。

沿海奏章飞至朝廷，清政府不得不高度关注，开始把强军固国的眼光转移到东南沿海一带，增派和培训海上作战将士，加快打造一批战船。

时势出将帅。时任广东左右翼总兵官的李惟扬很快被乾隆看中，迁任他为福建澎湖水师副将，负责福建、广东一带海防事务。这一迁，一变，李惟扬深感皇恩之厚，使命之重，而另一方面，从小就敢于挑战的他，此时此刻心潮像大海般澎湃，把新的履职当作是演绎辉煌人生的大好机会。

很快，中国东海赫然出现了大清帝国的大批战船，一支有八十多条战船、三千多将士的水师迅速形成。那期间，海训是每天的必修课。在最早迎接日出的中国东海域，熹微的晨光一点点地驱散罩在海疆的暗夜，将千万朵红霞铺满一望无际的长空和浅蓝的海面，点燃沸腾的千万枚火焰。水面上一艘艘挂着大清黄旗的暗棕色战船，裹挟在海味浓郁的浩浩晨风中。身穿鳞状战袍的李惟扬高高地站在指挥台上，手执大关刀，一侧是几门康熙在雅克萨之战用过经改造的火炮。李帅一声令下，三门火炮齐发，桅杆高指的战船像无数颗划过海面的流星，朝大海深处疾驰；数千双炯炯眼眸凝在海面上，将一排排浪涛烧得滚沸如汤；铿锵的刀戈撞击声，如雷的号筒声，带着将士的饱满激情从战船冲出，排空破浪，托起海上一片片云霞，直逼辽阔海空。曾经滋过事或欲滋事的黑船和外国势力，被前所未有的海训阵势震慑心魂，久久不敢靠近沿海大陆。

说到李帅海训，还有这样一个精彩场面：数十条战船按作战队形纵列于海面，李帅的指挥船在阵中，他挺立于离海面数米高的船舷上，如鹰的目光紧盯前方的浪涛。从云罅射下的阳光照亮一大片海面，无数视线落在他身上。突然，他大喝一声，手中那把关刀像离弦的箭飞向空中，划出一道雪亮的弧线，"噗"地插入海里，在大家以为关刀沉入了海底那一刻，它却带着一种神秘的力量从海里跃出来,像飞鱼似的漂飞在海面上,李帅飞身把关刀接住,回到指挥船上……

这一场景发生在什么地方都会令人惊讶,而发生在全体将士瞩目的海训中,就尤为壮丽。那刻,众多将士对这场面目眩神摇,恍惚看到李帅身上披上了一层神人的辉光。

后来,此事传到社会上,人们对李惟扬的"关刀水上漂飞"匪夷所思,认为那把关刀只是木制的,他以此杜撰唆拢将士,吓唬别人。但我们可以试想,李惟扬一生热爱武术,以武出道,秉性一向严肃大度,手上又有一支可以称雄的水师,没有必要也不会丢掉人格与理智,玩弄那些小伎俩欺骗将士,欺骗朝廷,获取个人名誉,并且那时大清上下形成的务实气氛严格制约着官员的行为。如果要说,只能认为那把关刀不是一百斤,而是金属特制的,李惟扬巧借大海的神力,把自身的武艺发挥得淋漓尽致。

履职水师十年,李惟扬率领将士在东南沿海筑起一道光焰而坚固的长城,捍卫着福建、广东的沿海。他显然不像历史上那些身披赫赫战功的开国大将,在生死存亡时刻创造历史,但却以忠诚、勇武,为大清帝国水师崛起写下一段有价值的注脚,也为自己的人生注入了光辉的段落。

封建社会的君臣之义往往大于父子之情。从火红年华追梦青年到两鬓苍花的股肱之臣,李惟扬有幸亲历康雍乾三朝,三位皇帝都看好和感激他的人品和功绩,多次赐予锦、帛、金。皇上的奖励是最高级别奖励,精神和功绩与其同高共贵。说回雍正,晚年念想起李惟扬,觉得他是一位值得亲手赐赏的军中将帅,赐一幅亲笔锦缎质"福"字,为他封了个"福神"。赐"福"比赐"禄""寿"更切实,意义更深刻,明显肯定他大半生为国家为百姓造的"福",这样的人是皇上的"福",是他自己的

"福",子嗣的"福"。后人把御赐仿制成一个阴刻的金色牌匾,为市博物馆的一件宝物。

李惟扬一生的追求和品格,从公祠门额上的留题"崧台""干城""武弁"等可见一斑。"崧"同"嵩",高而大的山,做字号,与"我武惟扬"诗句相同,不是自吹自擂,是他一生为人履职的孜孜追求;"干城"不是"支城""附城",为卫国安邦之城,这是后人对他功绩的评价;"武弁"为低职武官,是对自己的谦称,更反衬出他自强不息、淡泊名利的秉性。

官大好吟诗。地方志记载李惟扬著有《崧台诗集》。如果我们今天能读到出自他肺腑的文字,可以了解他更丰富精彩的人生。可惜,世态炎凉,无从见到他半句诗文。

五十六岁那年,李公顺利告老还乡。二十六年行江湖,踏波涛,为人生添上光彩而飘香的一页。今天浅探他大半生平,觉得他配称漠江大地上走出的一位传奇英雄,人生的楷模。

离开李公祠时,我们很想瞻仰这位英雄,但没有找到能够反映出他逼真形象的任何图画,也没有塑像,只好在散发沉静气度的"崇德堂"行走一遍,再次瞻望凝聚着正大庄严之气的"石锁""关刀"和牌匾,深感崧台英魂不去,长留人间。

古风古韵的炮会

交岗村人太有福了。农历二月初二,龙抬头,大年的色味甫消退,家家户户接着迎来村里盛大节日——"炮会"。

这里的梁氏宗亲,五百年前就奠定了这个节令。这天,云雾山脉北段不足三平方公里的小山村,无处不洋溢着"节日"气氛,家家户户刽鸡刽鸭,燃放炮仗;村里杀猪备食,集体祭祀;处处张灯结彩,锣鼓喧天;打扮靓丽的男女青年一早就站在门前、路口,迎接来自天南地北的宾客。

我们第一次参加炮会。上午九时多从阳春境内省道出来,往西北进入通往交岗的村道。这块春北土地历来人勤春早,四周田野一片青绿,早播的甜玉米已齐腹高,一排排竹篱爬满瓜藤,绽开的花儿像明亮的眼睛,一幢幢白色楼房在绿色映衬下特别耀眼。

几刻钟后,发现前面竖着一个显眼的路牌:欢迎您莅临交岗村。远处群峰葱翠的云雾山,像一道巨大的绿色屏障,半环形布局的余脉,如巨人张开的臂膊,拱护着十多条村子,以至这片肥田沃土很早有了"鱼米之乡""腐竹之乡""甜玉米之乡"

的美称。

在一位本村青年引导下,我们好不容易在一幢村民房子背后找到一个停车位。刚出巷子,一个个热闹非凡的场景映入眼帘:大小村巷、道路、门前彩旗猎猎,上空飘着几只三色气球;从各个村子出来的男女老少,一律向一座高大的古建筑移动;外地慕名而来的车子鱼贯而入,停车位一个难求,真有挤爆这个小山村之势。

随着人流穿过一座名曰"礼义之乡"的牌坊,发现右侧这座颇具特色的建筑是村子里的最高殿堂——将军府。它位于村子中央,西北朝向,三进三开间,典型明代建筑风格,前面和左右侧池塘星罗棋布,村道弯曲有致。节日里,村民以最挚诚之心,把将军府装扮得生虎活虎,五彩缤纷,令人一睹就觉得不简单。

高悬在门前印着"梁镇南将军府炮会"的大红横幅引起我们的兴趣,急着想知道炮会前世与今生的一些奥义。此刻正遇到炮会会长梁分权,他明白我们心意,带我们参观了设在府内图文兼备的介绍,让我们有所知晓。

梁镇南:生于斯,逝于斯,从小立志效国为民,为人一身正气,从军后多次参加粤湘桂平叛战斗。明成化元年(1465),他随兵部侍郎韩雍率领十六万大军进入广西,对对抗朝廷的侯大狗等武装叛乱部族进行征剿。梁镇南在大藤战役中智勇双辉,立下卓著战功。此役告捷,广东西北和广西东南地区,六十余年"黎庶无干戈之役,数世不见烟火之警,禽畜布野,人民炽盛"。为表彰梁镇南为民族团结、国家长治久安立下的功绩,朝廷赐封他"二品殿前虎贲将军"。弘治年间(1488—1505),将军告老还乡,名声从此响遍漠江大地,成为本土梁氏世世代代尊崇的世祖。

将军府:乃梁镇南将军还乡后,朝廷有感于他的功绩,拨资兴建的一座三进三开间的将军府。多少年来，它和各地许多文物古建筑一样，逃脱不了时代变迁造成的厄运，几度遭破坏后，村民自发修葺，基本还以本色模样。这新府旧府倒无妨，只是想到将军的神灵驻在，村里人的心神安稳、踏实。

炮会：弘治七年（1494）阴历二月第二天，身怀显赫战功，受到朝廷赐封的梁镇南骑着高头大马进入村地时，忠厚纯朴的村民在村口一连鸣放五声铁铳大炮，欢迎将军荣归故里。炮会习俗由此诞生，此后演变成村里一年一度的炮会活动。从带着村里人的庆贺、自豪和对将军崇敬心意冲向天空那刻起，炮会就融入了一种励志、勇武、爱国、爱家精神。也是从那时起，村里人靠着一种永久的信仰和坚韧，把炮会精神注入自己的血脉里，一代一代传承下来，每年春天，像村庄四周林木和地里的庄稼，生机勃发，盛彩迷人。

我们怀着想象从将军府出来，发现前面的围栏下摆着五尊一米多高像川藏佛塔的东西。那么华丽，以为是一种装饰品，近观，才知道是"彩炮"，从当年淳朴的铁铳炮演化过来，人们给了它一个不乏美意的名称。今天它们和村里人一样，披上了华丽的节日盛装，浑身烁烁发亮。我们只看到它们的外表，不清楚内里的结构。据说是竹篾和纱纸扎成，外表粘贴用传统工艺剪出的金黄色花纸，内装一枚铁铳炮，里面藏着一个寓意"彩头"，顶尖上的"炮引"护罩竖起一支拇指大的尖柱，像古代兵器铁戟，直冲向天空。如此精细的工艺，代代相传，作为公认传承人应掌握的一门技艺。

放彩炮是整个炮会的重头戏，但需要特定时辰，基本与将军还乡进村时辰吻合。

在这个间隙里，大家都没闲着，可以观赏将军府门前的八音班吹奏和特色歌舞表演，还可以参与书法义卖等。最吸引人的是"马骝戏"，两个身体极棒、拳脚了得、穿着黄色戏服的男青年，很卖劲地在地上学着猴子的各种动作，一时滚几圈，跳过一个人的脊背，或做两个高难度的后空翻，引来众人阵阵喝彩。围观人向空地投下硬币、纸币时，表演者兴奋至极，做出怪相用嘴咬起钱币，往胸口处吐入衣兜。最后他们中的一个爬上一丈多高的竹竿"采青"，将挂在最高处的"红包"咬下来。

当然，还可以走出"礼义之乡牌坊"外面，买一串别有风味的棒棒糖，放进嘴里化着，或者走进楼房林立的村巷民居。当天村里人的家门大多敞开，可以随便进去，感受村风民情。再有兴趣的话，可临场观赏村边的田园风光，体察山村人的勤劳品质。

于我，最有意思的是观赏村子里的古村落遗址。毗邻将军府西面，十多座明清时期的屋宅望衡对宇，上了苔绿的青砖墙壁构成纵横而狭长的巷子。几百年前，村里人开始在其间行走，倚门聊天儿，直到今天，褐色的巷石块被踩踏出一个个光滑石窝。因年长月久，风雨削磨，村落宅院大不如往昔，保留较完好的有七八座。

旧宅可用的还用着，贴着春联、门画，门锁没有长久不动而积起锈迹，檐下搁着丢了耳朵的石狗和拾起的旧石条，里面堆放着石磨、犁耙、风柜、渔网、竹器等旧农具，堂前安着一排鸡窝。那些坍塌了的，留下几堵残垣，一个小门坊，一片向下倾斜的檐瓦。意想中，它们像一个背负沉重的老人，用最后一点儿力量坚守在那里。那种状态，那种神色，让人们的遐思回到数百年前的时光中。

古村落虽然"旧"得不尽如人意，但只要它还在一天，都充当着村里一年一度炮会的真实背景。有了它，才能体现炮会的源远流长,古风古韵。

继续往西走,发现一座一时叫不出名的古建筑,与一座老宅院一巷之隔,走近了,才认出是一座方形碉楼。碉楼高二层,下宽上窄,用打凿过的当地蛮石和灰砂筑成,四周墙上砌上长方形孔洞,东面两米高处一个门洞,下面一口带辘轳水井,一座神龛,西南面两条七八米宽防护渠。不知哪时起,那种善于爬壁的细叶榕爬了上去,把无数细根须伸进开始松化的墙缝里,一面三十多平方米的古墙几乎看不到多少石块,四壁网布着一条条手臂粗的树根,顶上长出的枝叶茂密得遮天蔽日。碉楼榕树同出一地,兴许是它们有缘,榕树凭着强大的基因和生命之气,不惜时日地庇护着这座曾经喝令止獗的石物,使它当年的坚固、凌厉而有筋骨的模样依然可见几分。

我们往右踏磴上去,站在门洞石板上,一股湿冷腐烂气味扑出来。不敢进去,试着往里瞧,目光在黑暗中扫来扫去,想寻找什么,但一片黑糊,只能借着孔洞透进的几道幽微光线,依稀看见往上的石梯和下面竖起的几条石柱。

我曾到过粤西一些地方,过去都曾有过防御工事,但基本上荡然无存。不用过多追问碉楼的历史,可以肯定它在村里的地位和作用是无可置疑的,因为这里地域跨界的特点,一个时期山匪恶霸猖獗,民心恐慌,不得不想出各种对付办法。

时光流逝,碉楼失去了往昔的功用,今天唯有作为一种有观赏价值的文化遗产、村里的标识。而我觉得它更像一位坐于山下面目沧桑的老人,在日夜向人们讲述这块土地变迁的故事……炮会、古村落是村里人生活的一部分,生活要延续,要更替,我们祈望它继续这样讲下去,直到永远。

没想到,"吃大餐"也是炮会的一个内容。为了让远道而来的宾客吃到有本地特色的免费午餐，村里人早早备好猪、鸡、鹅、鸭、鱼等。中午十二时，将军府内、门前和辅屋摆满一席席佳肴。村里人热情周到，不让一个宾客饿着肚子，即使没有赶上"吃大餐"的宾客，也能吃到他们准备的玉米、粽子、年糕等食物。

我们撑着饱肚从将军府出来，看见门前列成一条长龙似的队伍。原来，炮会重头戏已经开始。这支装饰古旧的队伍由将军旗阵、彩炮阵、醒狮阵、锣鼓阵、八音班阵、村戏阵组成，旗阵领头穿过"礼义之乡"牌坊，在锣鼓爆竹声中，以及数以千计的村人和宾客的簇拥中，浩浩荡荡向村西"炮地"开去。

下午二时一刻，本届炮会会长梁分权在临时搭起的指挥台上用麦克风提示"放炮"进入倒计时。身穿古服装的五位大汉早已就位，从山坡托起五尊彩炮，在喧天的锣鼓声中朝空地走去，把彩炮分别安置在东南西北中五个位置；接着十多位村汉扛着大车轮般的鞭炮出来，把长长的鞭炮牵在空地四侧。

鞭炮从东侧燃起，接着是南侧、西侧、北侧。带着大炮头的数百万头鞭炮声夹着快节奏的时代曲音，冲破浓浓的硝烟，在山谷中回荡。三轮鞭炮响过后，眼前的场景变了，原先长着幼嫩绿草的地上，覆盖着一层红色的纸屑，火硝味混合着原生的草叶味弥漫在四周。人群、竹木、房屋、山峦，在烟雾中变得灰蓝，一块天地忽然改变了本色。没有习惯硝烟熏沐的宾客并不为此而尴尬，反而兴致勃勃，双眼发亮，与村人一样，喜欢看到这少有的"满堂红"景色……传说中民间的硝烟与"圣水"一样，虎气龙精，可以濯清身上的晦气。

鞭炮声呼应着远处的叠嶂，呼应着天上的云朵、风的足迹……抬头，看得见蓝天上驻足的一块块白云，这些白云都是因这块土地腾起的烟结交成的伴侣，只要下面有欢闹就赖在那里，待后把这儿发生的事情带往远方。

硝烟散去，高音喇叭传出了预备放彩炮的声音。此刻，这块谷地可以用"壮观"和"异样"来形容，四周围绕着一圈圈穿着五颜六色的观赏者，里面五尊静静候在那儿的彩炮披金戴银，在上面蓝天白云和下面绿被衬托下，有如一个巨大的喜庆花环。人群中不乏花衣裙、黄头发、戴墨镜的俊男靓女，他们大多相约而来，一簇一列地站着，成为浸透古风古韵乡村炮会上的一道亮丽风景线。

燃放第一炮的四位炮手被请出来，他们是村里德高望重之人，四双手握着一支特制的一米多长的大香，点燃东面那尊彩炮的引索。随着一声尖厉的爆响，一个红色小环也就是"彩头"从铁铳里飞出来，穿过浓烈烟雾，直冲向高空，在与云端相接后，带着一条小红绢，带着村里人的祝福和愿望自由降落。

争抢彩头将炮会推向高潮。一个比手镯小比戒指大的东西，激励生命，催发力量。在万众瞩目之下，近百名争抢者冲向空地，个个内心火热，勇猛迅捷，像嗜肉的动物，拥扎在一块儿。场面乍看令人激奋中有几分揪心。然而，这是一年中吉利之事，目标心仪是彩头，之前没谁会生出二心，并且，参与者都是清一色本村男青年。他们有备而来，懂得保护自己，又不会故意伤害别人。历来还有个约定：当彩头落入了一个人手上，任何人都不能再抢夺。

一阵空中争夺到地面翻滚转碌后，人们会看见一位肌腱发达的青年从人丛中跃出来，脖子青筋直竖，满脸阳刚，因为长了一层青草的田地有些湿软，白鞋、青裤、衣袖沾满泥巴。他高高举起握着彩头的右手，引得众人向他投去敬佩、祝贺的目光。

这是当天在炮会激烈角逐中脱颖而出的英雄、幸运者。英雄、幸运者不会忘记接下来的事,一气跑到西侧山坡上一棵榕树下,对着一石神龛拜三拜。

在众多参与者中,只有智勇者才能准确判断彩头落下的方位,不错一秒高头筹起,让高尚之物在头顶落入自己掌中;只有强悍者才能力拔众人,舍身夺到地上的"信物"。当然,运气也是不可少的。

放炮的顺序与时钟行走一样,形色和内容基本相同,每放一炮都制造一个激越场景,那烟那火,与五百年前的人物事情接通,诠释出来的意义与将军的威武、忠厚,爱国、爱家精神相吻合。

到尾声,炮会举行一个简短授奖仪式。夺到彩头者可得到一定数额的奖金和绶带。他们当天会把绶带和彩头挂在正屋厅堂上,示意"一年好运随春到"。

下午四时炮会结束。一簇簇、一队队观赏人散去。本村人迅速回到家里,他们还有一个传统礼仪:刣鸡、刣鸭、割肉,做出一席本地特色的佳肴招待远方的亲戚、朋友和宾客。

人散炮息,先前热闹无比的旷野变得一片沉静。然而,看着那遍地的红炮屑,一窝窝杂乱的脚印,嗅着尚未消散的火硝味,我们的脑海依然锣鼓不息,噼里啪啦,心里不由得感慨炮会的生命力。在记忆中,一些很有历史价值的事物,因经受不住社会潮流的蹂躏或家族利益冲突而永久泯灭。延续五百多年的炮会,也像许多世事一样,沉沉浮浮,隐隐现现,是何等顽强与坚韧。一年一度腾起的浓浓硝烟,带着村里人的祝愿在山脚下飘飘洒洒,飘洒的又何尝不是一代一代传承下来的文脉和血缘!

炮会走到今天,内涵增加了,外延扩展了,少了本初纯正的肃穆，多了些观赏和娱乐元素。这是必然的，因为文化是一个地方的历史标本，它应该是活的，注定要与现代文明交融，要创新和变化，过程中也注定一些事物渐渐消逝而无法挽留。而在有限或漫长的生命旅程中，我们更愿意相信永恒的存在。这个村子的人深明其中的意义，努力从炮会的形式和内容上保留其古风古韵，让人们依然感受到其初始气质与内涵的存在。同时，我们敬佩村里人的精神。一个一千多人的小山村，没有政府和外界人士资助，能够举办出规模如此之大，感召力如此之强的炮会，别说物质和人力，光是气魄和境界就十分可嘉。

我们从炮地出来时，正好遇见将军第十二代传承人、炮会会长梁分权。几天的忙碌，老人有掩饰不住的疲惫神色，而见到我们，他立刻高兴起来。与他交谈得知，炮会去年已被省人民政府批准为省级非物质文化遗产，上级的肯定和支持，使他们的非遗有了保护依据。而要真正长久地保留其天人合一、古今互照的原生状态，传承人尤为重要，村里每一代、每个时期都选出多位德高望重的人作为传承人。这些杰出者忠实地传递着遥远的过去，使得炮会精髓世代相守，坚韧向前。他特别指出，一些地方将申遗异化、商品化，他们绝不会这样做，也不允许别人这样做。在村里人的心目中，炮会已经成为"村宝""族魂"，一种神圣而高尚的"信仰物"，每年把它当作一件大事情来办，办过了，像穿越一个色彩斑斓的梦，怀着释然和喜悦的心情抵达此后的生活。

我们呢，那天，也带着一种美好的祝福离开小山村。

浴火铁屎迳

早些时候，热衷于民间艺术的老闲送我一枚古币，铅质，指甲大，铸印着"乾亨重宝"篆体字样。是这枚钱币，撩发我的兴趣，引我前往一座沉眠一千多年的古币铸造基地遗址。

辗转到阳春石望镇西北，站在一个高高隆起的山冈上，耳畔猎猎作响的秋风，似乎夹带着来自古老时期冶炼熔炉发出的隆隆声响。

放眼四望，天高云淡，东面是著名的"石石相望"的喀斯特地貌区，远近众峰耸立，南面大片稻田和蔬菜地，西面葱翠杂树林延伸到远处，尽头有点点村影，北面为绵亘云雾山脉北端，山脚一脉平缓谷地向南而去。一座叫"铁屎迳"的村庄错落于西侧冈坡上，颇有南方农村特色的楼房夹着早年遗落的宅院，掩映于苍翠的树木中。

谁会料到，这片比周围村庄还要古老得多的土地，曾经是一个古代王朝热火朝天的铸币基地？专家定义为"目前发现的岭南最大规模造币遗址"。

历史上的朝代更替，必然废弃很多旧东西。这座铸币基地完成使命之后，随着一个王朝崩溃而湮没于泥土里，以它固有的生命力，饱尝日月之光，缄默不语地穿越多个朝代的风风雨雨。真正有人证物证，应该是明末清初，陈氏一族人从西面一个叫竹壳壶的村落迁徙到此。村里老人说，先辈进入这山沟察看时，一眼就看中这个风水宝地：两条山脉成就一片宽阔谷地，地势北高南低，中间一条潺潺溪流，山冈和平地长满茂密树木和勃勃藤草；春夏纳风藏雨，秋冬防寒避霜。

他们落脚这片沉寂幽静的山谷后，以满满的自信和力量，把一片片野陌变成村落和耕地，繁衍生息。因为一条溪水顺着低谷流入南面一条小河，依照他们的常识，习惯称此地为"迳"。然而，真正融入这片土地，又觉得明显的不同：盖房子挖地基，挖开表土，下面一层硬物震得铁锄咣咣响，硬物块状，灰褐色，比普通石头重得多，形状各异，大如垒猪舍的石块，小如溪中细卵石，还有的粉状与湿润泥土漫渗在一起。把硬物放到鼻门，隐隐嗅到一种有异于一般泥土和石头的气味。后来，村里人反复鉴别，认定为一种"铁屎"，即大熔炉炼铁时留下的炉渣。这种铁屎散布比忖测的广得多，村人在村子周遭山坡垦荒，砍光树木野草，刨开表层腐泥，下面全是铁屎。这让村人感到诡异，不由得发问，过去这里发生了什么事？满地的铁屎从哪里来的？他们想找到一些依据，但寻遍了山上山下，没有发现任何建筑物，就连旧时建筑的地基、砖头、石块也找不到，无从考证。

满地满山坡的铁屎，以及铁屎衍生的奇异之思，并没有对村里人生活造成影响。一代一代喝着从深山里流出的泉水，吃着"迳"里种出的各种食物，出入踩着铁屎，床底下压着铁屎，庄稼地边堆着铁屎，猪舍牛栏砌着铁屎，铁屎无处不有，无时不在。相处习惯了，村里人顺便把村子命名为"铁屎迳村"。名字苍古、厚实，极具纪念意义。

村人对铁屎迳的忖测成了谜,村间产生了不少故事和传说,"迳里藏宝"尤为突出。我们进入一位老村民家访问时,他特地向我们讲了一段偈语:上芦根,下芦根,中间有个黄茅墩,十灰窑,九灶窟,谁人寻得着,能养九州军。意思是,铁屎迳上下芦根这个地方,一个长着黄茅草的山坡里头,埋藏着十个灰窑、九个灶窟那样多的财宝,若有人找到它,足够养活九个州的军队。一个大胆的充满诱惑的猜测,似乎有一定的依据和"合理性"。

二十世纪八十年代初,时值全国开展第二次文物普查活动,县里以博物馆人员为主组成文物普查小组,在两个月内对春湾牛窿山洞发掘出的多枚剑齿象骨及其他野兽烧骨化石做了测定,对石望隋朝开皇年间(581—600)县治所在地平地村、明朝建筑物古铜陵牌坊、明朝二品顶戴殿前虎贲将军梁镇南家乡做了进一步调查。接着,普查人员把目光集中投向那个叫"铁屎迳"的村庄,因为普查队中有人早就听说那里发现大面积的铁屎,是一个等待参透的历史谜团。

果不其然,普查队进村后,发现遍地都是铁屎,经勘测,铁屎分布面积达两万多平方米,厚度二十至八十厘米,但同样找不到任何古代建筑。普查队和村里人一样疑问重重,希望能找到一条线索。判断选择来自灵感,灵感的启示来自经验,或许还有这块地的祖先在天之灵引领,他们走正了路线。从山坡树丛出来,走进村庄,村人在此生活二百多年,或多或少有过经历或发现过一些遗物。一天中午进入一座老宅子,正好见到主人陈老伯,聊及铁屎之事时,老人饶有兴味地说出一串奇闻逸事,而后忽然受到某种启发,说他和几位村人在庄稼地挖出几块怪异东西。因它质地柔嫩而坚硬,已经当作磨刀石使用。接着老人走到宅院天井处,把两块磨刀石拿过来。经查看,发现磨刀石为石质,经过精细刻磨加工，初步判定是一种古老印模。

普查人员觉得这是一个与遍地铁屎有密切关系的重大发现。仔细端看印模，颜色棕褐，形似小青砖，没有青砖厚，长约十八厘米，宽约十厘米；背面保留石块的粗糙，角部透穿一小圆孔；两方均刻有十个圆圈，分两行排列，每行五个，对称均衡，明显有阳刻和阴刻之分，阳刻印面有小沟槽，分主槽和支槽，主槽刻于两行印模之间，支槽略窄浅，连接各个圆圈，阴刻圆圈大小与阳刻的相同，上下左右有四个反书篆文，连接起来，可辨认出"乾亨重宝"字样。

"重宝"为古代钱币之称谓，模糊知道，而"乾亨"为何意不晓得。

尔后，县重新组织人员驻村采集发掘，并将印模文字拓印出来，连同有关文字资料送到湛江地区博物馆，才考证从铁屎堆里出土的印模是"钱范"，即模具，"乾亨"是五代十国时期南汉刘䶮的年号，铁屎迳是南汉王朝"乾亨重宝"铸造基地。这样，一九八一年在广州郊区出土的两千多斤"乾亨重宝"有了着落，与后来在铁屎迳发现的"乾亨重宝"周径、厚度、重量一致，证实为铁屎迳基地生产的。刘䶮九一八年在广州称帝，王权所在地开始大量使用这种钱币。

至此，一座湮没千年的遗址终于见到了天日，一直受冷落的大堆铁屎有了新的定义和归属。

老闲领我们进入山根一块坡地，脚下全是铁屎，大如手掌，小如指头，一律灰褐色，间有蜂巢状的小圆孔。老闲用纠正的语气对我们说，铁屎是村里人对遗物的俗称，其实还不算是铁屎，是含有铁、铅、锌、锰等成分的矿石经过熔炼提取铅之后的遗物，铁、锌、锰的成分基本保留着，比现在钢铁厂铁石原料高出许多。这令我瞬间开窍，只有烈融融的铁屎（按村里人的习惯，继续把"遗物"称作"铁屎"），才能千多年任由烈日暴晒，雨水冲刷，狂风扫荡，没有发生多少锈蚀、变色。我就地捡起一块，在旁边小溪冲洗干净，表面依然闪着原本的光泽，好像昨天刚从熔炉里烧出来的。于此可见，那个朝代人们能够从多种成分的矿石中提取出铅，冶炼方面的技术是何等精湛，对国家大事是多么精益求精。

然而，人们至今没发现当时的任何建筑，这不禁有些遗憾。我们只能凭推测和想象，去感受这座秘密基地的状貌。这块"迳地"距离刘龑即位的广州，南汉王朝的政治、经济、文化中心近三百公里，隔着重重山水。虽然偏僻隐蔽，地形险要，易守难攻，但那时肇庆、高州等地的藩镇势力还时有抬头，为保万无一失，基地四周应该设有防护围墙或者围栏，所有门道两侧设有相对的门墊（岗哨），附近要道、山坳建有墩台、马面、角台等报警设施，大的战争侵袭无法阻挡，却能够有效防阻小股地方势力的偷袭和一些小偷小摸行为。因为要在短时期内解除刘龑"国用不足"之忧，基地规模应该较大，需要大批人力物力开采矿石，运输原料，建造众多冶炉，昼夜不息，炉火铁光炙热迳地，映红大片天空；还有仓库，生活设施一应俱全……或许，这纯属"借地造币"，完成任务后把全部建筑拆掉，只留下千年不腐的铁屎；或许，基地都是临时建筑，日月风雨早已把它们侵蚀成山里的泥土，给人的印象是荒凉，与四周杂树藤蔓覆盖的山头无异。

为什么南汉王朝选择这里作为铸钱基地？一直找不到文字记载，也未见专家做出解释。就此老闲说出两个原因，一是采挖原料方便，东南面多座山里藏着大量可开采的矿石，二是地处偏僻，四周群山环绕，人烟稀少，安保工作方便。这只是推测而非考证，至少证据还不够充分。考古界向来有信古派和疑古派之别，但似乎都缺少各自见解。

这座规模宏大的铸钱基地存续了多长时间还待考证。从基地被废弃，荒芜千年，至外来山民在遗址上盖起第一间房子，至二十世纪八十年代初考证，一九八九年入列省级重点文物保护单位，再到二〇一九年引起国家关注，定为国家级重点文物保护单位，经过了一个漫长的近乎浴火过程，才真正揭开其面纱，露出真容，显示出重大的价值和意义。

广东省和国家参与勘察的专家，称铁屎迳铸钱遗址的发现及出土的钱范、钱币，是一次重大发现，填补了广东乃至全国南汉王朝制币空白，对研究南汉王期的政治、经济、文化具有重要意义。二十一世纪初省博物馆在香港举办"广东重大文物考古发现展览"，铁屎迳出土的钱范和铅币备受青睐。

比想象大得多的遗址久经浴火，带着一千多年前留下的温热从幽谷中走出来，无疑令人高兴。但前后出现的一些事情也令人唏嘘。整座遗址面积达两万三千多平方米，而村庄的面积占了一万五千多平方米，也就是说几乎整条村子建筑在遗址上。建屋时大部分村民将挖出的铁屎填入地基，将挖出的钱范用作磨刀石或他用，将铁屎拉出外面当铁矿卖掉，甚至把装着死者的棺木埋在铁屎堆下，也不知晓是否沉重的矿物压着灵魂，烧锻的地灰灼伤转世后的肌肤……

有价值的文物之所以要被列入特殊的"重点保护对象"，是因为它久经沧桑，生命到了后期，希望它不要像一支照亮了大半夜的烛光，天亮时成为永恒的熄灭。铁屎迳遗址许多重要设施早已化成泥土，剩下顽固不腐的铁屎、模具、钱币，这些幸存物尤为珍贵，仍然搏动着一代王朝的血脉，牵连着历史上的风风雨雨。它们已经明显感到不安，如满山坡被太阳照亮的夕颜，以点点亮光向世人发出最后的呼唤。

临离开遗址，我们徘徊于村子南侧一块水泥砂石铺面的平地，一座小桥连接对面裸露铁屎的山坡，小溪河一段设置了花岗石做成的"乾亨重宝"状护栏，北头立起三个文字牌，分别是铁屎迳铸钱遗址简介、《文物保护法》相关条例、文物安全直接责任人公告公示信息。这些新建的设施，让人暖心，多少看到了政府相关部门已经对遗址实施了管理。

最后，出现的心念似乎切合市博物馆的最新设想：出于保护需要，把遗址建成一个主题公园，用当今的手艺和科技，全面展示当年基地模样和铸钱场景——构思美好，人们期待不日能够看到熠熠的铅水变成"乾亨重宝"的精妙过程。

在阳春

"它是山里孕育的闺秀,一年四季体香诱人","它是阳春人家的珍宝",本地人这样赞美春砂仁,看似自夸,其实确切。

我真正对春砂仁产生趣兴是那次应朋友之邀,驱车到距城十多公里的蟠龙村品尝"春砂仁三味"。

一间地道乡村特色饮食店搭在桥头一侧,坐下喝一泡茶工夫,店主人就把三味摆上了桌子,原来朋友早已预约。主人热情,一边为我们盛汤,一边介绍:这是春砂仁根煲鸡汤,这是春砂仁蒸塘鲺,这是春砂仁焗排骨。

三味全是现做,揭开盖子,热气升腾,小屋立即充盈着一种独有的芳香气味,只轻轻一吸,香气扑入鼻腔,胃口豁然开朗。

朋友说之前一段时间胃里滞气,厌食,吃过几次这间店的三味,那种不适感渐渐消失。他怕我不解,接着补充说,春砂仁属药类,那是从医学上说的,而这块地方的人,历来不把它纯做药用,有恙祛恙,无恙调理,保健,养生,男女老少皆可食。

继我们之后,又有两桌上了三味,门口陆续有人进来，小店快要爆满，大家估计和我们一样，为三味而来。

我平时在家喜欢做菜，此刻怀着兴趣，走到厨房出菜窗口处，想见习三味制作过程。男主人懂我意图，说这不是秘密，也不需要多少技术，村里人都会做，看一次就懂了。

春砂仁在我心目中有了一个位置，有意于书本图文，于坊间，于种植园地耳闻目睹它的历史和种植事宜。

阳春人说，北有高丽参，南有春砂仁。春砂仁于北方人是陌生的，正如高丽参于南方人的神秘，而阳春人一直把春砂仁视为传世珍宝。

据记载，砂仁在我国的应用历史已有一千三百多年，原为野生，属姜科，为亚热带至热带雨林植物。广东、广西、海南均有植。隋末唐初甄权的《药性论》对砂仁已有记载。真正奠定阳春砂仁珍贵地位的是两位药物学家。明朝李时珍为寻圣药，发现阳春砂仁尤为珍贵，将其载入《本草纲目》，推崇备至。近代陈仁山《药物出产辨》，称砂仁"产广东阳春为最，以蟠龙山为第一"。还有人从文字史料中拣出一个阳春砂仁被列为贡品的故事：乾隆一贵妃不思茶饭，服食阳春砂仁后，贵恙立即消散，容光焕发。乾隆悉知为阳春砂仁的神奇功效，大悦，当即褒奖阳春砂仁为"回春之圣药"。阳春砂仁从此成为贡品进入皇室，声名鹊起，身价倍增，远销海外。

因为阳春砂仁的珍贵和历史积淀，大别于其他地方砂仁，人们特称"春砂仁"。一个春字，尽藏"回春"之妙意，久而久之，成为一个固定名称，像"北京烤鸭""新疆和田玉"，不能拆开，拆开就失去其独有品质和价值。

历史上，春砂仁和阳春人一样，起起伏伏，荣枯兴衰，而其品质始终不变。真正迎来大生机是二十世纪九十年代中后期，政府乘势于城乡唱响"春砂仁之歌",打造"中国春砂仁之乡"品牌,种植面积一度达五万多亩。许多农户在没有更好的收入门路时,于村边山坡上种上几亩砂仁,当成"摇钱树",帮补日常开支和子女入学费用。

在产地不同、颗粒不同的众多砂仁中,权威专家鉴定蟠龙山金花坑产的砂仁最优,后来一份宣传单写着这样的文字:"中国砂仁在阳春,阳春砂仁在金花坑。"这似乎会引起别处人的质疑、嫉妒,但事实如此。金花坑名字起得好,没考证是哪时唤起来的——名门出闺秀,珍贵的砂仁完全配得起此美称。

一个偶然,因公事拍一组春砂仁照片,有机会与蟠龙山里的"千年闺秀"密切接触,亦从中了解到山下村人种砂仁的甜酸。

蟠龙村是革命老区村,现在可称得上一个响亮的春砂仁村。一脉二十多公里的浅谷,中间低处一条小河,由东向西流入漠阳江,两边大小山头众多,河滩至山根间庄稼满垄,村庄掩映于绿树翠竹中。

与熟悉蟠龙村的朋友来到山根的一栋楼房,两侧和背面树影婆娑。招呼我们的主人姓谢。他刚从庄稼地回来,泛红的脸满是风和阳光的痕迹,青筋突起的手臂留有泥巴,年纪约七十,硬朗,结实,憨厚。朋友说他大半辈子浸染在砂仁园,是村里的"老砂仁",对砂仁的种植和收获制作最有心得。

说话间,我发现旁侧一块被石头围着的地上长着几簇翠绿砂仁苗,层层展开的叶子像风轮。老谢对我笑笑,说这些砂仁苗不会开花结果,平时拿它的根煲汤。后来我发现周围许多人家门前屋侧都长着砂仁苗,算是砂仁村的景象。

老谢知晓我们的意图后,乐意领着我们往村背走,不远是蟠龙山,脚下一条小径从一石桥沿小溪向山里延伸,两边树木荫蔽，间或有几片砂仁苗，呈自然生长状态，乍看以为是亚热带一种野生植物。继续往里走，地面坡度渐高，林地的颜色随着太阳与云层的相互交替而不断发生变化，空气中各种植物散发出的气息密集，留意分辨，觉得砂仁的味道最多。

过一小木桥，再上一个坡，到了老谢砂仁园，一脉弧形溪东侧，一片较平缓的山地，齐肩高的砂仁苗茂密葱郁，边缘围着一米多高胶丝"篱笆"，园门闸着一块竹垫，一看便知道主人对园子管理细致。老谢说这片砂仁地属金花坑范围，六十多亩，七户人家所有，他原先种五亩，前年扩种了三亩。按他手的指画，我瞄了一遍，发现他的砂仁苗比其他的要高要壮，茎秆直直竖着，尖长而肥厚的叶子层层叠叠，新长出的一批嫩叶像一只只小手，半开半合，童稚无邪又带着几分羞怯，连停在上面的阳光也变成油绿。

老谢似乎发现园里有什么，没跟我们多说句话就钻了进去，一会儿抓着一把青藤出来，还抓出一身热汗，说这种顽藤专门欺负砂仁，五六天就能缠上去，要及时把它拔掉。山野之地，丛林法则不会少。

老谢又淹没在园子里。我爬上溪边一个高坎，再爬上一块凸起的石块，金花坑的面貌基本看到：蟠龙山西侧一个大窝，细看窝中有窝，有坡，有溪流，四周长着的次生杂树蓬蓬勃勃，不像其他山头有明显的人造树林，山上众峰多处露出崖壁奇石，山腰处几脉谷沟往下降，在山脚汇聚在一起，成一个灶房里大锅似的山窝。由东向西走，或由西向东走的山体，有如一道巨大的屏障，拱护着这块土地，使得山川与田园形成一个生命体，坐落于下面的村舍，像山川的子民，日出而作，日落而息。

我举起相机，拍了多张金花坑照片，回到老谢那儿。他从园里出来,抱着一大把青藤和干枝。进去出来,许多似嫩手的叶儿摩挲着其腰背,像一群孩子拉着大人的衣襟,让我看到了人与庄稼的亲切。

我和朋友跟老谢进了园,与挺直的砂仁苗一比,才知道自己人矮,整个被浓密的叶儿淹没。刚进山时,就觉得有一股清香的气味,现在手脚触到了砂仁叶茎,香味越发浓郁。老谢在前面提醒,眼睛向下,脚步轻缓些,以防踩着砂仁果。原来,挨着地面的根茎长着一束束砂仁果。都怪自己笨,之前因叶子覆得严实,没有发现果实,而这也显出砂仁果的低调、实在,没有其他果实那种张扬派头。到了一片茎秆长得较高的地方,老谢半蹲下来,我们也学着他的姿势,把人没在叶子下面,发现脚下的砂仁果又多又大,半红半绿,表面长着密而晶莹的生刺,像缀在绿茎上的翡翠,鲜活得令人喜爱。老谢说,这些砂仁果从开花成果至今已有三个多月,颗粒基本定型,八月中旬可收获。

老谢没想到今天我们光顾他的砂仁园,非常配合,把地面上一些盖住果实的枯叶捡走,轻轻拨开秆叶,让几束阳光泻下来。我把相机焦距和快门调好,拍到了满意的照片。

从园里出来,差点儿忘记问老谢,园里为什么保留着一些杂树木,老谢说是必须保留的,因为砂仁属阴生植物,需要阳光但又怕多,常绿树木可以遮阴,使砂仁苗夏秋季不致晒伤,冬季还可遮挡风霜。

坐在溪边石头上,看老谢一脸莞尔的样子,和他乘兴聊起来。我说这儿的砂仁是世间珍宝,老谢高兴得咧开嘴,说还得感谢蟠龙山,山体成就的金花坑山水围合,负阴抱阳,藏风纳气。他指着旁边一个土坎说,前几年省里专家到这儿考察,发现山上山下表面土质疏松,上面是腐殖,中间为黑砂壤,底下为黄白半黏土，酸碱适度，渗水性良好，山上的水经砂土渗流入金花坑，具有砂仁生长所需的丰富元素。土壤和气候无法复制，这是其他地方种不出金花坑砂仁的道理。外地人不信，把这里生长出的幼苗移植到别处，结果长出的茎叶变样，结出的果实与普通砂仁无异。所以，人们说得不错：一方水土养一方人，一块土地出一种物。我赞同，是这里独有的优适因素，使本来的普通者成了逆袭的神话，铸成独特气质与光芒，高贵与尊严。

继续与老谢聊，他说，砂仁三月开花，八月收获，自长新苗三年有花果。种砂仁不算重活儿，但心里常常挂着，一年四季要跟管，开花期要防鸡和鸟，它们最喜欢啄食嫩芽、花朵、幼果。好在砂仁有自己的心智，迅速长出密密层层的叶片，把下面造成屏蔽昏暗的小空间，让花和果实悄然藏在里面，鸡鸟们不习惯这种状态，就不敢轻易进去。但也有其不足之处，绿芽端长出尖长洁白的两瓣花，像一个害羞的姑娘躲在那儿，蜂蝶类媒介难以发现，风亦不易进入，这就需要人小心谨慎地帮助花们授粉。浪花期只有七八天，错过了，一年的事就前功尽弃。

秋至，砂仁果悄然成熟，金花坑弥漫着一股沁人心脾的香气，村人开始兴奋起来。收获砂仁无须像摘树上的果子那样老少倾巢而出，一两个自家人就可。整天蹲在茎叶里纵然寂寞，还闷热，而把一颗颗红透的果实装进筐里，就像把一张张钞票塞进口袋，一年的辛苦瞬间得到补偿。

村里的砂仁从来不愁卖出去。一到收获季节，外地商贩闻风而动，把车子开到村前，揣着大包钞票在村巷山坡转来转去，双方讲好价，就一手交钱，一手交货，近年干货约三千五百元一斤。村里人珍爱砂仁，有的老人在砂仁园浸染了大半辈子，却从来不吃品级好的，把摘回的砂仁果分级拣好，焙烘善制，上好的卖给别人，剩下的自己用。

这样慢慢聊着，从上空叶隙射下的太阳光线移到了背后，老谢收回话题。在相邻园子劳作的几位村人扛着锄头出来，笑着同老谢打招呼。看着他们喜悦的样子，再看看轻风拂动的砂仁园，想象收获季节的另一番景象，心里不由得感慨：多好的山水，孕育出千年稀世珍品，孕育出勤劳善良、秉性耿直的人，我有足够理由为这块土地骄傲，为村里人高兴。

午后，去另一个砂仁园，在老谢他们园子西面。越过一道沟，翻过一个长满杂树的山坡，迎面是大片砂仁苗，南风拂过，一起一伏，有点儿浩浩荡荡的景象。朋友说是一个公司七年前开发的砂仁生产基地，两千多亩，集生产、加工、销售、推广和科研于一体。基地的建立，并没有影响村里人种砂仁的收入，也没有影响本地砂仁的质量，反而通过公司的宣传，越来越多外地人认识了金花坑砂仁的珍贵。

行走于绿叶相拥的小径上，恍若自己也是一棵葱翠的砂仁，在阳光下饱含着生命的汁液，迎接一个季节的到来。因为不许人畜随便进入，园里显得十分安静，像置身于深山老林，自然，生态，和谐，看不到多少锄挖的印迹。

来到建在坡上的一栋两层简易楼房，里面放着锄头、镰刀、剪刀、胶管、箩筐等工具，另有一个休息间，摆着沙发、茶几。迎接我们的是一位中年汉子，皮肤黑红得像鲜砂仁果，朋友称他老陈，当地人，公司聘请的管理员。

我有意无意问老陈天天在这儿，像与世隔绝，不觉得寂寞？他笑笑说，开始有，但相处久了，每个山坡，每道坑溪，每片砂仁，鸟虫，都熟悉得可以对话，哪还有那种感觉……原来老陈是位十分热情、朴实、风趣的庄稼人。

说话间，他为我们冲泡了一壶茶，说是他自制的春砂仁茶。

透明的玻璃壶里，茶叶缓缓伸展开，破碎了的砂仁籽往下沉，壶里立即有了色彩，有了层次，也有了曲折。一杯在手，香气袅袅升散，轻啜一口，感觉有茶叶清醇之香，又有砂仁纯甘之味，心气平静畅快，让人释杯。古人说喝茶，五碗肌骨清，六碗通仙灵，看来融入了金花坑砂仁气质的茶更易通灵神。

自古以来，太多的文人爱茶，写茶，画茶。我发现对面的墙壁上挂着四幅春砂仁画。老陈说是一位专爱画春砂仁的画家画的，人称他"春砂仁痴"。画家花了很长时间潜心观察研究春砂仁各个时期的生长状况，几乎走遍南北大小砂仁园，铁心要画出春砂仁的独特韵味。看那雅俗共赏的春砂仁图，像齐白石的白菜图，超写实，逼真至极，不同季节的叶片形状、色彩都清清楚楚。

曾记得，二十世纪八十年代，当地一家国营酒厂大胆创新，利用春砂仁做配料开发出春砂仁露酒、春花白露酒和春花红酒，产品风靡市场，获得"省优产品"和"部优产品"称号。老陈说他们公司前两年与一家科技公司联手，研制出春砂仁蜜饯、春砂仁糖果、春砂仁饮料、春砂仁茶等系列产品。

在老陈帮助下我完成了任务，回到小楼前面一棵挂着许多果子的黄榄树下，这是砂仁园里唯一一棵比其他杂树高大的老树。西斜的阳光在一片片微微起伏的绿叶上飞舞，千百种吸足了阳光的植物开始慢慢释放出自己的体味。我想，这就是古人所谓的"佳气"——美好的天地之气，吉祥、兴盛的象征。

我忽然得到某种启发，像直秆的砂仁苗一样，默然站在那儿，让身体吸收蟠龙山的灵气。然后，欣然辞别老陈，辞别金花坑。

第二辑　想念一棵树

她们踏上塘边被水淹过的石板，把裤管衣袖撸起来，露出雪白的肌肤，双手有意无意地擦，秋波跟水在荡漾，麻酥的水摩挲着手脚。洗着洗着，就有人发笑，你看看我，我看看你，伸手捏一下旁边的脚，有时会打一阵水仗。女人就是这样，近了水就变得妩媚、灵秀、神采飞扬。

——《难忘清水塘》

他的名字叫幸福

原谅我,离开村子后再没有看望过他,每次回家,匆匆办完自己的事就走了。也为此,儿时的几位亲密小伙伴,我的疏堂侄,之后村里的犟汉,遇见我总是爱理不理,而睨视的目光不时地瞟我一下,再一下,看得我心里发毛,疑心他们已经把我看作了外人。

或许,在当年七八个年纪相仿的小伙伴中,我多读了几年书,离开家乡在城里有份工作,平时少回来,他们就以为我成了一位光鲜的成功者,眼光高了起来,人变了。其实没有这么回事,记忆是深刻而坚实的,深植于血脉里的东西不是那么容易改变的。而在我一时难以向他们解释时,心里是矛盾的,思维和记忆时常被触发,过往的许多像一张张老旧得模糊的底片,被照亮,被放大,在眼前穿梭,定格,他的影像最多最清晰——村里一位逝去三十多年的孤寡老人。

他和我们村里所有男人同姓,名叫幸福。这个是别名,村队的记录簿和公榜都是这个名字。我查过族谱,在本氏中名"福"的有几个,男丁三个字的姓名,中间的字就要使用同宗族正宗字辈,排列严格，但怎么找也找不到"幸"字辈。我不去多想了，他出生在中华人民共和国成立前的贫困山村，我宁愿相信他年轻时有一个名字，后来因身世、性格、愿望，换成了这个名字。

他一生没妻儿，很早就是村里的"五保户"，无须参加集体劳动，队里分他口粮。住的是一座很大的旧屋南面的一个小角间，砖石混合砌成，墙厚，结实，门洞朝南，一看似寄人篱下，又似与世无争。内里窄小，入门西侧靠墙砌一小炉灶，灶台稍宽，可当饭桌摆放盆钵。仅剩的一点儿空间，叠着两排劈碎的灶柴，四壁被熏得不能再黑。被一墙隔开的里间，架着一张旧木床，借着两个小窗和上面明瓦透进的光线，才可依稀看见一些破旧家什。

我在村里生活二十年，自懂事到读书离开村庄，他似乎一点儿也没变，脸是那样的脸，瘦瘦削削，没忧没愁，腰杆是那样的腰杆，公狗形，微弓。

可以说，他称不上我和几位小伙伴的启蒙老师，但童年少年的许多时光都和他在一起，正是他以一个"老顽童"的心性带着我们创造了那段时光，使得我们童年生活丰富多彩，甚至不乏刺激和冒险。也正因此，当年的几位小伙伴对他一直有一种特殊感情。

我真正接近他，是八岁的那年夏天。

那时候，村里的孩子带着父母的明显遗传基因，自小练就了上树、爬山、跨沟、浮水等本领，经常像山狸似的，在山溪、竹林、禾田、村头巷子窜来窜去。这除了好奇，好玩，一半是寻找野果、黄瓜、竹笋、木耳之类，因为家里食物还不能满足身体生长发育的所需。

一次，我和针仔、文仔两位小玩伴儿带着在山上采到的一些东西沿着村巷下来，在那间小屋前看见另两位小玩伴儿手里拿着一条红糖，友好地向我们打招呼。那位母亲教我叫"幸福伯"的老头子蹲在小屋门前的石条上，一脸诱惑逗趣的笑。原来两位的糖条是幸福伯给的，他们俩都抽了他的水烟，抽过后给糖过口。忽然，我们也有这个念头，抽烟不会被噎死，父亲们都抽烟。于是，我向他示意一下，要过那支胸口高的簕竹水烟筒。他哼哼着摁上一撮红烟丝，点火，我试着轻抽两下，接着夯着胆子一气把贮在竹筒里的烟抽光，开始感觉有一种油香味，之后又苦又辣，胸口堵得难受，天旋地转。他向我竖起拇指，递给我一条红糖。这种经过煮、熬、拉扯等程序做成的红糖，我吃过，是用鹅毛、烂铜铁从收破烂儿的"杂货佬"那儿换来的，孩子们十分喜爱。轮到比我小一点儿的针仔，像我一样，用吃奶的劲儿抽，很快，抓住烟筒的小手松开了，趔趄两下坐到地上，手抓着胸口，拼命地猛咳，口鼻成了烟枪，原来是呛得一时缓不过来。

而他，却在哈哈大笑，笑过后把针仔从地上扶起来，给了两条糖。

难受很快过去，过后若无其事，还觉得有点儿好玩儿。此后，我们主动去小屋向他要烟抽，两次、三次、四次……没有初始的难受感觉。渐渐地，我们都想念那支烟筒，连在学校上课也想。

记得，我们上了烟瘾就是从那时候开始的。我们早就认识他，并因为几次看见他分给孩子玉米、花生，有靠近他的念想，没想到第一次接近他时，赏赐给我们的是那样的刺激和过瘾。后来我们把他看作"玩伴儿"，小屋成了抽烟站，几乎每天下午放学后，大家都呼啦跑到小屋前集合，然后搞那"玩意儿"。

有了一群稚气十足而活泼的孩子在身边，他整个人都精神起来，脑壳里生出不少鬼点子，时不时带我们玩出一些新花样。秋天，他用露兜树的长叶子制作几个水车，又用旧报纸结成小船，供我们在小屋前小溪玩水，玩完后给每人一颗糖果。那时候我们都是馋嘴猫，吃了他的东西，自然愿意跟他玩。文仔带来的那只家狗见有糖吃，也从那边走过来。他那双几乎被耷拉老皮遮住的眼忽然闪亮几下，叫文仔把狗给他。黄毛狗温驯，但馋。他给了它一条糖，把一排炮仗扎到它的尾巴上，点燃。突然，狗像被什么凶兽追咬似的，惊叫着往池塘基跑去，飞过水闸口，在草地上打滚儿。而他，却大笑，笑得很得意。事后我们知道，这条狗经常钻进村里人家偷吃，还弄破盆钵。他怀疑它几次偷吃他搁在灶台上的白粥。此后，那条狗还真的给制服了，经过小屋都提心吊胆，见到他都绕行。我们呢，觉得那是奇趣而冒险的行为，但以后都不敢再做，担心狗会惊得发疯，家狗成了疯狗，后果不堪设想。

早年的饥饿，在我们这一辈的记忆是永恒的。村队田地较多，但种什么都低产，遇上洪水旱灾，收成大减，除把一部分稻谷当公粮交给国家，分到户的不多。"三黄四月"，许多村人摘野菜，挖山茯苓充饥。一天下午，我和文仔饿得慌，推开小屋那扇柴门，想看看有没有吃的东西，揭开小锅盖，发现锅里似有番薯，把手伸进去，抓起两颗冷硬的鹅卵石。我想，他也饿疯了，把石头当食物。

我和文仔在小屋门前的石板上坐了半小时，他回来了，肩上扛着一把铁锹，手提着沉甸甸的竹篮，两个衣袋胀鼓鼓地塞满东西。

是好吃的！我们心里腾地一阵惊喜。

他脖红耳赤，一脸得意，乐呵呵的，像一个化斋回来的老者:"好嘢,好嘢,有的食,饿不死!"

原来那些"好嘢"是他在村背山上挖的野生山薯(山药),他熟悉山野,知道哪里长着可以吃的植物根果。

那天近傍晚,我还叫来了几位小伙伴儿,大家塞满了一肚子煮熟的山薯,饱得连连打响嗝。

那个季节,我们经常吃到他从山里、田里弄回来的东西。一次他捉回十多只田鼠,一分为二在锅里做成红烧,开始我们不敢吃,看着他吃得那么香,就夌着胆子吃,味道确实不错。有些时候,我觉得他把我们这帮孩子看作他的孩子。我们呢,始终把他看作一个"老顽童",因为我们都有亲生父母,是他那种不知忧愁、无忌天地的脾性引逗着我们跟他一起玩。

可以说,他的一生是不幸的,和我们父辈及我们这些孩子生活在物质贫乏时期。而他又是幸福的,也许时代的困境和个人的遭遇,让他体内长出了一套对付孤独与贫困的绝技,表现出来的情绪和言语,没有村里孩子多的父母们的忧愁和辛苦。

因为贫困,山村变得沉闷而单调,人们脸上很少出现轻松的笑容。而他却顶着生活的硬壳,去做一些别人不敢做不想做的事,以此张扬其天性,给村子添些活气。

又是一个秋日上午,我和几位小玩伴儿在屋前的小溪捉小虾,他走过来,带我们去池塘北侧看挂在龙眼树上的一个东西。那是一个冬瓜大的马蜂窝,我们懂他的意思:要我们帮忙把马蜂窝弄下来。以往我们干过这事,是纯黄色蜂的窝,那种蜂不太凶,蜇人不甚痛。而眼前这个是黄黑相间、体形很大的那种蜂的窝,听大人说不能捅,蜂很凶,很毒,蜇一针就痛几天。

但好奇和兴趣掩盖了害怕,还想象着窝里面蜂蛹的味道。听吃过的伙伴儿说那种未见天的蜂蛹肥大,浆汁多,味道比那些小黄蜂的好得多。

　　他将一把割禾用的镰刀绑在一条长竹竿一端，叫我和一个小伙伴帮忙，我们合力把竹竿举起来，伸长脖子，瞪大眼睛紧盯着。真是"扛着竿子戳马蜂窝——能惹不能撑"。镰刀刚碰到窝边，立刻涌出一团黄黑相间的大马蜂，我们只好扔下竹竿逃跑，可哪能跑得过它们，只听见头顶上"啪"地脆响一声，又响一声，大块头皮立即发麻，疼痛难受，我倒在地上打滚儿。几乎同时，走在我后面的小伙伴儿也"哎哟"地叫喊起来，像我一样滚在地上。后来我们躲进了旁边一堆稻秆里。而他，躲进了一条窄巷，用芭蕉叶掩住身体，没有听见他叫，有没有被蜇不知。我们问题不大，自己惹的痛，只好自受了。不幸的是三位在池塘边洗衣的少妇中了"箭"，胳臂、脖子几处被蜇，坐在石块上呼天抢地，一位还跳进了水里。那时我们已经跑到了远离蜂群的地方，最后不知他怎样把蜂窝取了下来。他提着沉甸甸的蜂窝找到我们，用蜂蛹的浆汁搽在被刺的地方。还真灵，一会儿肿痛就缓解了。

　　后来想想此事，除了少年的好奇冒险，很大目的是想吃蜂蛹。那个蜂窝里的蛹非常多，把它放到火堆上轻轻烤一下，就香味扑鼻，一条条吃了，以此补偿被刺的痛苦。

　　然而，两位被蜇的媳妇傍晚到小屋找他，向他出示胀肿的红包，没有怎么骂，要讨个说法。他一脸不好意思地说："是我之过，让两位嫂子受罪了……"一番道歉后，把碗里还会动的几条生蜂蛹给了她们，叫她们回家搽涂。

　　在周遭的村子中，我们村最大，人丁兴旺，每年春节，村里那堂祖传狮子就闹腾起来，逐家逐户拜年，七八位武生打扮的壮汉，扛着刀枪，拥着一个高大的狮子，自制的牛皮鼓声、锣钹声响彻全村每个角落。狮子临门，老幼出来迎接，互相问候，送出一个小"利市"，那场面热热闹闹，喜气洋洋。物质固然贫乏，但有了新年的祝福、问候，心里还是欢喜。

记得有几年，狮子被上头没收了。没有了狮子拜年，村子沉寂单调，不像过年，别说人，走在村巷的狗也无精打采。

没有狮子拜年的第三年正月初二上午，天气晴好，他召回我们七八个孩子，说要做一件"正经事"：给村里人家拜年。他用竹子给我们每人制作一个像笛子似的可以吹出三四个音调的响器，还不知从哪儿弄来一只旧铜锣。我们按他的意思，用红纸浸水将脸蛋涂红，他的脸涂得像只老公鸡，头上一顶无檐红布帽。

我们站在小屋前地坪上，听他讲了些要求，就沿着往年狮子拜年的路线开始做事，他领头，我们跟后。与其说他本意装扮成一只老狮子，不如说更像一只老喜鹊：橘红的头，竹器是喙，没有纽扣而张开的棉袄是翅膀，腰背稍稍弯弓，胳臂拱开。大家都很卖劲，吹得脖子青筋梗起，呜里哇啦的音调从拇指大的竹筒飞出。有激越高亢的，像女人的笑声；有平俗的，仿佛小孩撒尿；有懒散不全的，如水牛放屁，洒满巷子，造出了一点儿过年气氛。文仔左手提着铜锣，右手猛劲敲击，累了就轮到我换上。在前面的他双手模仿举起狮子头时，大家就一起大声念："拜年，拜年，新春大吉到门前，大鱼大肉过新年，今年好过旧年多，一斗打出几车箩……"吉利的话从一群孩子嘴里飘出，在村巷回响，成了村里人最爱听的祝福话语，一些人感动得热泪盈眶。从屋里冲出来的孩子觉得有趣，纷纷加入队伍里，叽叽呱呱叫个不停，有的孩子正是换牙年龄，声音听起来有点儿跑风漏气，有的本来就拖着鼻涕，呼噜呼噜在鼻孔里出出进进，像两条又长又大的蜂蛹。村里唯——只老公鸡从侧巷跑出来，引颈向天啼鸣，一黄一白两条家狗跟在后面，翘起尾巴左右摇晃。

我们的举动一直装模作样，又装不成样。看似一场"玩意"，包括心念、动作、器具，都是即兴即就的，廉价的，草根的，但并非虚无得不足挂齿，多少有点儿"质量"，有些"味道"，它不足以改变村里长久沉寂的状态，却像田地的冻土里长出的新芽，冲破沉重的生活硬壳，给禁绝了拜祭的村子增添了一点儿活色生香，让沉重的日子有了稍许轻盈。站在门前的村里人，看见一位充当"狮子头"的"老顽童"，领着一群稚气十足的孩子上门"拜年"，不禁忍俊一笑，拱手相迎，有的还送上一角钱、二角钱"小利市"。人们不是纯粹看我们的举动，而是从中看到了老人心性不改，少年心房在跃脱，身体在生长，未来的日子不再寂寞和空虚。

大家游走了近两个小时，洋洋的音符洒了一巷又一巷，回到小屋前，又饿又累，半躺在石块上。而这位"幸福老仙"不像我们，他进屋里一会儿出来，给每个孩子发了两颗糖和二角钱"红包"。有了这些奖赏，我们觉得瞬间成了最幸福的孩子。

时光像白驹过隙，我们已经渐渐长大，类似的活动少了。但并非彼此疏远，是弟妹多了，父母忙碌于队里的种种收收，家务落到了我们这个年龄段孩子身上，还要时间和心思读书，有时还要跟父母到地里劳动。对于"玩"是念念不忘的，空余时间就邀约到小屋前，尽兴地玩半天。

又过了几年，我到镇里上高中，从此真的疏远了他，其他孩子各有其事，分分合合，少年时光已经远去，而下一个年龄段的孩子，不再像我们那样常常集结在小屋前玩。他成了一个孤独老头儿，经常一个人坐在灶台前吃饭，一个人倚在门前石板上晒太阳，从公鸡与母鸡的欢娱中找点儿乐趣；有时，他会主动找到几个同辈人聊天儿。好在，后来他买了一台收音机。有了这个好家伙，就不那么孤寂了，有时到了深更半夜，人入了梦，收音机还在唱。

读书毕业从学校出来，我分配到县城工作。那时对工作和生活充满激情，很少回想过往旧事。一年秋季休假回老家，忽然冒出看看他的念头，晚上向母亲问起他，母亲的脸往下一沉，说：幸福伯他半年前过辈了。我心腾地惊颤好一阵，有刺似的。

母亲接着说，他临终前几个月里，队里安排人轮流照顾他。当然，照顾他最多的是我的几位疏堂侄，当年的小伙伴儿，最后还送他上山。现在想来，那时候他们是多么希望我在场啊。

我经过当年的那间小屋前，在那儿停下来，想寻找过往的一些印迹，但一切如逝水般流走了。那座大屋只剩下几堵无语残垣，替代小屋的是两棵一人高的无花果树，以及从断砖、石砾缝里长出的茅草。想从中找到当年用瓦片锯开几条缝隙的那几块嵌在墙角的青砖，可怎么也找不到啊。生命是那么顽强，又如一秋草木。

今年清明节回家扫墓祭祖，我又想起他。提孩时候，他心里有我们，带着我们做了许多趣事乐事，那段时光是终生难忘的。而到了他寂寞不行的时候，我，单指我，又为他做了什么呢？什么也没做，像只丰羽的鸟儿飞离了故乡，永别了他。我心里愧疚，也难怪堂侄们会向我投来责怨的目光。

一种心愿的驱使，我用一个上午行走在村北山坡上，找到他的坟墓，伫立在他前面，恭恭敬敬鞠了三个躬。

父亲盖房子

父亲的坟茔和所有祖坟都往东，与村子相隔两道山梁。今年清明节我从城里返回老家，同三个哥弟扫完坟，坐在门前聊天儿，聊的事情大多是往昔的。

老家原是一排坐西向东的五间瓦房子，十五年前留家的小弟拆了北面三间，在宅地建起了一幢三层楼房。

留存下的一间正厅和一间睡屋依然结实。看着老屋檐里经年不朽的檩椽和保留原色的手工刻画青砖墙，父亲头戴青布帽，腰扎灰布带，脚穿解放鞋，立在竹搭的简易竹排山上，把一块一块泥砖砌到墙上的形象，浮现在脑海，久久不逝去。

一九四八年父亲娶回母亲，住在马腰山脚下爷爷盖的一间旧瓦屋，左右两侧隔一块旱地，有同宗的三户人家，而父亲的房子最小最差，墙上经年的灰砂开始腐化，一些地方出现不规则的裂缝，露出棱棱的石块，大的缝隙可伸进手掌。一天夜晚，母亲起床屙尿，坐在墙角的尿桶缘上。突然，背后的石墙响了两下，一块石头落下滚到母亲的脚边，母亲以为是老鼠作怪，没怎么惊诧。可过了一会儿，她悚然尖叫着跳起来，跑回床前对父亲说，看见两只人的大手从墙角破洞往里伸进来，触了两下她的腰部……

血气方刚的父亲操起一把柴刀冲出屋门，发现一条黑影在墙边溜，大叫两声"捉贼"。与父亲同年代的邻居留哥羡哥立刻起来，一起追到西面的池塘边，将一个邋遢得不像人的中年男子逮住……原来，这贼是外村一个穷得全家五口只有一张半棉被的家主，那晚错把母亲的臀部当作棉被，想抓住往外拽……

一连几个晚上，父亲看见母亲惊悸不定搂住大哥睡觉，心里愧疚得很。他封回了被扒开的墙洞，将大的裂缝填上灰砂，绕着屋墙走了几圈，心里不是滋味——那年代，房子除了是家的重要表述外，很大成分是家庭生活的支柱，没有房子，无异于失掉了灵魂，特别是对一个女人而言。

散石混泥灰垒起的屋旧到贼人可以用手轻易拆开一个洞，确是不能再住下去了——一种自尊与责任驱使父亲心里第一次萌发盖房子的念想。

那时期，村里人盖的房子大多是泥砖房，但求遮风挡雨。爷爷早逝，父亲又单兄独弟，家里的一切都得靠他。好在他十岁时得到留哥家资助进了几年学堂，懂得些文墨，操事明理。盖房子这件大事定下后，他二十多天不在家，跑到离村十多公里的西山木场帮人家砍木，后来用牛车拉回了二十多条瓦钵大的杉木。

父亲弄到了盖房子的木料后，接着备好了泥砖和土瓦等材料，还选定宅地，按拣好的日子动工。

父亲年轻时就很有心性，请了村里两位懂行人行墙砌砖，自己打下手。一间正屋一间睡屋，盖到一半，父亲可以自己站在竹排山上放线、上浆、摆砖、压缝、抹角，简直天生盖房子的灵性。两位在行的叔哥有点儿不放心，对父亲砌的墙做小验收，查看过后连连称好。父亲没有放弃后来的机会，跟着学习定檩、布椽、铺瓦、砌脊。四个月过去，一座两间的房子竣工了，堂堂正正，立在马腰山下。开心的父亲带来母亲，站在前后看着新居，那刻父亲比母亲还高兴，因为拥有了新居，还学到了一套盖房子的技艺。

新居入伙那天，父亲把按习俗挂在正屋檩上的一条大红布放下，朝阳照进来，整个厅堂映得红彤彤。虽没有什么大鱼大肉，但还是热闹了一天。

父亲第一次盖房子的事，是母亲给我们兄弟讲的，她不止讲过一次，每次讲时眼光都很感激。

父亲一家搬入新盖房子两年后，旧房子在一场风雨中坍塌了。他早年在屋旁栽的几棵土石榴和土柚子，每年都挂很多果，我和村里的小伙伴摘过果后，常常跳入残墙里，东看看，西寻寻，翻开一些碎石断砖，好像想从中发现父亲早年的一些秘密，或者找到留下的一件小物。

二十世纪六七十年代，我国遇到了很大的经济困难，数亿农村人经受着贫困的鞭策。而这时期，人口却出现了爆炸式增长。我们这个六十多户人家的村子也一样，大多数家庭由三四口增加到七八口，父亲家里也转眼增加到六口人，并且还有继续增长的势头。

人丁旺壮，凸显住房不足。村里许多做了父亲的男人，无力改变自己的出生身份，只能用推翻旧房子、建设新房子来证明一个男人的本事与尊严，建新房在村里成了热话题。

膝下的儿女天天长大，父亲开始了第二次盖房子——在正屋左侧连墙扩建两间同样大的睡房和一间灶屋。他把家里那头一百多斤的猪卖了，又从亲戚那里借些钱，买回所需的木材和屋瓦，用土法解决泥砖和石头。父亲选用当地田块里的黏土配上山上的纯黄泥，用水泡软、用牛炼熟、用木砖模印出每只达二十斤共两千多只大泥砖。接着，一连十多天清早上山挖石头，还自己做牛，用手推车把山脚的石头一块块拉回。一天下来，父亲坐在屋侧石堆上，夕阳的余晖映着深赤的脸庞，像劳作后的老牛呼呼喘着粗气。父亲给了儿子很多勤劳、朴实的基因，当时我和哥跟着父亲干活儿，但累了他就叫我们回家。我走到父亲身边，看见他磨成老藤似的双手和肩头被麻绳勒出的紫红色沟痕，禁不住泪水涌出来。而父亲却没叹息一声，反而安慰我：这算什么，不伤破点儿皮肉，不做几番牛马，哪能有新房子？他脸上的疲乏表情很快被一种喜悦替代了。的确，那时能够盖新房子是幸福的，能够自己盖自己的新房子是幸福与快乐的结合体，哪儿还有苦与累呢？

　　那之前的十多年，父亲每年都被村里村外人请去盖房子，技艺纯熟到在村里数一数二。他盖房子没有设计图纸，只在一个本子上画几页杠杠，记些数字，但对整座房子的坐向、基础开挖、厅房灶屋布局、高宽、用料、檩椽布排、资金费用等都心中有数，清清楚楚。

　　相比之下，砌墙没有备砖石那般劳苦，或者是看到面前的墙体不断长高长大，人往上升，心往上升，就苦中有乐，还有点儿自豪。扩建的两间睡屋，墙体根部一米多砌散石，上面砌泥砖。墙砌到两米多，父亲心里已筑起了两间崭新而宽敞的睡房，整个样子潇洒起来，时不时跟在下面帮忙的家人逗儿句笑话。此刻，我看到头顶上的父亲站在竹排山上，头戴一顶麦秸帽，腰扎一条花格布带，一双半旧的解放鞋，砌墙的动作是那样自如，砖刀的摩擦声紧凑、利索、实在，像熟练的画家挥舞画笔，一块泥砖举起来，睖眼瞄一下侧边的红线，把砖放下，校正，用砖刀左右抹抹，之前还是泥块单砖，转眼与下面的同伴乖乖地贴在一起，严实工整。看着虽土里土气，没有从火窑出来的青砖那样坚硬和体面，但却是墙体的一块新肌肤。那时，严冬罩住马腰山，父亲丝毫感觉不到寒风吹刮的刺痛，感觉不到整天劳作的辛苦，一阵猛风过来，他随风啊啊哟哟地哼几句粗朴的山歌，似乎有一种特别的幸福和快乐传遍全身。

三个月，家里的扩建工程主体完工了，之后父亲又盖了一间适用的灶屋，给外墙批上一层灰浆，以传统的方法保护墙体。如果说先前的两间房子显得单薄和小样，四间同样高的连在一起，再配搭一间灶屋，像几头牯牛站在一块儿，庞大而有气势得多了。启用那天，母亲大清早煮了两桶甜汤圆，逐户叫左邻右里来品尝。或许是我们兄弟听话，父亲特地在两间新房安了两张木床，让我和弟同住一个房，在县城读书的哥住一个房。

父亲对盖房子一直没有荒疏，在我的记忆里，印象最深刻的，莫过于对房子进行"换墙"。那是家里第二次盖房子八年之后的事，说起来简直是一个令人惊叹的"创举"。

第一次盖的房子经历过三十个春秋，贴在墙面的灰砂已经剥离脱落，右侧睡房那面墙被每年数场风雨剥去了大块表皮，露出一个个泥砖像一片癣迹。父亲开始关注这面土墙，经常在墙角睖眼"打量"它，遇到夜晚要下雨，就用手电筒贴在墙边由下至上"扫描"几次。

有一次吃晚饭时，父亲忽然说右侧睡房那面外墙要换。"换墙"！大家一听，眼睛瞪大了。父亲微微一笑，解释说，那面墙经历风雨特别多，已老掉了皮，往里弯了两寸多，这样下去有危险。

我像父亲那样打量了一遍那面墙的外形，发现墙体确如父亲说的，颓败出一些不规则的纹理。

可是村里人向来是推倒旧房子，建起新房子。换墙，稀奇啊！除了经验、技术、工具、材料，还需要胆量和运气。父亲从未做过，他做得到吗？

我们兄弟和母亲没信心，再想想，还担心，甚至惊怕——想象房子在瞬间轰然倒下。

好在父亲多次用坚毅、镇定的眼神向家人解释，加上他盖过无数房子，我们也就相信了一半，而仍有一半担心。

父亲已经拿定主意，择了个吉日，在家人担心下开工了。他叫来村里两位帮手，用杉木并联的办法把所有托住椽条和瓦面的檩子锁固，再用十多条粗籁竹做柱子把锁住檩子的杉木撑住，加了许多铁钩固定。两天后，父亲对着山墙念了一句什么，然后爬上竹排山，用一把新砖刀把承着脊檩的第一块砖拆下来，脊檩上纹丝不动，接着顺着"八"字墙斜面，由上到下拆掉第二块砖，第三块砖……一切安然无恙，父亲和两位帮手脸上露出了喜悦神色。两天后，那面墙拆平到地面。

母亲的睡床原安在里房，拆墙前搬到北房。对着厚泥土墙呼吸了二十多年，现在熟悉的墙忽然没有了，成了老河马张开的大嘴巴，从外往里看，从里往外看，都瘦骨嶙峋，让人感到惶悚不安。

父亲没有马上砌新墙，说再等几天。这对母亲和我来说是漫长的。两天后的一个晚上，父亲从外村回来，说出了砌新墙的办法——"装底卖面"，"二十八墙"，外面砌单青砖，里面砌石块，砌起的墙从外面看全是青砖……那时家里确实穷，连多买些青砖的钱都没有。父亲为此思量过，这样砌墙，环节多，难度大，时间长，但墙体坚固，耐风雨，还较美观，比全用青砖省一半以上开支。

这个办法在社会上是多见，在村里算个小创举，多少有点儿朴拙的才智。这下父亲没有做过多解释就动手了。我和母亲猜想外村有过这样的范例，父亲曾到那里"观摩过"，所以不怎么在意别人说三道四了。

那段时间阳光普照，神清气朗。二十多天后的中午，父亲砌上脊檩下最后一块青砖，放下砖刀，一面砖石混合墙在马腰山下诞生了，是那样新颖、雅致、悦目。小小创举，引得村里村外不少人来观看。父亲因此声名大振，被人们授予"马腰山第一响砖刀"称号。

换墙完工第二天，我发现家里那只平时喜欢在竹丛刨食的老母鸡不见了。晚间桌上多了一煲腾起诱人香味的汤，久违的甜香味一扑进鼻子，胃口就大开。盈着笑脸的父亲给我们兄妹各盛了一碗，说我们有功劳，今晚特别奖励。感激的母亲从煲里捞出一只鸡头和两只鸡脚送到父亲碗里，说真正有功的是他。原来，父亲为了庆贺他的工程圆满完工，把那只不能再下蛋的老母鸡杀了，可见父亲当时的心情是多么高兴。我想父亲操砖刀这么有心得，假若进入正式建筑公司，定会成为一名建筑师。

从那以后，父亲停止了为家里盖房子，却常常被建新房的人家请去。一九八二年秋天，父亲从外村回来，又对房子的正面灰墙左敲敲，右锤锤，还用尺子量宽高。原来，他萌发了为房子"办靓"的念想。

二十世纪八十年代初开始，村里人盖房子开始用青砖，还讲究点儿新装饰。那种把生活与土地紧密相连的纯泥砖被抛弃了，这是村里人建房子的一个历史转折点。开明的父亲也要拿出村里少有的技艺，让我们的老房子赶赶时髦。

我记得，当时父亲把一排房子正面斑驳的旧墙皮全部削掉，重新糊上一层与原来厚度一样的坚硬灰砂，然后将磨碎过筛的"黑烟"颜料与水泥粉按比例混合，搅成糊状，用泥水工浆匙涂抹到墙上，接着按照传统青砖的规格，画出一道道横竖砖线，用钢刮子刮出一条条砖纹。过两天墙皮稍干，做最后一道工序——用一条手指大的特制小铜铲将化过的纯白石灰糊一点点地涂到砖纹上。整个程序需要较高的心性和技艺。为了美观一点儿，父亲还特地用灰浆在檐下砌出一道与墙和鳞瓦都搭配的小弯拱，浮塑出两条直线，意味颇可含咀。

完工三天后，父亲掀开遮住墙体的薄膜，一面"青砖墙"像早上睁开双目看见太阳升起时大地的簇新和鲜亮。村里不少人过来赏"新"，他们从未见过用这种方式造出的"青砖墙"。而那晚的父亲呢，带着掩不住的笑脸一个人跑出去，躺在屋侧晒场稻草堆上，大口大口啃着甘蔗。天上的一弯新月抱着一颗闪亮的星星，月光下的父亲是那样可爱，如星的眸光里反映着穿在墙上"新衣"的亮丽，脸庞呈现出经过辛苦劳作而获得成功的一种甜美。

人生的时光在奔腾，父亲砖刀舞着舞着已经六十了。就在他继续把盖房子的技艺献给村里人时，人生的风景线却在此刻开始变色、收敛。一年冬季他给村里一户人家盖房子，刚完成一半，就开始咳嗽不止。经过一段时间治疗，病情有所好转，但却不能像过去那样在风雨阳光下高空作业，只能在灶屋里帮人家砌火灶。

命运的安排让父亲再无法拾起盖房子那套本事，他很痛苦，很无奈。得病初期，村里几户人家亲自上门请父亲为他们建房子，而父亲只得摇头作罢。我看得出，父亲是不肯就此妥协的，他仍熙熙然贪恋着人生时光，贪恋着受人赞羡的泥水匠手艺，如果上苍允许，他乐意把技艺献给村里更多需要盖房子的人家。

母亲和我们兄妹都为父亲的病操心，母亲甚至多次做过求神拜佛的事。但病魔无情，六十八岁那年秋天，父亲病情加重，连拄拐杖行走都困难。我从县城赶回，他急着要搬到正屋睡。我在正屋左侧安了一张简易木床，躺在木板上的父亲不怎么动，缩成一个老人，往昔挥舞砖刀的双手搭在被子上，瘦得筋骨全露，变形的手掌结着一块块角质干茧，曾经对着新墙哼小调的那张嘴，干瘪得像冬天的蟹窝。看着父亲的样子，一支锥子直往我心里钻，一股涩热滚出眼眶往下流。

入冬后的一天，心里尚明白的父亲感到自己即将走到生命尽头，对我们兄弟说：我的日子不多了！屋也跟人一样，新十年，旧十年，修修补补再十年，未来兴楼房，你们不用另找宅地，可拆掉两间旧屋建楼房……父亲这个建议，后来我们认定是遗嘱。

那年冬末，父亲走了。走前，那双几乎失去生命光泽的眼睛在稍暗的墙影下微微张开，缓缓翕动，好像看见了当年脚踩竹排山头顶蓝天左手举砖头右手挥砖刀嘴里哼小调的一幕，或者，还有其他钟情的内容，光彩的地方。

准备返城那天早上，我同哥弟在老屋前后巷子走走瞧瞧，想起父亲几十年盖房子的许多往事。老屋在朝阳照耀下容光焕发，当年父亲刻画的一行行白纹青砖跃动着动人的旋律。我双手细细地抚摸着那面注入父亲汗水的墙壁，内心不禁发出沉重的感慨：是什么激励父亲在那样贫困落后时期，含辛茹苦，把半生精力和时间倾注到家的房子上？我觉得，老屋虽老，却是了不起的，每一面墙，每一片瓦，都锦盒一般珍藏着父亲炽热的心愿和平凡的智慧。

老屋在日月风雨中静静地化成父亲的灵魂。

难忘清水塘

南方的乡村，大凡都有池塘，或许是生活风水的需要。我家乡的池塘多，石头塘、长塘、平塘、涩塘、竹根塘，散落于村庄四位，每口塘都有其特点。于我，印象最深的是那两口双孖塘。所谓双孖塘，按村人习惯解释，两口连体塘应该是同时诞生，盛满水后清亮得像村庄两只眼睛，张望着天光云影和远处山峰。

因为它水清澈，人们又叫它清水塘，我也喜欢这个称呼。清水塘位于村子前面，西边紧挨一条石块和灰砂铺砌的村道，人站在石板上，就能看见水中大半个影子；最与众不同的是，它接纳了一脉从西南山脚过来的主渠道，从远处水库流过来的水在塘里淌转够了，再从北侧漫出，流入另一段主渠道；村背山岭出来的一道溪水，也穿走巷子流入塘里。活水源源不断，是池塘水清如许的缘故。

清水塘身世有多久我不知道，村里人也说不清。猜想它与村子的历史差不多，有了村子之后才有它……祖先们敬畏天地，相信生活风水，请来风水先生"勘测"开挖出来的"风水物"。

在我的记忆里，清水塘像两块连在一起的玉

石,那条长长水渠是把两块玉石穿起来,连成一体的绳子;又像两颗紧贴在一起的心,渠道和山溪是连着村庄的脉络,一年四季随日月风雨变化,牵动着村里人的生活;还像两位慈祥的老人,不分日落日出,望着村子,见证村里人生活的酸甜苦辣。

立春过后,和风带着煦日的温暖从东南海上过来,天空和山岭积聚的云雾渐多,大地万物开始萌发。清水塘最先感知春天到来,北边水湄的两棵桃树一夜间开了花,满树花朵映红一片水面,坚守在塘边二百多年的三棵老龙眼树吐出一层新叶子,并渐渐有了花苞;土基相继跳出红的、黄的、白的小花;被村人称为"过塘蛇"的长草,疯似的把茎尖向塘里延伸,一夜间长出半尺。

两场春雨,清水塘接纳来自渠道和山溪的雨水,涨满的水波光粼粼,向村人示意一年的春耕季节已经来临。鸭子也似乎知道塘水已经涨满,从竹围格伸出脖子朝一个方向张望。等到出来时,连鸡槽里的食物也不看一眼,只顾踏着巷里的石板,左右摇摆着身子径直往池塘走,近了张开双翅助跑扑进去,一边浮水,一边嘎嘎大叫着。游过两遭后,鸭们找到一排石块,站在那儿,忙着用又长又扁的嘴梳理自己的羽毛;燕子从南方回来,发现旧时筑在村屋檐的窝还在,也就无须担忧,在清水塘上空飞旋,有时抵近水面,身子一斜,翅尖点一下水,又拉高剪着阳光往上冲;被村人称作"钓鱼郎"的翠鸟,知道塘里的鱼儿到了活跃时候,常常会浮上来享受春阳的温暖,便从土洞里出来,第一时间记得清水塘,沿着水渠滑翔过来,躲在塘边树杈里,专心地盯着水面上鱼儿的踪影,目标锁定后,往往能捕到一条满意的小鱼。翠鸟独来独往,不以群聚,不与人近,但离不开村里的鱼塘。

惊蛰至,池塘水返暖,村里人开始浸种,把十多个大竹箩装上稻种，盖上芭蕉叶和竹盏子，压上石块，放到池塘里浸，叫"浸谷种"。人们发现，几口池塘浸出的谷芽，清水塘的特别青绿，撒到秧田长得快，不几天就呈现一片浅浅的绿色。这也许是水清亮的原因，之后都集中在清水塘浸种，连邻村都喜欢到清水塘浸种。

为了保证春耕用水，几座水库同时开闸，源源的水流入各地灌溉网。连接清水塘的渠道日夜哗哗水流不断，从南端入，从北端出，分流到每一片耕地，塘水因此十分清澈，有一种异地山里泥土和春草味道。缓缓而动的清水塘特别诱人，要是水没那么凉，或天再热些，村里的孩子早跳进了塘里。而那群嫂子没拘谨，中午或傍晚从田地里回来，都爱到塘里洗手洗脚。她们踏上塘边被水淹过的石板，把裤管衣袖撸起来，露出雪白的肌肤，双手有意无意地擦，秋波跟水在荡漾，麻酥的水摩挲着手脚，洗着洗着，就有人发笑，你看看我，我看看你，伸手捏一下旁边的脚，有时会打一阵水仗。女人就是这样，近了水就变得妩媚、灵秀、神采飞扬。况且，池塘水今年第一次这样涨满，这样透亮，充满柔情和鲜活。嫂子们相信，清水塘清凉的活水，能养活那么多鱼儿，能洗干净衣服，洗干净蔬菜，能浸泡出上好的谷芽，一定能将她们劳作时沾上的泥巴洗干净，将肌肤洗得白白嫩嫩，为她们除去一天的疲乏。

夏秋季节的清水塘最有活力。塘边茂盛的草，是一批正值青壮年草鱼的美食，它们在塘里游玩的身影随时可见，饿了就记得哪里有草。村里人到田里劳作，也不忘捎回一把稗草抛到塘里，成群的草鱼像饥饿的鸭子一样围上来，把一把草拉进水里。鸭们鹅们在水面追逐嬉戏，干着喜欢干的事。

孩子们把清水塘当作水上乐园，一天几乎有一半时间在塘里玩。在树荫下休闲的老人，常会鼓动孩子游水比赛，以岸基为线，一去一回比快，或比谁在水里潜的时间长。赢了有奖，一般是糖条、粉酥之类食物。一些小点儿的孩子为了尽快学会浮水，听信大孩子的话，让蜻蜓咬肚脐，说蜻蜓是池塘里的水蛹变成的，上来了还经常在水面上飞翔，让它咬几下肚脐就会浮水。小孩子都这样做，捉来一两只大蜻蜓，脱掉衣服，挺起肚脐，让它咬，直至咬破皮，冒出一滴血水，一种痛痛痒痒从那儿开始，瞬间流遍全身，每根神经都被触醒，有一种向上翘的感觉。之后把蜻蜓放了，大叫几声，赤裸着跳到水里，跟着大孩子学划水。看来真的有效，经过几次这样的过程，也就可以自个儿浮在水面上了。

最有趣的是做一种叫"收青"的游戏。塘底深处有几块石头，一个孩子潜下去，把一条枝叶藏到石缝里，然后大家潜入塘底去找，谁先找到了是英雄。几个孩子潜下去，抠着底下的浮泥前进，往往两个孩子碰在一起，有时还会跟鱼儿相撞，闭一次气找不到，再来第二次。多次参与这种游戏，孩子在水里的机敏能力和潜游技巧得到明显提高。酷热天，孩子是离不开清水塘的，在水里浸过上来，趴在石板上晒屁股，热了又跳下去……有时几头水牛回到村里，也会下池塘泡凉。在池塘骑上牛背，有一种特别感觉。傍晚，大人劳作回来，男人会直接扎进塘里洗身。他们借洗衣嫂子的肥皂擦身，而洗头则怪，不用肥皂，说肥皂痒头皮，而是潜到水底下，用手抠起一把黄泥，抹到头上搓，搓到泥水往下溜滴，再沉到水里洗干净，又细又滑的纯净黄泥，还真有效，汗渍皮痂都被搓去了。

晚上乘凉，村里人也离不开清水塘，西侧有个旧晒场，旁边是山溪流入池塘入口处，错落着一众石块。夜幕从村背的山上拉下，月亮出来，星星眨眼。大人相继拉着孩子过来，坐在围基和石块上聊天儿，享受水湄的凉快，同时可观看落在池塘的天上银河、月亮，观看如棉絮样飘过的云朵，听鱼儿快乐时的戏水声和睡着时的梦呓，听石缝里的蛙鼓和草丛里虫子的鸣唱，听水边草拔节生长的噗噗声。众多的自然之声，包括人的聊天儿声混合在一起，此起彼伏，成为特有的乡村小夜曲。这样一直到深夜，全身皮肉舒松，回到床上安然入梦。

清水塘夏天漫长，多姿多彩，或许包括了部分秋天。三十多公里长的渠道水源长流，直至秋收作物成熟，不仅为池塘送来清水，还送来鱼儿。一场大雨，不安分的各种鱼儿从池塘、坑沟、水凼跑出来，顺着水渠抵达清水塘，一个夏季，不用投放鱼苗，塘里的鱼儿多得数不清。傍晚时分，那种手指大的河鲅甚是调皮，集结到那道溪口处，跳上水漫过的石块，排着一列纵队哗啦哗啦往上蹿，阵势像草原上一群奔马。如果没有人打扰，它们会翻过一个个石级，到达山脚那段积水坑，然后，一场大雨，洪水又把它们送回清水塘。

清水塘和山上山下万物一样，有自己的冬天。秋收后，田里作物减少，无需水灌溉，大小水库关闸，渠道干涸，清水塘也进入枯水期。村里人不会随便浪费塘水，也不会随意去弄脏塘水。它渐渐干去，露出一些未见过的东西，最后剩下半塘水。鱼儿也安静下来，沉到底里，打个窝避寒过冬。

一半泥沙滩一半水是清水塘冬天的面貌。沉积了大半年的泥沙下面和四周石缝里藏着秘密。自从那年有位早起的大嫂捉到一只从石缝里爬出来的大石龟，村人就开始关注半露出的塘底，闲时到那里挖蚌，那些巴掌大的肥蚌把身子藏到泥沙下，看中那个地方用锄头刨开，捡拾准备过冬而又随时会被冻死的蚌。蚌肉味道鲜美,加上生姜、葱头可做出一道佳肴。有时,还在平时洗衣的地方挖出几枚硬币。

隔一两个冬季,村里人就把塘水放干,一是捉鱼虾,二是清塘泥、修塘基。在经济并不富裕的年代,清水塘养大的鱼虾是村人饭桌上的佳肴。鱼大多是野生的,属于村集体所有,过秤后按人口分给各家各户,所以无须争抢也能得到一份。那天几乎全村老少出来看热闹。剩下最后一小汪水时,塘里像炸开窝,大小鱼虾惊得横冲直撞,跳起来,落下,总想逃到别处或找个地方躲起来,可是哪里都不是。最生猛是那些大鲤鱼,像犁铧似的把泥水犁得飞起来,要几个回合才能把它弄上手。一年有两条大蛮鳝,几个大汉在泥巴里奋身捉了半天,才把它们赶进竹篓里。每次这样捉鱼,村里人都不会把水全放干,小鱼也留下,还会从其他地方引进部分活水,让塘不致干涸。"干塘"的名字不好听,塘有水有鱼才有活气,村子也一样。

捉过鱼后的清水塘和其他池塘一样,是村里的天然"肥池"。村里人会及时把黑油油的塘泥挑上来,堆在旧晒场上,经与粪肥混合处理好,成为优质农家肥,也就是今天所谓有机作物所用的肥料。同时,还会对池塘做一次修理,砌起脱落的石块,用灰浆封住老鼠和蛇打出的洞,以免来年出现管涌和渗漏。

冬天寒冷,清水塘却有一股热气冒出来,孩子们喜欢到那儿玩,割塘基上露兜树的气根;用烟火攻那些藏在塘基里的老鼠,捡拾从山溪上冲下来的卵石;看猫儿在水边捕小鱼。有时会做一种没有敌意,却富有挑战和刺激意味的活动,两伙小伙伴站在对岸,抓起干泥团或石块投掷到对面的泥巴里,炸开的泥巴溅得对方像个泥乌龟。有一次还把路过的几位嫂子衣服弄脏了,父母知道,免不了要一顿训斥,因为都不允许孩子做那些伤害别人的事。

这是我记忆中的清水塘,它封印着村里数代人的生活影迹,当然也有我的影迹。我的童年少年,几乎每天都有清水塘相伴。后来,离开家乡到了城里生活,但我始终还是一个乡下人,难以习惯城市的一切,不时想念家乡,想念清水塘边留下记忆的小伙伴儿和父辈。

这些年,世界变化之大,前所未有。城市以日新月异的速度在长大,乡村一批批年轻人涌向城市,当年在土地挥洒汗水的父母们、嫂子们,已经老了,有的归宿到村子北侧山中的土墩房里。而作为家乡一个标志的清水塘也不免在变。

我两次回家乡,第一次站在有点儿陌生的池塘边石板上,发现清水塘长出一片片水草,还有水浮莲,渠道干枯、失修,塘水变黄,西北侧的两棵龙眼树根骨棱棱,再没有人问津和鸟儿光顾,脚下的石板被泥土覆盖,四周的老屋已拆除。种种迹象,表明清水塘在迅速萎缩,像一个孤独而失去营养的老人。

时隔五年,再次回到家乡,村子旧屋基本夷平,村人在另一个地方起新房子,老村子渐渐在眼前模糊而远去。清水塘更像一块长时间被锈蚀的铁板,上面浮着一层厚厚的青萍,仅有七八米见方的水,身体病了似的,离了一切相。几只鸭在水里浮了一圈,赶快爬上岸,蹲在塘基缺口上,了无兴趣地望着那汪无法满足它们舒展水上技巧的浅水。

看着这模样,我心里在堵,不想说话,而剩下最后一点儿的清水塘也什么都不说,又仿佛什么都说了。

我忽然想起当年在清水塘浣衣、洗脚的那群嫂子,想起夏天在水边乘凉的村里人,如果他们中有人迈着蹒跚的脚步回到旧时那位置,目睹清水塘的现状,会有什么感受呢?或许他们都有同一句话：世上的许多事情，人是无能为力的，世事不是非黑即白，或者非白即黑。而我也想，清水塘和渠道都是人为的，人为的东西不像自然形成的山脉和江河，总有它的寿命，完成了它的使命就以各种方式逝去。如果这个解释有理，就希望能给我以慰藉。

故乡的月亮

中秋节临近,朋友发来邀请,到一处海边赏月。不待多虑,我回谢了朋友,因为之前有约,决定回暌违多年的故乡过中秋节。

夜幕降临,故乡的月亮如期从最远的山头升起,大如铜盆,天地瞬间皓洁如银。

待家人拜完月,我朝村前一个旧晒场走去,隔着一个池塘,听见孩子们的玩闹声。

我不约而至,并没有影响他们,现在的孩子不像以前孩子那样怕陌生,只看了我一眼,继续兴致勃勃地玩"老鹰捉小鸡""石头剪刀布"等游戏。闪烁的目光,挥动的小手,蹦起的身子,把刚洒到地上的月光分成一块块;东侧石基上,两个女孩子坐在那儿,你一句我一句朗诵着"床前明月光,疑是地上霜。举头望明月,低头思故乡"。圆圆的小脸庞稚气满满,与天上的月亮对望。

时间是不会停滞的。望着月光下这群活脱的孩子,思绪不由得飘回到童年时光。

亦是中秋节,亦是在这个老掉牙的晒场,明月当空,村里一群孩子早早集合到这儿,玩过"跳飞机""收棍子打屁股"……

夏夜闷热，村里人有在月光下乘凉的习惯。吃完晚饭做完家务，把木凳竹椅搬到屋左近有风吹的空坪或巷头巷尾，大人老人坐在一起，手执葵扇，不单扇凉，还驱赶蚊子，当然也少不了有孩子依在旁边。隔侧不远是邻居，喜欢聊天儿时，把凳子搬过来，三个五个开聊，聊作物收成、聊婚嫁、聊孩子、聊古今，无边无际。在有月光的夜晚乘凉，要比月黑时舒意。凉风融入慈祥的月光，一阵阵摸着疲乏了一天的肌肤，身心很快得到抚慰、放松。两三岁的孩子对圆圆的月亮产生兴趣，久久地抬头望着，似乎上面挂着许多神秘而又想得到的东西。而父亲童心未泯，把孩子托举起来捧月亮，孩子咯咯地叫着，双手做出摘月的样子，摘到的是一捧捧月华……这个时刻，就会觉得日子真是美好。

我们一群大些的孩子不累，也无须乘凉，在村地四处跑，之后跑到村北那条溪捉萤火虫。一脉小溪从村背山里出来，终年流水叮咚，两边藤蔓和小灌木沿着斜坡生长，遇物赋形，春夏季开着各种颜色的花。白天村人在水湄石块上浣衣、洗菜、洗手脚，嫂子们以水当镜，照看自己的容貌。我们双脚踏上石块，一阵凉快感从脚下往身上钻，泻下的月光随着水哗哗流动。或许是天热，各种小动物聚在溪边。萤火虫多，又不怕人，我和小伙伴捉满了一小瓶，然后回到溪边石块处观看小鱼儿游戏。手指大的青背鱼儿，长长的，成群结队，悬浮在融满月光的水里，或齐齐地把小嘴露出水面一点儿，吻一口月光；或一个翻身打挺，像银屑一样飘几转，又回到原处；或忽然受了惊似的四散逃开，一会儿又聚在一起。小溪的月夜是鱼儿的主场，我们蹲近水边，大眼小眼近距离对视，它们一点儿不怕。谁家一只花猫也循着我们的身影跟过来，轻轻地从露出水面的石头跳过去，蹲在水边，把头探出，不知是想逮水中的小鱼，还是被鱼儿嬉戏吸引住了，一动不动。我们舍不得凉泠泠的溪水,干脆把屁股贴在石块上,双脚放到水里泡,不久鱼儿过来,用小嘴轻轻地咬着脚皮,痒痒酸酸的难受。

不知过了多久,大人过来,把我们叫了回去,夜晚不见孩子,大人总是有担心的。

在我的印象中,家乡的夏天特别长,大人在这个季节里做许多事。记得深刻的是晚上"加班"脱谷,用的一直是古老办法,把白天收割回来的谷穗打松打乱,铺在晒场上,驾三四头身壮力大的水牛拉大碌碡在上面碾压,一干就是大半个夜晚。有月光干得利索、就手,到了翻秆时,用一种叫"禾叉"的铁制工具,把压实的稻秆一块块翻过来。一叉稻秆挑起,金黄色的谷子哗哗撒落,添上月光,金银满地。这活儿最重最累,必须干两趟。人们还凭着月亮和星辰的移动位置,判断夜里的时间。若是没有月亮帮忙,就要早早准备几盏大汽灯,但灯光,怎比得上月光呢?

大人晚上干着这样的重活儿,小孩和老人是不能靠近的。其实老人已经"退居二线",并不怎么关注大人的劳作,今天村里人的收收种种,挑挑抬抬,都是他们干过的活儿。于是,月亮出现时,奶奶携着孙子孙女到老晒场乘凉,老晒场和新晒场隔两口池塘,借着朗朗的月华,看得见大人干活儿时的身影,听得见鞭牛时的吆喝声。孩子们在玩追逐游戏,月光把小人儿的影子投到地上,孩子好奇,互相踩着影子,又踩自己的影子,咯咯咯咯,笑声在月光中荡漾。

奶奶却制止说:"哥哥妹妹不能踩影子。"

孙子孙女瞪大眼睛问:"为什么不能踩影子?"

奶奶回答:"踩着月光下的影子,人就不长个儿了。"

奶奶说不出什么理由,而乖孙却回到了她身边。这时,奶奶教他们唱一首童谣《月亮曲》：月亮妈妈妈油油，哥担凳，妹梳头；梳好未，未搽油；油樽子，挂壁头；金梳子，晃悠悠……描述月光下，一对亲哥妹在屋檐前的亲情演绎，淳朴，亲切，充满幻想。村里的孩子都会唱，唱着唱着，真的哥哥妹妹长大了，哥哥娶回了媳妇，妹妹嫁到了别乡。

月亮于故乡人既熟悉又神秘。人们望着月亮久了，想象出不少与月亮有关的故事。还记得在村里流传的丹桂叶的故事。说月亮上长着一棵千年丹桂树，每年中秋前会脱落一张叶子，谁捡到了就富贵一生。因而人们每个晚上都仰脸望月亮，等着那张叶子降落。但最终落空。原来叶子脱落后，经过七七四十九天，最终落到海边，被一位农夫无意捡到。手掌大的叶子晶莹通透，带到哪里都发出月光。农夫把它视为宝贝，收藏在一个木衣柜里，次日发现满柜都是新衣服；农夫惊喜，又把它放到米桶里，第二天满桶白米；放进装钱币的盒子里，钱币多得溢了出来。借给邻居，同样有这种神奇功效。可惜，一次放到盐钵里，被腌死了，慢慢干枯成灰。

近似寓言的小故事，与人们生活贴近，不知什么时候开始流传。而这仅是一个传说而已，我们村里人没有这个奢望，也没有这个福气，家里每一样东西，都是汗水换来的。也怪，听了这个故事，抬头眺望，发现月亮又大又圆，近得像挂在头顶上方，看得见山峰谷地，中间有棵大树，树杈夹着一个想偷丹桂叶的人。

秋季天气干爽，草木微黄，不冷不热，是行走的好时日。我们这群十一二岁的小玩伴儿，白天行草岭，钻山林，寻找味儿独特的野果子，晚上跑到邻村跟同龄孩子玩，别村孩子玩的花样也多，一玩就是两个小时。也不用担心回不了家，夜越深月光越明亮，把回家的路照得亮澄澄，但感觉是寂静的。

有一晚，月亮光光，我们沿着一条往南水渠的路基行走。因为听村人说过去山上有老虎、野猪、豹子、大蛇，还有妖魔鬼怪，一些孩子很怕，夜晚没有大人不敢出门，甚至尿床。我们也怕过，但现在不怕，因为有月亮，树林草丛染上银色，山顶上那几块石头能看见；田野的稻谷已收割完，空旷平阔，借着月光，熟悉的草垛、茅丛、土坎都能分辨出来。况且我们手里有"武器"，两根竹竿，一头尖利，还有一把用伞骨做成的鱼叉，除了老虎，哪怕是鬼怪，都不忌。

我们的脚步唰唰地响，扫着路边长出的草，跟渠道流水一样快。很奇怪，我们走，月亮也走，你跑多快她跑多快，你跑到哪里，她跟到哪里，圆圆的脸，锃亮的银辉，时刻等着你的回眸。有时不小心跌一跤，翻起身来，那疼痛和喘息声很快被月光淹没。

到了一片水田，田塍弯弯曲曲，把亮汪汪的田分开一块块，每块上面都有一个月亮。凭经验，有水的地方小动物就多，特别是夜晚，很多小动物出来唱月光，热闹得像街市。青蛙的鼓唱声最洪亮，一唱一和盖过田块。我们发现了野猫、老鼠、蛇；脚下不时踢起小蛤蟆，踩着出来乘凉的蚯蚓；夜鸟从头顶掠过，翅膀灰黑，扇动的风扑到脸上。踏上一块坡地，发现前面有影子，一拱一拱的，我们不怕，看清是人。原来是邻村一对夫妻在忙着干活儿，说明天要到一个很远的村庄喝喜酒，一去三四天，怕错过农时和天气，借着月光播种花生。我们不停留，继续往南走，过了一座旧石桥，上一个坎，到了一个湖，叫牛角湖。它是一个野湖，不属于谁的。湖里有各种鱼，过去我跟父亲到此捕过鱼。四周湖岸长着茂密的荻草，夜晚不敢靠近，站在草坡耸起的石块上打量，盛满月光的湖轮廓分明，弯弯的，西宽北窄，像极了村里的水牛角。湖边开着一个缺口，水带着月光哗哗往外流进一道大渠。许多小鱼虾浮上来活动，满湖面都是大大小小波纹。是哪位小伙伴提议，齐齐对着湖大叫："啊——啊啊——牛屙湖……"声音高亢洪亮，有尖锐的穿透力，震得泻下湖面的月光漾出一个个圈圈，被惊动的两只夜鹭从草丛飞起来，一拍一拍剪着月光朝树林飞去。

一种萌动的情怀引领我们眺望自己的村庄，苍穹无边无际，蓝色天底下的村庄像新娘子一样好看，村背那座山像一匹向北奔跑的马。我们离开村庄不远，五六里，但说眺望也对，因为月光给大地创造出一种梦幻之美感。

那个夜晚我们是无目的行走的，是夜间离开村庄半径最长的一次，如果要说原因或目的，或许是少年心里某种搏动和向往的牵引，还因为有月光，想看看月光织造的田野，重要是那湖。我们到此为止，捡起石块往湖里投掷，然后尽兴而归。

我离开晒场和那群跃脱的孩子，行走于村庄周边和田野，发现故乡原先固有的风物都在变，有的已经消失，代之的是别致的楼房，水泥村道，小广场。是的，时间早已带走了我的童年，包括童年记忆中许多不确定部分，越走越远，越来越模糊，唯有故乡的月亮，永远是那么皎洁，那么亲近，那么慈祥，仿佛就在身边，就在昨天。

想念一棵树

粤西的村子,大凡都有一棵或两棵古树作为标志,比如村东桥头侧两棵连体细叶榕树是马墩村,村口晒场旁两棵姐妹龙眼树是犁湖村。我们村子也一样,一道浅溪从山里出来,溪口处有一棵高大伟岸、笼荫蔽日的老牛筋树,旁边一个满月形池塘,一说这些,人们就知道是荔枝山村。

我见到和喜欢上这棵树,是开始懂事那年,此前它一直存在。盛夏那天,我跟父亲爬上村背的山砍篱竹,下来在溪口歇息时,忽然发现一棵树,还似曾相识。我站在下面好奇地打量粗粗细细、颀秀结实的枝干,之后目光久久停在枝头熟透的小粒果子上,想象它的甘甜。父亲懂我意,举起长柄镰钩下两条带果子的枝梢。果子像黑豆一般大,圆圆的,紫红色,分三层,外层是有点儿甜汁液的皮肉,没有龙眼、荔枝果那样的肉质,中间层网丝状,里面一颗米粒大的核。我吃过村里各种果子,还有山上的野果子,这种细小的果子初次尝到,清甜中带微酸,特别止渴。偌大的树,为什么结出的果子这么小,当时我不得其解——或许它从土里长出来就注定了,不是果树,一年象征性地结一次果，炫耀自己的非沉甸甸的果实，而是伟岸的身躯，修硕而奔放的枝干，散发的树冠。

父亲说这棵树叫牛筋树。村里人给这种树命名的方式是用最直接的感受，皮色像水牛的皮，根粗，有牛筋的坚韧。最早唤出这个名字的人，肉身早已跟山上树木的根融为一体。出于好奇，我问父亲这棵树有多少岁，父亲说不清楚，村里也没有谁能够真正溯其源，爷爷的爷爷那时就是这个模样。依此忖测，它比我们这个村子要老得多，村子的历史四百年。当年，先祖从流入南海的漠阳江顺江而下，携男带女跋涉到云雾山余脉马腰山下没有烟火之地，这棵树已经高高挺立着。那时它与山上山下所有树木，拥伴着和煦南风，不停地摇动婆娑枝叶，向从远方而来的人们发出友好召唤，使得先祖情落山脚，用竹木搭起第一间茅草屋，垦出第一块庄稼地，并怀着美好的愿望种下十多棵荔枝树，顺便把村子自名为荔枝山，从此与这块土地上的所有相守相亲，和谐生息。

至今不明白，一次相见，我竟然喜欢上了这棵树，精神也日益滋长起来，常常从远处近处打量它，以一个孩子的稚慧对它进行研究。它近地的躯干十分奇特，像一条斜侧着的河船，大得不敢相信；灰褐色的皮，不规则地长出一个个巴掌大的白斑，树头可靠背可摸手的地方，被摩擦得光滑干净，几条棱起的巨根一看就觉得力量无限；主干在两人高处长出五六根大树干，树干向上生出许多密密麻麻的枝条，有的粗壮，有的硬瘦，有的修直，有的弯曲，有的斜出，有的直顶，东面有这样一条枝干，微微向上翘越过坑溪，又稍向下伸展到池塘上面，样子遒劲如虬；庞大的树冠舒展在上空，像凝集的云朵覆盖着一方土地，有一树成林的景象。

它需要多少年才能长这么高大？根与身躯是如何天衣无缝连接在一起？要多大的力量才能使大树永远挺立，无惧风雨？我和小伙伴凝望着硕大的躯干时，心里常会这样发问和猜忖，还用"树围测龄法"推断过，但从没有得到过确认。村西剩下的五棵荔枝树，传说是始祖栽种的，现在从头到枝都老态龙钟。牛筋树不是果树，估计人们不会特地种它，它是野生，从不被谁占有。而要还原当年它的生长场景，或描绘树下曾经的红尘往事，绝非易事。但可以想象，世事沧桑，它和村里所有老树一样，叶落叶长，皮肤剥落了一层又一层，而始终情愫在身，每一条枝干，每一片叶子，都写着指点江山的自信和骄傲。这种王者之气，与山峦、树木、宅舍、人畜共相映照，相携互融，构成白云之下的自然之美，凝成马腰山脚下乡村的沧桑景象。

村地里树木众多，牛筋树生长的位置，自然成为村人出入落脚，平时休息的地方。夏秋季节，村人忙着收收种种，回村时坐在树下，枝叶上面浮着太阳的炽热，下面浓荫融融，浅溪水流淙淙，疲劳一下消失，有时还可以靠着树干睡上一觉。农闲时，左邻的婶嫂相约端着篮子到树下，坐在石条上做针线，无拘无束，无边无际地闲聊。有几次，队长把那儿做会场，召集大家，传达上面的会议精神，商量村里事情。我们这些孩子，则没有忙闲之分，兴趣来了就跑过去，在树下做着各种游戏，跳到溪里捉蝌蚪，捉小鱼，从树根下弄到小蜗牛和昆虫，放到石块上做爬行比赛。入秋，果子成熟，一群群鸟儿飞过来，落在果实最多的枝头上，一边啄食，一边叽里咕噜地唱。树是鸟们的家园，鸟是树上的花朵，有鸟的树才有生气，人们不会随意把鸟赶走。

之后连续两年，牛筋树结的果子比往年多，秋天一小簇一小簇的像小珠宝缀在枝头上，引得孩子们天天翘首以盼。看到孩子如此嘴馋，大人偶尔会用竹叉摘些下来。未吃过的孩子总想吃到它，吃过了又常常惦记起它的味道。我们这些大两岁的孩子，为了得到更多的果实，就跳进池塘里，筋骨硬一点儿的孩子站在那根斜伸到水面的枝干下做梯子，让别的孩子踩着肩头攀到枝干上。几个孩子像猴子一样敏捷，折断果实最多的枝梢掉到水里，分到的果实够吃半天。那季节，隔几天我们就会做一次这样的事。有时，特地找来一条大簕竹，借助它爬上去，齐齐坐在像巨大胳臂的枝干上，然后像跳水运动员那样跳下来，那种刺激爽快的感觉终生难忘。

记得风调雨顺那年，各种作物收成好，村里人高兴，春节请来外村一堂狮子拜年。传统节目表演场地定在牛筋树下，热心的村人一大早就忙着打扫地面，清除枯烂树皮，用红布结成一朵大红花扎在树身上，还贴上用红纸写的"新春快乐""五谷丰登""劳动光荣"大字，树上吊着两个供"采青"用的大红包。一番打扮，老树精神焕发，喜气洋洋。男女老少循锣鼓声而来，围在树下观看狮子班表演"醒狮起舞""过剑门""耍大棍""踩尖刀""鲤鱼跳龙门""猴子捡财""狮子采青"等精彩节目。

夏天是生长季节，山上山下树木葱翠。一天，来了一位江湖汉子，在村里走了一遭，之后在牛筋树下停脚，用神秘的眼光打量了一阵它，对在旁边的众村人说，这棵树世间无匹，是神树，树上藏着宝珠，还说他会变戏法，要在树底下耍"戏术"，让人和树接通，宝珠就会掉落下来。他穿上一件宽袖长摆黄色衫，置身树底，背靠躯干，开始表演时叫大家往树上看，他大叫一声时大家一齐拍手。汉子呢喃念咒一会儿，朝树上大喝一声，又一个响掌，大家齐拍掌，他的手在上面舞弄几下，左手一拍顶门，右手在上空取下五粒龙眼核大的晶体珠。我和几个小伙伴一直注意树上的动静和他的手势,没发现什么秘密,倒是看见拍掌时树上掉下一颗颗晶状的东西,有两颗砸在头上,但那是躲在叶子上的水珠,一只惊飞的鸟扇落的……大家惊讶这位大汉的"魔法",向他投去一束束敬佩的目光。他把"弄"到的宝珠给了五个孩子,临走时,用特别的目光从下至上扫牛筋树,然后郑重地对村人说,这棵树是风水树,是村宝,至少活了七百岁,里面藏着村子的许多事情,要好好保护。

一段时间我想,关注树木、爱护树木是人类的天性。那位耍戏术者行走于乡间的意图我不清楚,也不知他真实身份。但可以断定是智者,他说那棵树是村宝,树里藏着许多往事是对的。它长久拥据的空间,是村人生活的底色,是时间的一把竖琴,它的面目,也是山村的面目、村人的面目。它会说话,会记忆,尘世上许多物象都具有这种属性,只要人的思绪与它连接,就可以马上还原成大人的叽喳哼哟和孩子的欢声笑语,还原成石壁上如火的杜鹃花,还原成阳光缀成的粼粼波光,还原成溪流生成又消逝、消逝又生成的琴弦声,还原成数百年鳞瓦上袅升的炊烟。

老老少少,花开花落,还真的演出了一段爱护那棵大树的活剧。二十世纪九十年代,创新欲念、利用欲念、拥有欲念日益膨胀,不必说城里,村里陆续有人家拆除旧屋,盖起新楼房,单车换成屁股喷烟的摩托车,新花样的家具开始进入家庭。一天,村背山脚突然响起机器飞旋时发出的呜呜声,惊心、刺耳、断命。村里人循声走到那里,发现地上躺着几棵老龙眼树和波罗蜜树,躯干连着树头树根,几位外地大汉正用手提机器把树一段段割开。树木属于村里一小房族人的。长见识的人立即明白,人们要买下这些树木打造家具。几百年上千年树木做成的一套家具,价钱高得令人咋舌。不懂事的人认为，树老是老了些，但瞬间把它们断了，伤天害理，说不定料理两年，还能发枝长叶，结出果子来。

过两天，买树那些人又进村来，他们盯上了那棵牛筋树，站在树下边说边拿手比画，似乎在忖度树根树头、每段躯干和树干可以做的家具，怎样裁截合理，利用率高。买树消息传开，效应不亚于村里一夜被人偷了两头牛，许多人聚在树下，仿佛那棵朝夕相处的树就要马上倒下，被截成一段段运走。在众口说长说短时，一位叫埠婆的老人出来，站到树身旁，跟着还有恩婶。埠婆是躲日本飞机炸弹那年，从外埠跟人逃到村里，做了人家媳妇。此刻她撑起已经弯弓的腰杆，对大家重复多年前在树下耍戏术人的话：这棵树是神树，风水树，村宝，它还带着生命，还立在这里一天，就不能伤害它，不能卖它……

第二天早上，人们发现那棵树变了样貌，躯干缠着一条拼凑来的红布，树头摆放着三个神龛、五尊瓷质着色公仔、水果、白米，浓浓香炉烟从树头袅然上升，摩挲着枝叶——俨然一个神明住所。原来，埠婆和恩婶把家里一些值钱东西拿到圩市卖了，买回这些东西"武装"老树。这是一个妙绝办法。两位老人和村里许多人一样，早把这棵树奉为神树，这样做是还原和彰显它的神灵。这与古代立神一致，村里的土地神，镇里的城隍庙，大意是"张刑罚以禁民之恶，立天地百神之祀，使民不教而自劝，不禁而息惩"。"神治"有一股巨大的潜在力量，一念之差效果迥然，不单那些欲向着这棵树来的蛮锯恶斧退避三舍，连村里人经过树下也神色虔诚，脚步轻缓。尽管那些"神物"不见了，我们这群生性活泼的孩子还是不敢随便到那里恣意，后来听村人说，神是村里的神，泾渭分明，专门惩治那些伤天害理之恶人，驻在心里那个"阴影"才慢慢消失。

村里有句老话，月有圆有缺时，人有六旺三衰日，世间生灵大概如此。埠婆老人九十岁那年走了，辞世前一天还和恩婶坐在树下聊话。她过世第二年，那棵树也遇到了一大难。七月，一场台风如期从东面大海上来，挟着暴雨，比往年凶猛，有改天换地之威势。夜晚风雨增大，村里砖瓦木结构房子的鳞瓦被揭开。我和兄妹按母亲的吩咐，躲到房里的"木阵"底下，一夜没睡，变得异常聪灵的耳朵不时听到狂风摔砸瓦面和撞击木门的呼嘭声，撕断屋背树枝的咔嚓声，有一声特别响，我的胸口也似被撕了一下。母亲骂声出嗓：鬼瘟台风，猛恶得要探命。我盼有神力扛住风雨，可此刻哪有神？它没有天敌，没有顾忌，有的是威力和激情，想怎么刮就怎么刮，想刮多久就刮多久。

第二天近中午时分，风小了，雨也小了。我猜忖村里的树木倒了许多，一气冲锋到池塘基上，发现最熟悉最喜欢的牛筋树那条大枝干掉到了池塘里，水面上举起的枝梢和叶子上残余魂魄在痉挛，断口处撕白，不停流着汁液。无情的台风把它从岁月里断开，看似活生生的，努力翘起的样子，想是无限依恋往昔时光。一刹那，我的心一沉，跟着枝叶往下垂落。

同在塘基上的还有几位大人，目光除了怔忡，还有几分可惜。

啊啊！没想到，几百年的树干就这样没有了……说话人望着大半没在水中的枝杈，望着上面空缺了的那块空间。

但愿没伤着树的大血脉，有人在祈祷。

这场风也狂了，少见的瘟风。有人怨起无情的台风，骂声落到满是残枝烂叶的池塘上。

也有人赞叹这棵树顽强、坚韧，像战场上的壮士，断了腕还站着。

一段时间，村里人忙着救灾复产。忙过后，出去回来，依然在树下歇息，婶嫂们依然到树下做永远做不完的针线；习惯坐在树根上聊天的老人走了，总有一些老人来替代；孩子的欢声笑语穿过密密的叶缝，融入阳光飞舞。

又过了几年，我们这代长大了，我离开了家乡。虽然忙着读书、工作、生活，闲暇总会想起故乡，想起童年的许多，往往有一种情感从心头冒起。人说，乡愁是一碗母亲做的面条，一架旧石桥，村里几位老人的沧桑背影，我觉得，一棵曾经朝夕相见过的老树也是乡愁，简化过的乡愁。

谁会相信，我离开故乡第十二个年头儿，那棵牛筋树死了。最后一次见到它是七年前的秋季，整棵树容貌清癯、板滞，叶子明显稀疏，台风折断的枝干断口处长出一些细碎枝叶，一直没有长大，而树明显存在，活着，没让人想到它死去的程序。上次回去，特意走到昔日的树冠下，一大块空间空着，树头已经腐烂，被雨水冲出一个深洞，根被虫蛀掉，四周地块长着杂草和一些紫色的野花，堆着蚂蚁和蚯蚓拱出的泥土。

一棵可以对话的树不在了，心里可惜，失落，隐隐地疼，像童年的许多被人挖走了，而这都不能言说心中的况味。

树的死因不确定，后来听村里人说和它相邻的几棵老龙眼树被砍了，连头根被挖出来，山洪把那儿冲出一个大坑，长年积水。树喜水又怕水，大概率被水浸坏了根而死去，这嫌疑与人为有关。或许，树与人一样，无法跳离岁月之外而长生不老，是到了寿终年纪，自然而去。我还相信，村里人敬畏土地，善待生灵，老树临死时，有人施救过，眼看它一天不如一天，只能扼腕顿足，大喊可惜。

然而，又值得庆幸和安慰，村里人发现溪边石块侧长出几条新嫩枝条，猜忖是藏在泥土里的根长出来的，是那棵树遗落的儿子。这基本可信，因为它的籽实一直没有繁衍功能，而根系却有强大的生命和基因。

我回到村里，高兴地跑到溪缘处，果然看见那儿长出的几条直枝，手腕粗，两人高，皮色和叶子像极了当年的老树。我蹚到水里，靠近它们，借着上面竹枝间透下的阳光，从头往上看一遍，又看一遍，再看一遍。心想，人们以为老树已经断了子孙，对着那截腐烂的树头叹息时，蕴贮在地下深处的生命听到了，把根里细胞层的生机集结到一处，在溪水流过的土地里酝酿多年，萌发胚芽，于一天穿破泥土，长出嫩枝叶。这是老树羽化后使然，也是这块村地吸纳天地精华使然。

我在那儿站了很久，离开时给它们拍了照，以后将常常由这些照片出发，重温曾经被那棵老树荫庇的童年和少年。

但愿它们平平安安，快点儿长大。

春到乡村

多数年份,春节过后,首个节气是立春,大地新的一个轮回从此开始。而对我们村来说,还往往是进入春天的前奏,刚熬过寒冬的万物仍处于闭藏状态,待到首个节气退去,雨水节气登场,才渐渐发生变化。

风是节气更迭的信息。一直占着主流地位的北风,似乎遇到了一股强大的对抗力量,凛冽的气势缓减下来,村背那些落光了叶子的树枝不再在暗夜里发出呜呜的叫声,人们到地里摘菜回来,蹲在溪边清洗,手脚没有前几天的麻痛。

一开一合,风向变了,瑟瑟交响变成了微微的飒飒声,南风回来了,是它把北风压住,任由北风有再浩荡的力量,也奈何不了,最终退回老家,南风占据了主风地位。然而,南风到来不易,有这股力量更不易。村子前面远去是大片丘陵和纵横的河流。南风的源头在很远的海岛上,茫茫的大海藏着许多神秘而危险的力量,随时会把风阻留在某个地方,或者改变它的走向。风经过长途跋涉,越过无数障碍,登陆后翻越无数座山岭和大小河流,到达村人生活的这片土地时已经筋疲力尽,脚步缓下来。躺在土坡、田埂、渠基、树洞、石缝里的生命，听到它走过时的喘息声，半张开惺忪的睡眼，明白已是翻身起床的时候了。风在一个夜晚进入村庄，整个村庄黑漆漆的，处于等待的安静状态，而风却长着千双夜眼，自一条巷子穿过另一条巷子，准确地由宅子东面门缝、窗户进去，从瓦隙和墙缝出来。每到达一户人家，都以另一种方式轻轻地摇动柴门，不为其他，只是告知主人它已经回到了村庄。

人们次日早上起来，发现受北风摇曳已久的大地变了，天空与田野没有了远意，山上的树木没有了哲人的清癯面孔。东南面天空聚起灰褐色的云，先是一小块一小块，像村里灶屋冒起的柴烟徘徊于上空。不知不觉间，云越聚越多。夏天的风可以将云吹散或带走，而此刻的风却不然，是它把云从遥远的大海携过来，把它安置在那里。风吹得越久，云聚得越多、越厚，交织掺杂的云块越压越低，几乎要擦地，高耸的山头已经被吞没。从云脚与地面间吹过来的风，夹有各种泥土味和远方的气息，用手掂一掂，有一种明显的润和质感，有雾的分量。

无须待多久，春雨到来了。经过时间酿成的春雨最有韵致，初是微小、幼嫩，如丝线，散发着生命原始的律动。那种久违的清新温软的感觉，让人讶然地欢喜。春风春雨像小伙子和姑娘结合成的一对新人，懂得寒冬给村人与大地带来的疾苦，携手走过田野、池塘、村屋、山林……脚步那么轻，那么浅，唯有静夜里一双最敏锐的耳朵才能听到。无论走到哪里，都施以温柔与细致、活力与滋润，使得枯黄的面容渐渐朗润起来，活络起来。砖屋褐色的瓦片已经幻成苍蓝的生色，老树、石基上灰枯的苔藓润出了清浅的碧意。人们收缩的手脚完全舒展开，走到村前看看，草地和田埂冒出一层淡绿，池塘边干瘦的树已经丰腴起来，那是藏在表皮之下的新芽花苞，因暖风细雨一声声轻轻的召唤而将绽放。似不动声色间，不曾被文字刻画过的天地已氤氲成空蒙一片，一切都裹进了浩大的春天使者怀抱里。

绵绵细雨两三天，清晓打开柴门，眼前一切物事变得清澈而纯粹，每一块地都被绿所覆盖。不定时露脸的太阳，给天空与大地增添了淡蓝与金色的清丽。

惊蛰过后，土地已经变得松软许多，三叶草、草头香一类已率先探头探脑，不时调整着幼嫩的身子，以恰当的角度迎接阳光。蚂蚁、长头蜻、蚜虫、介壳虫等小心翼翼地出来活动。池塘边那棵木棉树现出了红绿色的花苞，当枝头绽出第一批如火焰的花时，村人开始浸种，把装着谷种的竹箩沉到池塘里，盖上蕉叶，压上石块。吸足了春雨的土地蕴着一股热气，池塘的水适合种子发芽，一个昼夜，谷种在温暖的梦里裂开一个口子，青嫩的芽从那儿出来。同时，村人扛着犁赶着力气大的水牛去田野，把去年未翻过的稻田犁一遍，用锄头将大一点儿的土块敲碎，将崩塌的田埂筑好，将老鼠、田蟹的洞封回，以备储水春插。翻耕整理过的土地像新的一样，富有生气，走在上面像走在软绵的地毯上。隔了一个寒冬回到土地，村里人感到特别亲切和踏实。

有了近千年的村子，地里的植物种类繁多，除了稻谷、玉米、大豆、花生、番薯、蔬菜等种植作物，还有很多随节气而生的花花草草。一种叫"酸酸梗"的花开得早，它习惯生长于屋旁和晒场石基根下，没有叶片，就一条香骨大的玉色茎向上，托着一朵喇叭似的紫色小花。小植物于大人似乎不起眼儿，而小孩却不然。姐姐带着一个两岁的弟弟在屋外玩，刚见世面的弟弟看见那些未曾见过的小花，觉得新奇，瞪大眼睛看，小花片沾着两颗露珠，像眼睛似的望着同样未见过的小脸孔。弟弟问姐姐那是什么,姐姐也说不出。奶奶过来,小心拔起两根,放到姐姐弟弟口里,让他们咬两下,出来的鲜酸味让两小儿皱起眉头,哈哈地笑,奶奶告诉孙儿,这是酸酸梗,尝过就记得了。

采摘野菜是大些孩子的兴趣。村庄每一块土地都绿油油,连天空与溪渠、池塘也被这些色彩映照,呈现翡翠一样的光影。春野里的"飞机菜""灰仔菜""羊蹄菜""簕勾菜"也长出了大片新叶,它们是粤西乡村早春时节最常见的野菜,一棵一棵混长在各种各样知名的和不知名的草里,开着红红紫紫的花,共同呈现一个野外春光。斑鸠、毛鸡、鹌鹑这些多情的鸟儿,为春色所诱惑,等不到天亮就飞到绿丛里,发出声声求偶鸣叫。多种声音使地里的野菜杂草一同获得某种神秘的力量。

八九点钟的乡村,南风徐徐,阳光明媚,远山如黛。一群采摘野菜的孩子,手提竹篮,在两位奶奶的引领下,行走于野地里,人物一样的亮丽春心,仿佛古诗宋词里描述的画境。各种野菜皆怀草木初心,飞机菜茎肥,叶片大且厚,叶脉通透,采摘时轻轻折断,留下一指节长根,不日又长出新的茎叶,可继续采摘;灰仔菜喜欢群生群长,一蓬一蓬,指甲大的叶片抹着一层灰,上面缀着一粒粒闪着阳光的露珠,采时可连根拔起,又可以用小镰刀割下来;羊蹄菜茎硬叶脆,一般是采其叶片。

春风春雨养大的野菜,各有其不同的本草基因,味道各异,做法不同。飞机菜和羊蹄菜可以炒,可以做成汤菜,因植物味道较浓,难以下咽,有条件的人家会加入一些猪肉,或者一两个鸡蛋,这样野菜的春野芬芳与涩味就清淡了许多。喝一口汤或嚼一口茎叶,闭上眼睛,余韵悠悠,一缕缕清雅的草香味与肉味交错在味蕾里缓缓舒开,让人感到春天美到了舌尖,美到了灵魂。还可以连茎叶放在沸水里焯熟,让那些野涩味释放在水里,上碟后浇上适量热油，又是一份美食。灰仔菜叶小茎细，有点儿"小气"，可炒，一般不用它做汤，特别要控制好火候，过火则味全变。炒时起个热油锅，加些蒜瓣，可做出一碟整整等了几个季节的农家菜。

　　一年之计在于春。春天节气于物重要，于乡村的人更重要，节气赶人，人赶节气。在地里长出第一批野菜时，大人们已经将心思和目光转投到湿润而温热的田地里。插秧为第一要事，有句谚语叫"秧好禾一半"，意思是及时插秧，管育好秧苗，是一造稻谷丰收的重要保证。在浸种前几天，村人就开始办秧田，用牛拉犁翻一遍，又用铁耙耕一遍，拾起有碍秧苗生长的草茎，插下的谷秧有了适合的温度和湿度，长得格外旺壮，渴望早日移植到大田里生根分蘖。

　　春分到清明，以及清明之后一段时间，是春耕大忙日子，村庄和周围的土地都有节奏地动了起来。村里集齐劳动力，先在旱地种上花生、大豆、洋芋、黄瓜、玉米。继而转向春插。春插面积大，任务重，村里召开一个家庭会议做动员，次日太阳刚露脸，队长敲响吊在树下的出工钟，即时，一队人马挑着各种工具，赶着闲了一个季节的牛，浩浩荡荡开赴静谧一个冬天的田野。男人率先下田驾铁耙，提起精神，用长竹枝把拉铁耙的牛操动，菱形的耙柱把汤田的泥水推得啵啵响，泥团被打碎，秆头被打烂。此刻的燕子，也轻快地在空中飞来飞去，像一张张犁铧，把天空的土壤一遍遍翻耕着。待到大田平平软软，上面浮着一层糊状泥巴时，妇女和有了劳动能力的学生就抢着进去，面朝汤田背朝天，有节奏地把一株株秧苗安插进田里。邻村的春插也同一时间，几个村子的人牛及工具齐聚田野，人欢牛哞，燕子啁啾，喧闹非凡，多种声音混合在一起，凑出响彻大地的春耕进行曲。

此情此景，若是换到诗人眼中，定会想出许多清词丽句赞美春天，赞美农人不负春光好时节，用双手播下一年的希望，用诚心对大地做一次盛大的抒情。

春耕大忙至清明后，大片田野扎满了秧苗，转眼间，一片碧翠嫩滑。熏风暖雨中，大地成了竞技场，田地里所有的庄稼和山坡上各种草木，明里暗里开始赛跑，个个不甘落后，三五天不见，见了竟是另一个新面脸。夜里听见各种作物努力奔跑而喘息的声音，村人是不能闲下来的，他们将按传统经验给庄稼除草、施肥、灌溉，陪护着它们往下一个季节阳光里长，往希望里长。

儿时看电影

记忆里,我第一次看电影是在圩镇。那天上午同文仔、针仔溜到距村子七八公里的圩镇玩,小圩镇在漠阳江边,就一条丁字街。我们听大人说过圩镇有时会放电影,小小个子开始对电影感兴趣。在江边玩过后,怀着好奇心朝那间瓦木砖结构的旧"礼堂"走去,听见从门缝传出的带着闪光的"砰砰"枪声,果真放电影。那时看电影要买票进场,二角钱一张票。一群没有票的人堆在门口,苦苦央求管理员放他们进去,但那戴红袖章的人铁面无私。之前我们每人买了一个大包子,剩下的钱不够买一张电影票,只好和那些人一样,在门口等着,等着"奇迹"出现。果然,电影放过一半多之后,从里面出来一个高个子男人,看了看赖在阶地上的人群,对守在门两侧的管理员说了句什么,两块木门打开了,人们一拥而入。里面暗黑如夜,从布幕反出的光看见大片脊背和后脑勺,基本没有空着的凳子。管理员指定没票的人不得进入中间通道,大家很听话,站在后墙壁下。

放的电影叫什么名无从知道,只记得看见我们的人在山坳下埋地雷,待敌人经过时把地雷拉响,炸得敌人飞上了天,还有一队黄狗子似的敌人进入山谷,惊恐得出现幻觉,看见天上、地下、树上、水里都是地雷……嘿！这电影还真神奇,一块布幕上的人能走能说。看到的虽然不够一半,但我们还是觉得很开心,很荣幸,回去跟没看过电影的小伙伴吹三番,惹得他们心痒痒。

自从看了这次电影,我和文仔、针仔对电影就心心念念。为了凑够看一场电影的钱,村里村外到处跑,捡拾一些破铜烂铁,鹅毛鸭毛。一个"圩日"背着捡拾到的东西到收购站卖些钱,中午赶到礼堂门口时电影已经开始放映了,我们各人买了一张无座位票,进去发现二十多排长凳坐满了人,后背和两侧也站着很多人,我们矮,只看见上面闪着几缕光,看不见布幕,又无法挤到前面,心里干着急。后来看到有人爬上窗台,我们一个机灵,也找到一个窗爬上去,踩着窗台上的砖头,手钳住窗柱,扭头曲身。这样比站着的人高出一个头,可以看见整幅布幕。但身体是向外倾斜的,须全身用力往回收,特别是双手要紧扣窗柱。说像只蜘蛛不对,像个猴子说得过去,但我们没有猴子那个本事,猴子可以在窗上挂很久,我们不行,两三刻就手麻脚痛,无奈只好下来,过一会儿又攀上去,几上几下,直至电影放完。

今天来看,往日那样看一场电影有点儿不可置信,而事实确实是那样。那个电影叫什么名字,至今想不起来,只记得水流很急的河上面有一架桥,一方要过桥袭击据点,对方冒着枪林弹雨把炸药装到桥墩,最后把桥炸断,很多人和车辆掉到河里。

或许是那时期文化娱乐缺乏而单调,看一场电影成了村里人特别是少儿的最大企盼。也巧,在村人心恋电影的时候,有人从周边几个矿区带回了电影消息。这些矿区是近年崛起的,南侧有南山钨矿和七〇四地质大队,西侧有锡山钨锡矿,北侧有石菉铜矿。这些矿区庞大，生产生活占用大片土地，工人上下班乘坐那种只有省城才有的大型公交车。因外驻厂矿多，人们戏称我们公社成了"殖民地"。这些"殖民者"很好，与当地人很融合，在招工支农方面惠及四邻乡村。我们这群孩子，最实惠的是能够看到他们的免费露天电影。各个矿区习惯在每个星期六放一场，本意是给矿区工人和家属看的，却意外成了我们的蜜罐，一旦得到电影消息，就兴奋不已，傍晚像一群鸟向那儿飞去。

矿区离我们村子近的五六公里，远的约十公里，要翻山过河，穿村寨，走田野。那时正兴自行车，有自行车的男女青年喜欢结伴骑行。他们提早吃完饭，相互邀约，到村前空坪集合，换上的干净衣服飘散出好闻的香皂味。一辆自行车一男一女，齐齐从村口出发，特意把车铃钟拨得叮叮当当，当然还有咯咯的笑声和闪亮的媚眸……不用说，那是天天与黄土打交道的乡村青年最快乐、最幸福的时刻，也是乡村傍晚最有生气的场景。

我们这班小鬼就没有那个"待遇"，玩过后回家，赶忙咽下些饭菜，在村口聚齐，然后大步甩手奔向放映地。几公里的路对天天跑动的孩子来说不算什么，一会儿就到了，但我们还是羡慕有自行车的哥哥姐姐，双双去回，多惬意。

那次是去七〇四地质大队部露天球场看电影，片名叫《列宁在一九一八》，放映机四周坐的是工人和家属，长木凳和小板凳是从队部会议室和家里搬出来的，那位置不远不近，看得最清楚。后面和两侧站着的大多是周遭的村人。我觉得露天电影好，一个大球场加四周空坪，容纳的人比礼堂里多，也不拥挤。我们可以钻到站着的人群前面看，可以爬到墙头或树上看，还可以跑到幕后面看，无须买票，那年代，一两毛钱人们是掂量着花的。

电影结束，人们像蜂一样散去。我们十多个孩子走在一起，大哥哥的自行车载着大姐姐从身边擦过。电影里的人物和故事一直在脑子里萦回，大家七嘴八舌谈论着，有时还争论起来，一段弯弯曲曲的沙土公路很快走完，不觉回到村前。次日，又想着什么时候能看到下一场电影。

尔后，矿区的电影消息频频传到村里。一张手写的消息于上午贴出公告栏，本意是告知区内人，却不胫而走，下午传遍周遭各个村子。那时还没有手机，"摇把子"电话也不方便，消息竟传得比风还快，神奇！有时一天传来两三个地方的电影消息，真让影迷们心花怒放，甚至意乱，又想看那个片又想看这个片。

再迟些时候，大概是一九六九年夏收之后一个中午，传来一个令我们振奋的消息，当天晚上石菉铜矿在灯光球场首次放映宽银幕彩色电影《刘三姐》和《南征北战》。以往看的电影是黑白的，不知道彩色电影和宽银幕多了些什么？村里比我们大的那批青年都去了。因为路远，且难走，比我们小的孩子不能去。我和七八位要好的小伙伴约在一起，太阳落岗就出发，翻过村背一座山，穿过一片田野和几条村寨，路上遇见不少去看电影的人，看来他们都想见识今晚的电影。

到达那儿，电影即将放映，球场上满满的人，前面坐着大片人，后面站着大堆人，不太亮的灯光下，人头攒动。因天气闷热，人们汗水淋漓，新汗旧汗一齐挥发，酸臊味难闻至极。好些人为了找个好位置，见缝插针，挤挤推推，使得大片人都动了起来，叫喊声、责骂声、孩子哭声、脚板蹭地声，各种声音一波接一波。直至放映员宣布电影即将放映，大银幕上出现影像，场上诸多声音才渐渐落下，似被脚下泥土吸走了。

十一点多才散场，回时，大家谈论着，觉得彩色电影比黑白电影逼真，云朵、星星、山峰、沟谷、花草、人物神态，跟平时见到的一样,红的红,绿的绿,视觉感丰富、切近。

我们走来时的路回去。离开矿区后,四周一片漆黑,虽然有两支手电筒,也找不到多少来时见到的村屋和树木。过那片埂坡长着杂草的田野时,觉得走错了方向,手电也快用完,大家绕着看不清的田埂和渠道边走了很久,才到山脚下认得的那条村子。人们已经入睡,巷子沉沉,而所有的狗都被我们惊动了,远近屋都传出狗的吠声,有的狗还试图向我们扑来。我们快速穿过村地,往山坳上走,山沟和山头有点熟悉,翻过去就是我们的村子。到一个小山坳,忽然起了风,天暗下来,没有看见一颗星星,山头也被云盖住,几个闪电响雷后,下起了大雨。大风夹着大雨打到树叶、杂草和地上,发出很多种怪声,每人的衣服很快湿透了,几位比我小半岁的伙伴惊怕起来,手抓住我和文仔的衣角。害怕传染到了我身上,要是不下雨,天没这么黑,我是不会害怕的。我和文仔一边极力抑制自己,一边安慰小伙伴。到达一个草坡,发现侧边有一个草棚,是村人临时搭起堆放杂肥农具的。我唤大家进去躲雨,怕淋多了着凉。大家舒过一口气时,前面天空划过一道闪电,像山神举起鞭抽打在黑暗的大地上,炸雷震得天地发抖,认不清楚的两只小动物惊恐地从旁边走过。抱住我和文仔的两位小伙伴呜哇呜哇哭起来,怕回不了家……还好,大概半个小时后,雨小了,头顶的天空出现了一片银色的光,大概是矿区采矿场的灯光反射上去的,可模糊看见远处的山头和松林,辨得出眼前土黄色的山路。我们出发,凭借着感觉往山上爬,到山顶,朝东望,朦胧看见远处的河东岭,认得出两座竹帽状的山峰,知道到了自己村背的山上。我对大家说,不用怕,山下就是我们的村子。往下走到半山腰,忽然听见父母大声呼叫我们的名字,这么晚未回家,他们也担惊受怕。我们大声回应,父母往山上走，在半路找到了浑身湿透的孩子……回到家，每个孩子少不了受到父母的一顿训骂。

这次电影好看，经过确实有点儿让人害怕。有两个小伙伴儿或许受惊过度，又淋了雨，连续发烧了两天。而我和文仔几个没事，过后几天得到电影消息，害怕随风而去，继续相约去看电影。

随着"把学校办到贫下中农家门口"的趋势，电影也开始进村，公社电影队分地片下村"巡映"。巡映未轮到我们村时，七〇四地质大队电影队率先到我们村。过去看电影要往村外摸几公里夜路，现在送到了家门口，自然高兴无比，连数十年没看过电影的老人都心动起来，聚在一起谈论看电影的事。那天，大人们早早干完地里的活儿和家务，提前吃晚饭，所有村童雀跃起来，太阳未落山就聚在村口，等着那辆吉普车到来。

村里几位热心人做了半天义工，把放电影的晒场清理得干干净净，还砍来两条大簕竹，竖起做挂幕杆。那辆吉普车一进村道，一群孩子跟着追到晒场，看两位穿工人服的放映员挂幕、架映机、摇发电机。西边晚霞落下的时候，高音喇叭响起，唱着革命歌曲，人们陆续朝晒场走去。孩子们赶快把凳子搬到放映机附近，因为是"主人"，无拘无束，可以像矿区的人那样占有最佳位置。

那晚放映的是《平原游击队》和《地道战》。七时半放映员对着拾音器宣布即将放映，叫大家安静，找位置坐好。此刻往回看，灯光映着大片嘴脸，后面站着许多外村人。两个片子我和几位小伙伴儿在外地看过，但那故事和人物，反复看仍有趣味。

《地道战》故事性强，通俗，易懂，人们的情绪跟着故事和人物起伏，时而紧张，时而高兴，时而愤怒，时而喝彩。到村支书老忠叔开会回来发现日本鬼子进村"扫荡",赶忙拉响吊在村前大树下的大铁钟,被日本鬼子开枪打中胸膛倒下时,场上发生了一个插叙:一位老人扛起一把铁锄走到布幕下,直朝那杀气腾腾的日本龟田锄去,挂杆和布幕倒下,那些鬼子瞬间飞到了远处的树梢上,只听见几声枪响和手榴弹的爆炸声及鬼子的惨叫……这位老人不是地道本村人,幼时家乡遇日本飞机轰炸,父亲被炸死,母亲带着他和一个姐逃难到本村。他一生恨日本鬼子,经常梦见鬼子进村,这次真正明眼看到鬼子进村杀人……村人都理解他,不怎么责骂他,拉挂起布幕,继续把电影放下去。

此后,锡山钨矿、石菉铜矿的电影队都到我们村慰问。村里人看电影的兴趣被彻底逗起来了,刚看过一两场的孩子最兴奋,知道那晚有电影看,开心得像过春节,有时一个月没电影看,就跟父母闹着要到别处看,特别喜欢故事起伏跌宕、枪弹打飞银幕的战斗片。大人日常生活也多了一些味道,以往谈论的多是吃、穿、家庭、孩子,现在多了电影这个生趣话题。有几次,晚上看了电影,次日在地里劳动,一群男女青年在谈论电影中的人物,说那位主角像村里某人,那位女演员的很漂亮,看了还想看,那位男演员的那么帅,怪不得姑娘们都喜欢他……谈着谈着,就笑起来,忘记了干活儿,使得队长走过来批评。

那时,乡村的文化娱乐生活单调,电影无疑成了少儿不落的太阳,在获得精神享受的同时,幼小的心灵也受到熏陶。每看完一场电影,隐隐感到身体滋长了些什么,也慢慢开始懂得什么是爱,什么是恨,什么是美,什么是丑;王成、黄继光、董存瑞、邱少云、李向阳等英雄人物成了人生榜样。炎仔、开仔、虎仔从小向往军营,适龄后踊跃报名应征,成为光荣的人民解放军,一九七九年参加对越自卫反击战,荣立战功。我除了喜欢读书,也向往军营,可惜体检不过关,假若那年了去参军,就不是我后来的生活情态。

多年以后,电影事业乘着改革开放的春风迅猛发展,国内国外影片层出不穷,除了在村和矿区看,还可以到大队看,到公社和县城看,再不必为看一场电影而费心。再后来,有了电脑、电视、手机,可以随心所欲在家里躺着看。然而,容易得到的东西反而不觉得珍贵,尔后看电影的感觉和印象大不如以前。儿时看电影有期待、有向往、有浪漫,创造了一段段和经典电影一样具有永久回忆意义的过程。

粽香

离端午节几步之遥,我徜徉于村边旧晒场上,怀着一种恋旧的心绪望着山上山下久违的风物,有的基本没了踪影,模糊记得以前的模样;有的已经被改变,须从脑壳里翻出一些"珍藏"补遗,才能确定是以前朝夕相处的一段坑溪、一个草坡、一座老宅院。

几近失落之际,北侧池塘基上两行与人齐高的露兜树映入眼帘,阳光给长剑状叶子镀上一层金黄色调,也给我身体注入一股热流。这种再平常不过的龙舌兰科硬质纤维植物,竟还好好地保留着,而且丰赡楚楚。我喜出望外,兴奋地走过去,凝望着绿光莹莹的叶片,似乎从中发现了与我有关的东西。

是的,记得儿时,这道弧形的塘基上已经生长着这种植物,我与玩伴儿们经常在此逮停在叶子上的蜻蜓,割下长长的气根做绑带,用叶片做成风车和吹得响的喇叭,冬天用野芋状的干秆烧着取暖。每个端午节前,村里的妇女们相约到此,挑选着割下一堆叶子,加工后作为包粽子的叶片。时过境迁,塘基没有塌,没有变样,露兜树老了又长出新叶，依然站守在土基上，并且比过去茂盛。一阵南风拂来，一排叶子飒飒作响，仿佛在跟路人说话，为村里人即将到来的节日高兴。东侧水渠下大片稻禾正抽穗扬花，弥漫开的稻花香和着泥土气息飘过来，与露兜树的清甘味混合在一起，让我率先尝到了家乡五月的味道——久违的粽子香。

粽子，这种应节而出的传统吃物，各个地方都有，形状味道各异。家乡的粽子在粤西早就出了名，出名的缘由不单是独特的味道，还因为用一种叫露兜树的叶子精心包裹，具有了艺术品的美态。

露兜树，家乡人又叫"薗古"，常绿分枝灌木，叶簇生于枝顶，三行紧密螺旋状排列，长三尺，宽三寸，先端渐狭成一长尾，叶缘和背面中脉均有锐刺。在家乡，它纯属自然植物，野生野长于水湄、路边、山坡、地头，初生叶子青白色，状似一个狭兜，白天吸收阳光，夜晚兜藏露水，枝体伸出像榕树一样的气根，具备迅速生长、长盛不衰的特性。一批叶子初春出来，到端午节前已长成三尺水灵灵的长尾叶。不老不嫩的叶子正适合包粽子。

谷雨过后，村里人播种的稻禾、豆子、花生、玉米进入最佳生长期，一个"小农闲"日子到来。于是，人们的心念开始转移到即将到来的传统节日——端午节。

端午节包粽子是家乡的一种风俗。天刚放亮，性灵的主妇们就起来，把晒过半天和削了尖刺的露兜树叶子卷成一团团，放到大锅里加水煮沸，把糯米洗两次，放到大盆里浸泡一个小时，把做馅儿的绿豆煮沸去皮，碾碎。太阳冒出山尖后，她们就在厅堂摆开箩筐、盆钵、竹盏，拉开包粽子正幕。无须想象，此时走到哪家，都可以见到一位主妇端坐在那儿包粽子，动作娴熟自如。

婆家也没闲着，在一旁帮忙，平时操过家务的孩子也凑近，望着大人动作手势，女孩子尤为专心、细致，看着看着就动手，学着母亲放米、放馅儿、卷叶、折角、扎带，初次包出的粽子大概率不成样子，不是角尖大小不一，就是叶边衔接不紧，动两下就散开了。母亲拿起粽子看了看，一边返工，一边嗔怪两句，但不会怎么责骂，指出不对后，让女儿继续，因为女孩子迟早都要学会这门技艺。有的嫂婶或邻居做完自家的事后，会主动过来帮忙。多了一两双手，情形就不同了。

　　大概上午十时，妇女们的任务基本完成，一箩粽子落到锅里，腾腾的热气充满灶屋，粽香也慢慢弥散出来。

　　家乡包粽子是一种古法，是妇女一门必修课，她们中有很多能手。母亲是一位，母亲包粽子的情形还常常呈现在我眼前。她端坐在一张方形矮木凳上，面前的圆桌放一个大竹盏，上面摆着几只簸箕，分别是糯米、绿豆和露兜叶。左手握着一个用叶片弯成的圆锥形兜儿，右手当勺子把糯米放进叶兜里，起一个小窝，把绿豆填进中间，铺上一撮米，轻压两下，然后双手配合，上下左右转、压、拉、折，一个尖角出现，这样的动作多次，结出四个角，一条粽子成形，最后扯一条叶片撕成的带子，一端插入叶缝，反折拉紧，顺时针绕在粽子粗短的腰间，剩下的插入带子里，拉紧，一条完整的粽子，就妥妥帖帖从手中出来，似有抟土造人之神功。一两个钟头，满满一箩粽子出现在厅堂。这样的过程和细节看似烦琐、费时，但对巧妇来说，犹似信手拈来。

　　有识人士对家乡粽子感兴趣，从药典里找到露兜树叶子特性：性凉，味淡，具有发汗解表、利湿消肿、行气止痛功效，可改善恶寒、发热、目赤肿痛症状。叶子使用前经过煮沸去掉青涩味，仍呈较强碱弱酸性，而糯米主要成分是淀粉，可食碱性成分与淀粉加热后发生化学反应,使得淀粉糊化黏度升高,出锅后又糯又软,冷了慢慢收缩,叶片的接缝处自然黏合得紧密,粽子在常温下保质期得到延长。

用露兜叶包粽子可谓一种发明,是谁第一次用这种叶子包出第一条粽子不得而知,我们应该感谢和怀念这位聪明人,如今人们未能找到另一种如此适合的植物。家乡这种树无处不在,一排排、一垛垛。村里人从哪个年代起用它包粽子?一百年,二百年,五百年,或更早?可以说,它和糯米结合后,被村里人牵着手走过了无数个端午节,至今品质不变。

民间的智慧真让人佩服得五体投地啊!

我忽然明白,池塘基上的露兜树长得那么好,每棵都别具一格,是村里人特地保护下来的。过两天,婶嫂们就会到此,按需要一片片割下,经巧手随意变成一条条粽子。

这天,家家户户炊粽子,远远望去,一缕缕或肥或瘦的炊烟在屋顶上空跳舞,不停扭动腰肢,抖动水袖,看得出,舞得越劲,粽子越好吃。到了一定火候,浓郁的粽香从门窗、烟囱、瓦缝飘出来,漫透村子上下空间,让村人的日子平添了一抹如诗如梦的色彩。香味是信号,是诱惑。饥饿的狗狗立即醒觉起来,翕动鼻翼,从这条巷子跑到那条巷子,馋得涎水往外流。物资匮乏年代,狗狗是徒唤奈何的,只能嗅着味道暖暖心。在晒场、地坪玩闹的孩子,冲锋似的跑回家,瞪大眼睛对着热乎乎的大锅头,在一旁忙着的母亲理解孩子的心欲,凑近锅头下意识嗅嗅蒸出的气味,听听沸锅的响声,说还要等一会儿。说归说,还是揭起锅盖取出两条粽子给孩子。其实粽子已熟,缓一下,等灶膛那块木柴烧过,让锅气慢慢落下,味道更佳,口感更好。

粽子于孩子如蜜糖,肚子饿时可以一气吃两条或三条,上午吃，下午吃，口里半响还留着香味。大人就不用说了，三几天，全村大小吃掉粽子十多箩筐。一年因发大洪水，粮食失收，往年收成好时，家里分得稻谷一千多斤，糯谷三十多斤，那年两样减了一半。糯谷碾米，冬至春节用了大半做汤圆和"叶贴"（家乡一种饼，用一种传统木具把米舂碎，反复过筛成雪白米粉，加水搅成黏软状，用木印模做成一种半湿干的饼，馅儿有绿豆、花生、葱蒜），次年端午节剩下的糯米够包二十条左右粽子。父母加我们兄妹六人，当天每人吃了三条，剩下两条母亲放在厅堂吊篮上。看见那露出两个尖角的粽子，我特别兴奋，想到明天早上起来能够大口地吃到它。晚上很久睡着后，梦见吊篮里多了几条粽子，冒着热气，飘溢着喷喷糯米绿豆香，醒来，清亮的口水湿透了枕边一大片。待我起来跑出去，粽子不见了，急忙找到弟妹，发现他们嘴角粘着米粒，口气里有粽子味……

粽子除填肚子，还是一种良好的"精神营养"。经过历史积淀，粽子的文化可谓丰富的、多元的。家乡这大块地方从未搞过"粽子文化节"，纯朴忠实的家乡人或许不知道端午节和粽子于深重的历史迷雾中，与楚人伍子胥被裹尸投入胥江和爱国诗人屈原自沉汨罗江，以身殉国的悲情有关。但"消弭灾祸，抚慰心绪"与历史学家说法相吻合，寄寓生活吉祥如意的愿望与各地一样。隋后多个朝代，人们认为每年四五月是"害月害日"，日月星辰运行，使大地风雨雷电剧增，毒蛇、蝎子、老鼠泛滥，瘟疫流行。这期间，朝廷减免赋税，让百姓休养生息。百姓祈求风调雨顺，安康福寿。正好，五月的粽子寄寓了这种心绪，那尖尖的四个角，艺术人看是一种装饰，而于家乡人眼中，尖是"利"，利有两重意义："吉利"和"锋利"，吉利于天地人大好，锋利能逢凶化吉，惩恶驱戾。这天，家家户户门前除放艾草和菖蒲外，还将尖头利角的粽子摆置于厅堂、窗台、墙角，让内心抵达安宁。娶媳妇那天，主人家少不了包粽子，其谐音"中子"，即生中男孩子。来人除了吃得满脸油光，还兜着一串粽子回去。

　　岁月骎骎，远山悠悠。池塘基和别处的露兜树，被家乡人赋予一种永久而浓酽的情怀，我多年不回家乡，也没尝过家乡的粽子。久别家乡的人，愿意把一代老人、一碗面、一个山头、一架石桥当作乡愁。于我，不知什么时候，由对粽子的思念变成了一种乡愁，每到异地，若有粽子，定会品尝，然他乡终是他乡，粽子的一切不是家乡的所有。

　　这次回去，终于有机会饱尝家乡的粽子。

期待春节

入冬，村里人把稻谷、豆子等冬收作物从田地收回，脱下，晒干，送到国家粮仓和保存到自家谷围里，一年忙碌的农事算结束。收获后的田野空荡荡，没有多少人影。生活和劳作节奏缓下来，屋檐下，妇女们对着一个针线篮子剪下黑红黄绿布块，慢条斯理地做起缝缝补补活儿，偶尔抬头望一眼檐上飘过的云朵，看看在地坪玩耍的孩子，农忙季节绷紧的身体于此间得到放松。男人们三五个聚在晒场上，抽水烟，聊大天儿，一把竹筒做成的水烟（又叫大碌竹），两尺来长，一撮生切烟丝塞进烟嘴，点火，吸两下，让经过竹筒里的水过滤的烟贮在上面空节里，歇顷间，用力把烟全吸进喉咙和肺部，然后顺气慢慢吐出，竹筒里的水咕咕咚咚往下流，别有一种乐趣。半天时间，把积贮几个季节的事儿倾出来，因此酣畅而舒坦，宣泄而通透。

如此的日子过了大半个月，一场带劲寒风从北面吹过来，反应最早的是村北那棵木棉树，剩下所有的叶子被风一夜带走，光秃秃的树枝写着深冬已至。早上人们拉开屋门，不由得颤了颤，脑海里恍然跳出一个意识：噢噢！春节来临了。一桩桩事情相继从村地从屋角冒出来。于是,村里人换了一种心绪和状态,把日子往大年里赶,这赶年里有许多琐碎的操持。

我们孩子可不像大人,不需要费心费力去筹措,只是盼春节快快到来,这种心情比大人强烈得多,仿佛发现远处的山脚下有一位可爱的圣诞老人,带着许多好吃好玩儿的礼物向孩子们发出呼唤,诱得一群少儿朝那儿奔跑,谁先到达,就能得到更多奖赏。

农历还剩最后二十天,家家户户动了起来。那时,村里的屋宅老旧一样,全是瓦顶,墙体一部分由青砖砌起,一部分由大泥砖加石块垒起。经过长年风雨刮削和猪牛挨擦,不免出现破漏,现在得好好修复,一是为了过年,减少些破旧痕迹,再是明年开春,雨水到来,耕作季节打开,大家忙着田地里的活儿,很难抽身关顾屋宅。那些日子里,父子、兄弟、叔侄互相配合,修瓦面,换椽条,补墙缝,邻居间边干边调侃。妇女们则是打屋尘的好手,她们头扎一条布巾,穿一套旧衣服,挥动长杆扫帚,把灶屋和所有房子的鳞瓦墙壁打扫两遍,出来时变成一个满身灰垢的婆娘,那细致的用心是颇能体会到的。同时,村队安排各户一人,集中修牛舍、队屋、晒场;清理屋巷垃圾和杂草,把从家里清出的杂物堆到一处,放火烧掉。经过一番"除旧布新"行动,村容村貌变了,说不上亮丽,但干净、整洁,弥漫着好日子就要到来的气息。

孩子们天天念着过年,觉得日子过得慢,巴不得一觉醒来就到了年晚。然而,有一件事会令孩子们高兴——裁缝新衣服。平时,大多数孩子穿的衣服有破洞或补上一两块颜色不协调的布料,若看见哪位孩子有一天穿上一件新衫,就羡慕不已。母亲抽出半天时间,特地带孩子到圩街,剪几尺布料,到裁缝铺度身,裁制一套新衣。有的母亲把新衣洗过一次让孩子穿，亦有的孩子急着，衣服未洗先穿在身上，一穿就好几天，还喜欢到处走，走到哪里都嗅到一种染料味道。

穿上新衣服，孩子的高兴难以形容，而父母亦开心。这无疑成了一个家庭最直接的生活见证，哪家孩子穿上新衣，人们一看就想到其父母有本事。有本事的父母是受人敬重的，是村里的能人。

一年中，村里人习惯过几个节，清明节、端午节、中秋节、冬至节，春节最大，最隆重，吃尤为重要。那时村队养有猪，提前杀几头，按人口分到各户。猪肉用盐腌过一夜，放置在木盆里，用稻秆分层压实，密封保存，供大年享用，这样的猪肉有一股稻草香味。当然，父母还会千方百计凑点儿钱购年货，如炮仗、红纸、香、烧酒、蔬菜、红糖，手头松点儿的买只鹅、一条鱼，平时更多的日子过得紧巴节俭，春节要"丰盛"一场，"阔绰"一场，日子"红火"一场。

其实，日子天天过，有钱过年，无钱也过年，喜也过年，愁也过年；富有富过年样，穷有穷过年样，而有一样相同：脸上挂着喜悦。

喜悦浸透村庄的每一团空气。喜悦衍生于"禁忌"。

除夕，人们一大早拉开大门，脸上的喜悦无须做作。父母有序地忙开这天的事，刣鸡刣鹅、切猪肉、洗蔬菜、浸粉丝，准备一年中最丰盛的年晚餐；住屋、宗祠、香火屋、牛栏贴上春联，鸡舍、猪舍、谷囤、竹箩、木梯、果树贴上红纸，整个村子与人有关的大大小小物象都要过年，处处浮现暖意，往日留在心头的愁绪一扫而光。帮不了父母忙的孩子们，此刻集结在一起，做着喜欢做的事，从东巷到西巷，从晒场到干涸的池塘，那身影，那脚步声，叫喊声，活脱、脆亮，成为乡村除夕一道风景。

　　神明记得这个喜日子，包括逝去的祖辈，已经从遥远的地方回到村里，土地爷、灶君爷、地龙爷、门神爷，纷纷出来，端坐在龛位上，喜笑颜开，等待供奉，与人们一起度过快乐的春节……于村人的心目中，神的地位至高无上，唯有敬重，不可得罪；唯有开心，不能露出半点儿愁容……凡有神住的地方，摆着一排鸡、猪、鹅做成的"三牲"，香火旺盛，绵延不断。

　　年晚饭可谓丰盛至极了，一碟鸡肉、一碟猪肉是主角，加上大盆汤水、大炒小炒、年糕等，摆满一桌子。父母鼓励孩子多吃。鸡腿鹅腿是孩子至爱，养了大半年的肥鸡肥鹅能量充足，肉质滑嫩，手抓一块半个拳头大的腿肉，用牙一块一条撕下，慢慢咀嚼，那味道不可言喻。倘若下面有两个弟妹，只能让他们吃。而母亲是聪明的，将鸡鹅翼连胸肉斩成一条腿状，叫"飞天腿"，给哥或姐，虽没有正腿肉那种口感和味道，但还是满意的。椰子菜炒猪肉是必有菜，半熟的猪肉已经爆出油，热锅热油把菜叶烧灼得噼啪响，散发出的味道令人胃口大开。父母为了让孩子多吃些，示范用菜叶包着一块半肥瘦肉片，送到嘴里嚼烂吞下，猪油的香味和菜的甘甜全在嘴里，大家吃得满脸油光，一种少有的饱腻快感从腹部往上溢。

　　除夕夜捡鞭炮是孩子的重头戏。鞭炮和许多事物一样，平凡而普通，但在孩子眼里意义非凡，那夜谁捡到的鞭炮最多，谁就是公认的"小英雄"。因为捡鞭炮真的要有英雄的勇气和胆量。十二时过后村里开始燃放鞭炮。之前孩子们在一起讨论谁家的鞭炮最大，甚至踩过点，有意无意去溜一趟，确定后，提前到家门前守候……那时没有电灯，屋里通夜点着煤油灯，门一开，昏黄的灯光扑出来，一群孩子跑进去，是家主最喜欢的事情，孩子越多，表示越有生气。

　　孩子们盯着家主手里的鞭炮，想象地面散落着未燃爆的单个炮子。点燃的鞭炮还剩最后几响，大家就冲过去，在地上抢着抓摸。跳跃的油灯光中，满屋都是浓烈的硝烟，眼睛辣刺得直流泪，喉咙不住地咳……这些，并没有阻碍孩子们的欲望和兴致，捡过了一家，又急着跑到另一家。有的孩子想到穿一双结实的布鞋可以把鞭炮引子踩灭，于是在爆过一半时，夯着胆子跳进去，把踩灭的一串炮子抓着冲出来。

　　新一年的大门已经敞开，按村里的禁忌，不能说"没有""少"之类的字眼。但孩子开心是天大之事，根本不知道人间的忧愁，在地板摸过一遍，没有捡到一个炮子，或只有一两个，就随口说"没有啰！""这么少！"家主立即大声说："有，有！多，多！"但不会怎么骂孩子。有的家主为避免孩子说这些"忌话"，在鞭炮爆过后，将事先拆散的几捧炮子撒到地上。孩子摸到一个个炮子，兴奋得连说："好多，好多！"家主也会顺叫着："好多好多！"乐得脸上开了花。

　　家家户户放完鞭炮，屋里屋外仍留着浓重的硝烟味，大团大团的烟雾弥漫在村背的竹树林里。然村子还未静下来，一遍一遍响起咚咚的脚步声，黎明前的夜活跃着孩子的身影，一个个像凯旋的英雄，满头脸都抹着一层硝烟尘灰。

　　大年初一，晨阳升起，村庄镀上一层金色光芒。各家各户门庭大开，每个人脸上都流淌着笑意。穿上新衣的孩子们不约而同跑到晒场上，掏出所有炮子，一个一个数，最多那个是英雄，受到大家敬慕。

　　玩炮子也是孩子的一个节目。大家各出奇招，把炮子塞进树洞、竹筒点燃，或会惊醒两只冬眠蛤蟆，慢慢爬出来，或会炸出一窝红蚂蚁；还用弹弓把炮子射上天空，感受爆开那瞬情状；让炮子在池塘泥巴中炸开最好玩，可以真实还原电影战场上炸弹爆炸的场景。但炸的不是敌人，是村里人，两位嫂子经过池塘干地，被爆响惊得尖叫起来，不由得双手捂着头，带着射沾在身上的泥巴走得远远的，然后回过头来，一边笑着，拂去衣服上的泥巴。

那天不杀生，不走亲戚，村子一团和气。父母一早做好饭，吃完了，三五成群到村地、田野行走，叫"行大运"，寄寓新一年好事连连，相遇互相问候，全是好听的话语。稍后，拜年狮子从村头进来，大锣大鼓声盖过一切，撞到村背山上最高那面崖壁又返回来。没见过这场面的狗狗惊慌得急忙钻进狗洞，躲到墙角一侧，久久不敢出来。而孩子们却循声纷纷跑过去，跟在后面。狮子和人装束得金灿灿。孩子们发现，调弄狮子尾巴的竟是一位十三四岁少年，很专业，也很专注，还有点儿自豪。家家户户开门迎狮子，多少送上一个"利市"。

拜完年，队里出钱请狮子班在晒场表演。节目有过剑门、矛盾对攻、耍大棍、关刀长枪对打、狮子采青、猴子捡财等，每个节目都有难度，惊险层出，非一般人所做得到。而表演者按照锣鼓起落缓急拍节，刺、插、扫、拉、挡、转、闪，动作那么熟练，引得众人发出阵阵喝彩声。人们最喜欢的是狮子采青，全是力量、勇气、技艺的展现，一根竖起四五米高的竹竿上悬着一把青绿叶子，上面挂着一个"大红包"，两个彪形大汉蹲在地上，双手紧搭对面肩膀，一位大汉从背脊踏上去，蹲踩在肩上，再一位扛着狮子的大汉在人们帮助下，踏上上面的肩膀，在一阵喝彩声和激越锣鼓传递的力量中，底下大汉站了起来，接着是中间那位，再是上面那位，脚踩着肩，手抓住脚，结成三层人塔。高高在上的狮子睁着大眼睛，扇着大耳朵，张嘴吐舌，把绿叶青枝吃了，嚼碎，吐出，撒满一地，最后眨眨大眼睛，把大红包一口吃掉。大红包里有多少东西、多少钱，少数人知道。

　　大年初二是探亲戚的日子。跟着父母去走亲戚，也是一件乐事。对于平时未出过远门的孩子，外地的山水、村庄，都那么新奇。吃也优厚，可以吃到舅母、大姨、大姑特意留下的大鸡腿。最关注的还是"封包"，亲戚除了给家里每人一个封包外，还会特意把一个大点儿的封包塞进孩子的袋里，意思是这个封包是你自己的，可以随意去买中意的东西。因了这点儿"创收"，孩子会主动要求去探亲戚。

　　走完亲戚，孩子们聚在晒场，比谁的钱多。父母的压岁钱和伯母、婶母给的"利市"，以及走亲戚得到的钱，超过二元算是天文数字，三元极少。那时钱是"通能"的，有了钱，可以办到平时办不到的事。

　　世事无常，转眼便是永恒。春节这样的日子可以延续十多天，正月十五过后，村里人又开始过起简约节俭生活。现在回想，那年代的春节过得有点儿烂漫，又有点儿梦幻，这大概是孩子盼望的一个缘由吧。如今，那群活跃跳脱的孩子成了白发苍苍的爷爷和奶奶，父母或已作古，那种过春节的生活演绎，只留在记忆中。今天的春节相比于以往的春节，无论内容和形式都大不一样，可以全家人上酒楼，吃一席二三千元年晚饭，可以放数米长的鞭炮，可以把烟花放到天空上，孩子可以得到几千元上万元"利市"。这种种升华令人开心，而往事回忆起来，也别有一番滋味。

乡村之秋

傍晚,乡村上空出现两股力量,南北面灰色云朵越聚越多,不经觉间相遇对撞,风开始乱,分不清方向。入夜,隔大半个月没见过雨水的乡村迎来了一场有夏秋味道的雨,人们说是"风面雨"。然而似乎有约定,翌日早上太阳如期从东岭出来,天空碧蓝如洗,远山缘廓清明。

秋天一夜到了乡村,一切被裹带着往前走。

草木是乡村季节更迭的征物。北面几棵数百年的龙眼树,体里藏着每年季节变化的信息,越老越灵验,春夏季雨水、阳光和土地的滋养,使它们不失时令发芽、长叶、开花、结果,秋天到来,像经过数度磨炼的汉子,根骨坚硬,枝叶老熟,于秋风中铮然挺立。桃树似乎有点儿柔弱,经不了半个月,绿衣变黄衣,而后被瑟瑟北风一片片剥掉,剩下光秃秃的枝干,对着天空唱秋歌。苦楝树亦如此,斑白的树干失去以往的润泽,叶子纷落,恋在最高枝上的干籽摇着摇着就掉下来,有的砸中行人肩头,有的砸中鸡们背脊,都不免有小小反应。坡上的草反应慢些,渐渐变黄,散出一股香气,叶子沾着露水,像无数细沙,脚步经过,纷纷跌落尘土,回归大地。草的宿命跟树木不同,留不住,秆叶最终干枯,倒在脚跟下,成为一块草被,以特有的方式护着土里的生命,翌春根部会率先萌发出新生命。

乡村小动物多。羽毛干净的鸡们在屋侧草丛里啄草籽,动作轻盈,不声张,一阵风过来,被推得脚步踉跄,但不惊慌;鸭们从不露怯,有的立在塘基草地上晒太阳,有的娴静待在水里,风扬起池塘的波纹,像没有动力的小船随波荡动。

各种野生小精灵忙着寻找归宿之所。蚂蚁的灵觉超乎人的想象,天气干燥,无须像春夏季节经常因雨水和其他动物侵扰而忙着搬家,陆续回到巢里,活动减少。白天许多成员在洞口探出半个身子,扭着头摇着触须观望,感受空气里的微小变化。毛毛虫也找到一个石隙或树凹,吐出剩下的丝造一间过冬的茧房。蟋蟀唱完最后的歌,力气竭尽,用仅有的一丝感知把身体贴在树枝上,一阵风吹来,掉落树下。它是夏天的唱角,过了就收场,一个完整而悲哀的结局。

在村庄和山林里生活的各种蜂,完成了一年的繁殖任务,不再那么忙,一团地栖守在巢外,似若有所思地等待什么。按照习惯,它们是要"分伙"的,在冬寒流到来之前找到安稳之所——那个帽头大的巢是用植物精华精心筑成的,生活了两个多季节,终不舍离去。但它或者使用期已到,不能作为过冬的寓所。

有一种纯黄的蜂,入秋后离开巢屋,颜色由黄变成灰绿,村人称它"麻蜂",蜇也褪了,不会蜇人,性子温和。晴天中午开始成群结队飞到屋檐下,嗡嗡的声音一直响到傍晚。它们要寻找适合的瓦缝或墙缝,借人居的暖气度过寒冬。它们身上还储存有蜜,有时两三个抱成一团像坠崖一样跌落到地面,孩子捉住,捏开尾部,放到嘴里轻轻一啜,一滴纯蜜进入嘴里。蜂还有生命,放了它能飞走,但那滴蜜是它过冬的补给,失去就活不久了。

孩子对池塘的兴趣转移了,夏天,几乎每天都泡在池塘,现在空气有一丝凉,偶尔跳下泡一下,更多的时间钻进山林。山里仍有不少迟熟的野果,如桧子、布布子、糖瓮子、牛奶子,都是上好的果食,挂在很高的枝头上或棘篷里,也有办法摘下来。吸了山气和摘了一袋野果子的孩子从山上下来,特别得意,在村坪聊天儿的爷爷奶奶和弟妹,也能尝到山果甜甜酸酸的味道。

秋被一波比一波强的北风吹熟,树林里满目萧森,一片片黄叶飞落,内心不免有一种莫名的伤感。然而伤感是诗人的专利。乡村的秋天注定不是一个低调季节,田野饱满,色彩映山干云。人们的目光开始聚在大片的稻田上,喜悦随着一天天黄熟的稻谷攀升。

村长、记工员、保管员隔天到稻田行一遍,查看稻秆、叶子、谷穗的色泽,还摘下一串谷穗,用牙磕,确定哪片稻谷可以先收割。从麻雀那儿也能得到作物成熟信息,它们整天在稻田上飞来飞去,识别能力不比人差。如果哪片稻谷被赶起一群麻雀,无须多看,稻谷已经成熟,它们率先在收获。

头儿从稻田回来,和几位长者碰个头,定下晚稻收割日子。于是,村里人立马来了精神,搁了一个多季节的镰刀、禾落(一种专门用来挑稻穗的工具)、谷耙、禾叉、碌碡生动起来,晒场打扫得干干净净。

那天,全村劳动力出来,抬着打谷机,挑着竹箩,一列长队迎着初升的太阳开进田野,背后跟着一群孩子、老人和狗狗。无须做任何仪式就开镰,一个人就是一架智能化收割机,灿黄的田野拱着一片脊背,飞快的镰刀在秆间闪着银光,割断稻秆的咔嚓声在手间响起,清脆、利索,流动着一种拥有的快感,成了稻秆最后的记忆。

一行行大小长短一样的稻穗排列在田野上,男人把更多的荷尔蒙拿出来,把笨重的打谷机搬到田里,踩得呼呼山响,金子似的稻谷哗哗飞落到木桶里……丰收的晚稻是村人的劳动成果,一年最后一次收获。老人、孩子在收割过的空田里嬉戏,欢声笑语不绝。三代同在,有这样的喜庆场景,村道家道必旺,后代多出人物。当然,到场的孩子和老人还有一个任务:捡拾漏掉的稻穗。那年代粮食珍贵,虽然无法做到"颗粒归仓",但绝对不会明眼让一串稻穗留在田里。拾到的稻穗可以交公,也可以带回家喂鸡鸭。

有孩子在,田野更加生动、活泼。他们喜欢捉一种叫"禾虾"的蚱蜢,一行行稻谷被割下,那些恋着稻禾的蚱蜢被赶到一个田角,在稻秆上跳来跳去,一群孩子在那儿等着,每人一次可捉到十多只。这些蚱蜢已经停止进食,干净得肚子没有一点儿杂物,可以生吃,可以放到锅里煎熟吃,有一种花生米的香味。秋天的老鼠特别贪食,不屈服于时间,许多家鼠嗅到稻谷香,纷纷逃到田里,在稻丛打出长长的洞,可以毫无顾忌地躺着吃,洞口留着一串串咬断的谷穗。它们一般是成对一起生活,十多天繁育出一窝后代。人们讨厌老鼠行径,见到就打。孩子有时间跟老鼠斗,拿来一把干稻秆放到洞口,点燃,用帽头把烟扇进洞里,老鼠特忌烟,急忙从另一端跑出来,大概率逃不过一群孩子的棍棒。这些田鼠可食,去毛,除掉内脏,用竹扦撑开放到屋外风干,加上姜酒作料,是一份佳肴。那些未开眼的鼠仔,还吃着奶,带回村给那位"五保老头儿"可换到一两条红糖。他特爱吃这样的鼠仔,将一只鸡子大的生鼠仔放进嘴,呷一口酒,咕咚就滑到肚里。

近村庄的稻穗,村人用打谷机脱粒,傍晚把谷挑回来,离村远的,就连同割下一半的稻秆挑回村晒场。那段日子,公路、村道挑稻穗的村人络绎不绝,连过往的汽车都减速让路,一天下来,晒场上的稻穗堆成小山。

夜幕降临,月亮在白莲花般的云朵里穿行,村庄沐浴着乳色清辉,这是沿用古法脱粒的最佳时候,乡村叫"练禾"。宋代范成大在《秋日田园杂兴》描述了打谷场景:"新筑场泥镜面平,家家打稻趁霜晴。笑歌声里轻雷动,一夜连枷响到明。"后来人们发明了砾碡(村里称禾碌)代替连枷,效率更高。傍晚村人把一扎扎稻穗打乱,铺在晒场上,挑来几头体壮水牛拉砾碡,转圈压稻穗,去一遍,回一遍,不留死角。场上砾碡转,天上月亮转,鞭牛声,碾轧声,在月光中飞扬,穗上的稻谷按归仓程序脱下来,发出沙子落地的声响。范成大看了此场景必会动诗心。

村前的稻田立着一排排"禾秆子",远远看去,像极了沙场上等待号令的士兵,稻田因此不至于空虚、寂寥。尽管收割很小心,免不了漏掉一些稻谷。村人爱惜粮食,把鹅鸭赶到田里,傍晚带着一个沉沉的嗉囊回家。鸡多的人家早上挑到田里放,晚上挑回来,每次感觉都重些。

秋末最后一件事"上牛棚"。牛是耕作好帮手,功用之大,村人知道。留在田里的稻秆分到各户,可烧灶,可做成稻草人赶鸟,入冬可做猪们的被子。晒场上的稻秆用作上牛棚,于牛舍旁一块背风空地上,用松木簕竹立起一个方形人高的架,把稻秆铺上去,集成一个下面空通而像小山头似的秆垛,待到林寒洞肃的冬日,草木枯萎,稻草便成了阿牛哥赖以果腹的唯一指望。它们吃饱后,躺在棚下反刍,回味水草丰美的好日子。

秋天和其他季节一样,大地无处不在。乡村一年有两个秋,一个是天帝赐予的自然之秋,一个是村人创造的人气十足的秋,熟悉而陌生的两秋并蒂相融,既瘦成单调,又丰赡怡人;既萧瑟寂寞,又生动馨香;既有莫名伤感,又有收获慰藉。这就是乡村之秋。

跟着母亲去劳动

至今记得,跟母亲去田地里劳动的初始念想,萌发于喜欢观看村里人劳动和庄稼生长那个时期。

我们村子带状分布,坐西向东,前面大片土地缓缓向东铺展,延接漠阳江西岸。肥沃的土地,万物生长,几度被公社树为水稻种植样板片,优质粮食产区。

那时父亲是生产队长,主持村里四季农事。自我懂事起,村里人就叫我"队长仔,觉悟高"。一点儿不错,几个收获季节,我带领一群小伙伴跟在大人背后拾稻穗、拾番薯、拾花生,一律归公。村里的记工员将我们的"事迹"反映到学校,得到了校长表扬。

平时,我喜欢结伴或独自行走在绿油油的田地里,看见垄上长大的番薯顶开了泥土,露出白白的薯条,就蹲下瞧瞧,然后扒起几捧土填回裂缝;看见大螳螂在为害瓜苗,就立即把它干掉;在稻田,有时俯下身子,聆听禾苗生长的声音,心里发问:为什么这片禾苗与那片禾苗长势不一样?

开始随意,没有明显意向。慢慢地,心里产生了一种过去所没有的情怀,对长着庄稼的土地和对滋养身体的各种食物充满感恩,懂得一颗种子要经过艰辛的萌发,成长,经过阳光雨露的哺育,经过人们的辛勤劳动,最终才成为粮食。

那年代,粮食生产抓得很紧,多打粮食成为上下一致目标。一个冬季,父亲连续去开了三个会,叫"三级干部大会",县召开了到公社,再到大队。回村第二天,父亲主持召开了全村社员大会,传达上级会议"抓革命,促生产""大办农业,大干快上"会议精神。春节过后,全村掀起了轰轰烈烈大闹春耕热潮。

村里有劳动能力的人全部早出晚归,而我们一群孩子也随着大人往田里走。有的孩子看着那忙碌场面手脚发痒,试图跳进涩田里"帮忙",但都被大人劝住,原因是人小力气不足,没有干活儿技能。因而,我们只能继续做忠实而又跃跃欲试的"旁观者"。

春插时节,一天首项工作是"办田",男人扛着耙赶着牛,迎着朝阳走到田野,把耙往地里一插,给牛驾上轭,一声吆喝,牛就乖乖按习熟的路套拉起耙来。或许是新年伊始,大人们劳作时神色愉悦,把手里的软竹枝在空中甩两下,并没有抽着牛的皮肉,牛就懂得醒觉起神来,哞的一声使起劲。间或,男人们会哼几句顺口溜,有节奏的调子和着铁耙推动汤田的啵啵声,牛蹄踩土的噗啪声,鼻子喷气的嗨嗨声,从"成熟"的大田里飞向四周。我们这些土生土长的农民儿子,听到这些调子,不由得产生一种天然的亲近感,朦胧懂得大人们日复一日、年复一年这样不辞劳苦,是因为他们认定了自己一生与土地有缘,劳动是必要的,又是乐意的。

妇女们插秧的场景也经常闯进我们的眼帘。母亲和七八个妇女排成一行,面朝田地背朝天,一个人就是一架小型插秧机,双手分秧插秧，动作连贯，迅疾，准确，双脚向后移动，原来向后是前进，一会儿前面出现了一行行工整的秧苗，一个多小时，一亩多柔绵的大田换上了青绿色衣裳。

这样的农忙持续一个多月，大片汤汤泥田变成了稻禾世界。禾苗怀着庄稼的使命和村里人的愿望，专心致志地赶过一个又一个节气。进入夏季末，早稻开始成熟，村里人迎来了一年中最忙最长的"双夏"。

"双夏"之仗打响第一天是收割早稻。大人们从田里挑起一担担沉沉的谷穗，鱼贯似的往村里晒场走，场上堆起的谷穗像一座小山。一群比我们小的孩子在上面蹦蹦跳跳。

收获时节村里人开心，包括已经懂事的孩子。那晚我从晒场回家，吃饭时有意坐近父母身边，试着向他们说出萦绕在心里多日的念想，也算是申请：让我参加队里的劳动，明天开始跟母亲去收割稻谷，理由有两个，一是我长大了，要像老师教导那样为队里多打粮食献力量，也为家庭多挣"工分"，弥补口粮不足，二是与我同龄的两个孩子今天随母亲下了田。

没想到，父母想了想，欣然同意了。

翌晨，天气晴好，我手握着一把新禾镰，卷起裤脚衣袖，跟着母亲，还有几分稚气的脸迎着初升的太阳，走向金黄色的希望田野，心情是何等兴奋和好奇。这是我人生中的一个新起点，像村背山坡上那片生长多年的山稔树第一次开出绚烂美丽的花。这是我至今记忆犹新的一天。

脚踏进稻田，母亲选定一个位置，同旁边的人寒暄两句，就埋头收割起来。她和隔离的大人一样，脚的站立，弯腰弧度，抓稻秆，握镰，割断，留茬，摆放谷穗，过程十分纯熟，利索，有条理，像精致的机械手。我有点儿不知所措，但还是模仿着割起来，身边堆起了几把谷穗。到了前面的母亲回过来，发现我的动作"幼稚"，出现漏割、丢穗、乱穗情况，留的秆茬像小牛啃过一样参差不齐。农活儿看起来简单，干得好还不容易啊，我不由得称羡父母们的心灵手巧，眼光犀利。

母亲没有骂我，几番向我做出示范。我开始有所会意，发现自己出现问题主要是手抓摄禾棵的位置不够准确，力度不够，镰刀用力不均。我用心改掉这些，试着割几棵，又停下观察母亲的手势。这下有所改善，但进度慢，前面留着一条狭长的稻谷带。母亲在那头向我投来鼓励的目光，我几乎没有歇手割下去，背后摆着一行由我割下的谷穗，最后到了田埂，回头看看"战绩"，心里不禁高兴。

母亲收割完两块田的稻谷后，放下镰刀，着手把谷穗挑回晒场。那时收收种种什么都用肩挑，队里两架牛车只供冬季烧石灰拉料用。我年纪小，个子不高，那沉沉的谷穗担是挑不动的。我和另两个孩子不歇息，继续收割，一边交流方法。

一天下来，早上还是一片金穗充实的田野变成了一片茬头，晒场上堆起的谷穗像一排堡垒。我站在晒场石基上，心想，母亲们的镰刀真快，肩膀真硬，有改天换地的力量。

傍晚回到家，觉得很饿，很累，腰杆发酸，平时玩一天都没这么累。母亲从田里回来，又立即忙家务，她有多累我看不出，相信她也累，只是默默忍受了。

接连几天，我都跟母亲去田里割稻。第五天，我有些分心，被镰刀割伤了左手小指。母亲急忙从衣袋里掏出止血药和麻布给我包扎。次日早上，母亲见我忍痛的样子，叫我在家休息。三天后，我又回到收割队伍中，直至收割完毕。队里公布那季节妇女们的工分，因为我年纪小，不算正式劳动力，工分记在母亲名下,看见母亲累计分数最高,我格外高兴,当然,也有我小小的一份。

夏收结束,半个月后开始夏插,把秧苗安插到大田与从田里收起稻谷,技能细节不一样,工作量更大。本来忙了一个月收割够累的,但季节赶人,没有二话。

与之前样貌迥异的田野,熨熨帖帖,上面浮着一层泥油,是经过男人用牛加犁耙耕出的晚造大田。陆续走进田里的大人们无须怎么准备,就按套路忙起来,复耙、撒秧头肥、铲秧、挑秧、插秧,配合十分默契。每一项都需要力量和技巧。

待大人把不规则的田角那块秧插出来,我们三个孩子才走下田。母亲停下手,把一块长方形带土秧苗放到我左手上,她也拿起一块,向我做分秧、安插示范,特别提醒要用右手的拇指、中指、食指分秧,捏住秧头插进泥土里,不能过深,也不能过浅,这样才能避免插"屈秧"。经过夏收的砥砺,我对农活儿有了一些"悟性",母亲的言传身教有所领会。

插每棵秧我都非常认真,怕被别人笑话插不好,插一行就停下看看是否合格,不合格就补做。这样进度很慢,其实作为新手怎么也快不了。我直起腰,发现这块田里大人已经把我们远远地甩在了前面,被两边的秧苗裹挟着,后面剩下两耙宽的空间。三位母亲看我们尴尬的样子,上来帮我们冲出了包围。

大人们干起活儿来是不会轻易停歇的,有的还在明里暗里搞竞争,因为记工员用"正"字记下每人的插秧担数,一小时口头公布一次。有能耐的人都想争第一,我母亲就是这样的人。一块大田基本插完时,大人们赶快移到另一块田,剩下的小块空田让我们插,看来大人是有意试孩子的。我们上了田埂时,记工员旺叔走过来,皱起眉头,说我们插的秧苗像水蛇,这样会影响日后管理。也是吧，孩子就是孩子，干出的农活儿也像孩子的模样。我们心里怏怏的，都怪自己注重了株距，顾不上行距。旺叔还算通情达理，没有叫我们返工。后来母亲过来做了修正。

　　第二天天气特别酷热，未到中午，火一样的太阳已经把田野烤得蒸气腾腾，田头渠道的水面上浮着被烫死的小鱼小蟹，人蹚在水田里也有被烫着的感觉。大人们早已习惯了这样的天气，无怨无艾，而我热得浑身发痒，插完一手秧，就用沾满泥巴的手拭脸和脖颈，越拭越痒，半天成了一个泥孩子，有的地方还出现了血痕。

　　我这个可怜的样子，母亲看着笑了。或许她觉得我帮不了多少，还怕热着，叫我提早回家，并说以后不需要像大人一样天天出工。

　　那个夏季是队里生产的火热时期，我在那时走向田野，无疑是一个高起点，心里除了好奇、尝试，还想多为队里生产做贡献。虽然事与愿违，却从农村的"百种园"中，多少感受到农活儿的"滋味"和"秘诀"，感悟到一名合格的庄稼人，除了热爱劳动，还须具备娴熟的技能和足够的力量。

　　挑、抬、扛、背、锄、撬，在农活儿中分量之大，路人皆知，没有强壮的力气就难以进入这个主题。

　　我的"挑"是从十五岁那年开始的。队里没有什么运输工具，几百亩的谷穗全靠肩挑。那季节，田埂、田间小路、公路，从早到晚皆可见挑谷穗的村人。之前我曾从家里自留地挑抬过一些东西回家，这时觉得自己又高了一截，主动向父母提出挑谷穗。

　　为了我能够挑起来，父亲特地为我准备了一担新"禾落"，世世代代传下来的挑谷穗专用工具。我初次试着挑六十斤，后来增加，超过一百斤。母亲似乎对我的挑还不放心，每次都是她帮我装好担子，还用手提一提，以防过重，并且常常跟在我后面。有几次，我像其他人那样，放下担子在公路边歇息，其实不是很累，就是肩头酸痛得不行。赶上来的母亲以为我累了，就把我担子上的谷穗抱一把到她的担子上。看着母亲挑起沉重的担子往前走，脚步比先前吃力，肩膀被压得低低，我心里涌出一股难受的滋味。

挑了三天谷穗担子，第四天起床，发现两边肩头窜出一个大红包，痛得难受，两个小腿发麻。行事细心的母亲发现我不对，扒开衣服，检查我的"伤情"，叫我用毛巾包一团热饭敷在上面。

我在家待着，心里有点儿不安，为什么母亲天天这样挑没事？怪自己小气，软嫩。三天后，我回到了田野，再次挑起谷穗担子。

村里的农活儿，男人女人分工明显，驶牛犁田耙地是男人的"专利"，女人无缘，这是老祖宗遗留下来的习俗。一个合格的受人尊敬的男人，必须具备娴熟的犁耙技能。

我对犁耙产生兴趣，源于一次锄地。那年春节过后，父亲决定将家里一块自留地改为稻田。因他忙着村里的事，锄地和挖水渠自然落到了母亲和我们兄弟身上。母亲和我锄了一个上午，没完成一半，下午在城里读书回来的大哥带一个弟来帮忙。当时我想要是我懂得犁活儿就好了，两个小时可以把地犁翻一遍。

那时候，母亲是不想我学犁耙这门技能的。在她看来，我这代人，收收种种、挑挑抬抬的活儿可以干，都是表面的活儿，可以随意。而犁耙活儿有其深度和厚度，一个人基本固定一把犁耙一头牛，学会了就像牛一样一生套着拉轭……母亲的心愿非常美好：希望她的儿女长大后有更好的出息。用她的话说，就不要一辈子在村里"戳牛屎窟"。

母亲说归说，没有怎么制止。我还是背着她学了这门技艺，师父是留哥。

我绕着田埂，目不转睛地看着留哥犁田，闪着白光的犁铧在地下钻，发出很有质感的沙沙响声，翻出的表土像扭旋的豆壳。开始他姿势动作很正规，后来表演似的，跟在后面双脚像猫一样走成直线，右手扶着犁把，左手牵着一根连接牛鼻子铁环的麻索，吃饱了田草的牛认定要到中午才能脱轭，所以默默地，不疾不慢地拉着犁。留哥简直无须用力，几个手指轻轻地动一下犁把，吹着口哨。这功夫，没十年八年是不成的。

到另一块处子田，他把我叫过去，教我定犁、套轭、牵绳、扶把、行脚。开始，他在侧边用手捉住我握犁把的手，提醒犁把可以上提下压，偏左偏右，翻出的土块均匀，深度正好是作物根系生长的表土。我很用心，留哥很耐心，手把手教我大半天。

第二天上午继续，留哥判断我可以单独扶犁了，跑到田埂上站着，用口手语指挥我，之后他似乎放心了，坐下来抽烟。

那块田犁了一半多，母亲不知从哪里走来，突然出现在田埂上，她开始皱着眉头，用惊愕的眼光看着我。

我大声对她说：我学会驶犁啦，你看，这块田是我犁的。

母亲嘟着嘴：好咧，好咧，看以后还可以用得着。母亲说的以后，意思是指未来的某一天，她显然是想得很长远，很美气。

算一算，我跟母亲劳动了六年，从一名少年成为一名大青年。到镇里上高中，假期回家仍然参加村队劳动，那时与同龄几个青年已经成了正式劳动者，懂得干一年四季的各种农活儿。特别是学会了驶犁扶耙，觉得自己厚实了许多，有了村里男子汉的气概。如果不是命运使然，会留在村里，与当年的同龄孩子一样，彻底融入滋阴养阳的水土，耗尽一生时光。

几年后我读书出来，分配在城里工作。环境的改变，才发现自己已经远离了昔日朝夕相处的土地，熟悉的人和事都隐在了时间背后。然而，我的心仍然连着过去，往事常常像活剧一样浮现在眼前。每当这刻，心里就禁不住生出一种感激之情。跟着父辈在那块热土上劳作，流过汗，吃过苦，有过少年的冲动和憧憬，有过切身感受，虽然还远没有他们吃苦耐劳、无怨无悔、朴实无私的精神，但许多细节，包括父辈的高贵品质，像接种疫苗一样，植入我的骨肉里，使青少年得到一个有形的塑造。

感谢家乡那块土地，感谢父母乡亲，也感谢自己。

追风少年

也许是天生我喜欢风,童年时期就有过两次追风看风的经历。

应该是徐徐的南风把村庄带入夏天的时候,中午我和两个同龄孩子在屋巷鸡槽旁追捉蜻蜓,忽然发现墙脚侧吹来一股风,打着旋,地面上一些干枯的叶片和细草茎也看见了这个风,等它到来时,倏地立起身,投进风里,跟着风旋转,样子像一个旋动的碗,比碗还高,下面有脚,速度跟玩的纸风车一样快,既旋动,又走动。

像刚看到乡村世界每个新鲜事物一样,初次看见小旋风,觉得十分奇妙,放下捉蜻蜓,去追风。它从南面擦着青砖墙脚向北面走,一路吸收叶片干茎,身子越来越高大,像一个与我们齐高的喇叭,又像一个可爱的小娃。我和它很近,听得见轻微的呜呜声,有两片脱出的叶片擦过我的脸,几次伸手想捉住它,但忽而又收回来,怕破坏它的好梦。到了巷子尽头,向左转两个弯,倒回往南走,一会儿撞上一只在啄食的母鸡,惊恐的母鸡用力扇动几下翅翼,小旋风打了两个趔趄,像一个泄了气的皮球倒下来。看见小旋风变成一小堆杂物,幼稚的脸庞有小小失望。

这是我大概三岁时追风的情形。第二次是七岁那年秋天，傍晚刮来一股西北风，我和文仔、炎仔、岳仔、虎仔在晒场稻秸堆上玩翻跟头，看见空田的稻秸、树叶、薄膜飞上了天，一会儿玩起魔术，在上空变成一条腾龙，腾龙那么生猛，从田野跃上晒场，把一垛稻秆和两条水腰带卷收进去，在晒场上"逡巡"。几只鸡像发现了什么怪物，咯咯咯地大叫，扑棱着翅膀躲进草丛里……大人说这种异常的风叫"鬼旋风"，是鬼弄成的。我们心里惊讶与好奇交集，追着看，听见半空有一种怪怪的笑声，那笑声也长了脚，呼呼地从四下聚拢来，俯视着下面的人和场上的稻谷……我们没发现什么鬼怪，相信自己的眼睛，除了旋转的茎秆、叶片和那两条腰带，里面什么也没有，反而敬佩风拔地擎天的力量，怪大人多事，把好看的风与鬼扯在一起。而至于潜隐于风中的其他道理或奥秘，我们还不知道，风也没有告诉我们，也许我们还小吧。

我们的目光一直追着腾龙，它翻转着朝山上去，最后散落在一片树林中。

稍微再懂事，我发现村庄是不缺风的。村庄的屋宅一律向东南，背后紧靠山，前面一片平阔庄稼地，远处是纵贯南北的漠阳江，再远是与江同向走的河东岭，南风、东风、北风，无须拐弯抹角就可到达村庄每个角落，溜进村人每个生活细节中。夏天，村人习惯在树下乘凉，南风飒飒吹来，枝叶摇曳，沙沙吟唱，从腋窝开始的凉快感浸遍全身；秋天，从东北吹来的风疾而不狂，摇动屋外树枝、瓜棚，摇动家里的木门、空盆，还溜到床边，跟劳作一天已经入睡的人们絮絮语语，说些关于秋天的话。

不说风与大人的事，风与少年的事多着呢，我要继续叙述少年追风的事。

初夏的乡村，风和日丽。那天上午我和几位小伙伴在村边草坡上赶草蜢，看见南面天空有两块似白兔的云朵过来，白兔的脚一时跨开一时收回，我们似乎得到了某种启迪，忽然萌发了与白兔赛跑的念想，等到云朵到了头顶，就呼的一声向村背跑去。

村背是熟悉的马腰山，我们鼓足劲儿向山跑，像风一样穿过几条村巷，进入一个黄茅坡，几双脚像鼓槌似的砸在满是小碎石的土路上，发出有节奏的咔嚓声。整个山坡被少年跃脱的身影惊醒了，路边不时飞起一群小草蜢，修长的茅草随风摇摆，露出的石头像兔子、像小猪、像公鸡，一律盯着飞跑的身影，仿佛在喝彩；树上的小鸟看见了，也展开翅膀伴着我们飞。一时，小鸟成了我们的参照物，其实，我们是跑不过小鸟的，可是我们仍然跑得很快，听见风呼呼擦过耳朵，滑过眉头，也听见天上的风跑的声音，像大船在河里哗哗破浪前进。

忽然，云飞到了太阳底下，投下一片绿色阴影，我们在阴影里跑。我明白，风和云结伴在一起，相拥相融，风有多快，云就跑多快。抬头看看，云在头顶，也望着我们，证明我们跑得和风一样快……少年好胜心顿生，我对大家喊，加油，我们要超过风，每人的两条小腿在裤管里荡来荡去，仿佛两股无形的风。一会儿，跑出了阴影，把阴影甩在后面，也把风甩在后面，文仔那撮刘海儿向后甩，后背与前胸上的衣服快要贴到一起。到了山脚，一条路黄蛇似的往上爬，我们跑在蛇的脊背上。跑山路吃力，脚似乎有一股力向后扯拽，呼哧呼哧喘着粗气，脸变得红鼓鼓的。我们都没穿鞋，那时村里孩子多数没有鞋穿，脚底被石子硌得生疼。杰仔的脚趾被刺破了，痛得受不了，一小屁股砸到草丛里。我们几个继续跑，路开始变陡。我知道天上云行的路很平滑，不会有爬坡而慢下来。而我们一直领先，不能输在最后，几乎是用完了力气，跑到坳顶，那块耸起的石头是设定的终点。我们立在石头旁，仰脸望着跟过来的云，大叫：云朵云朵，我们赢了，下次再比试吧！云朵慢下来，张着白里透红的脸夸赞我们，之后两块合成一块，逍遥远去。东面又有几块形状不同的云渡过来。

我们确实是赢了风，但我觉得是暂时或是偶尔赢了。我还是羡慕风和敬佩风，那么自由，那么潇洒，无须向谁低眉，要走就走，想歇就歇，不为世间悲怜而萎靡不振，不为天下狂喜而流连忘返。

以往，我和小伙伴几次爬山到此，坐在石头上乘风，看远处的村庄、山头，看太阳从西面山头落下。这次我忽然发现自己开始懂得想象。攀上有四个水牛大的石头上，立起身迎风朝东南望去，目光跳过村落，穿过一片旷阔的庄稼地，越过最远的山峰，到达茫茫的天边。听大人说天边下面是大海。我目光无法收回，忽然看见了风，从遥远的海岛出发，携着一片片白云，飞越湛蓝的大海，与大群海鸟、大鱼赛跑。风的智慧是超群的，力量是巨大的，掀起一座座像陆地山岭似的浪涛，带着海水勇敢地撞击缘崖。它的目标不只是海边，登上陆地后继续走，一批一批经过我们村庄，没有什么可以阻挡住它的前进，没有什么能够熄灭它的希望……我甚至幻想到风的源头处看一看，那里一定是另一个世界，不是我们村的样子，一定有很多云在排队等候，让风携着做一次遥远的"逍遥游"。风的终点处一定堆着如群山似的云，若有机会，那些云又会被另一种风带到更远更复杂的地方，或者走另一条路径回到老家。

少年的好奇心随着四季的风滋长，像春天拔节的庄稼。

那年秋天村里人给我们带回了一个消息：南山脚下的农场来了两台履带式拖拉机，人们称它为"铁牛"，每天从早到晚在犁荒地。我们从懂事时就对机器感兴趣，村前公路每天都有几辆汽车或大胶轮拖拉机开过，有时汽车坏了，停在路边，我们就飞奔到那儿，看司机揭开车头盖子修理，竭力摇车头把子。那天我们几乎是全程跑步到南山脚看从未见过的"铁牛"。"铁牛"名副其实，全身是铁，沉沉的有点儿笨，但向上的屁股喷出大黑烟时，吼声震天，力大无比。最吸引我们眼球的是履带和铁犁，那履带可以爬坡，可以过坑，被它轧过的石块、荒草、树枝粉身碎骨；后面的铁犁有三个铧，能轻易把一尺深的结实泥土翻开。中午，"铁牛"在一个稍高的坡上歇着，穿工人服的司机跳下来，对我们说句什么话后走了。看着他们走进一片树林后，我们走近两台陌生机器，近距离观看。它们全身热烘烘的，散发出浓郁的机油味，前头嵌着"东方红"三个字的铁牌，是它们的名字吧。我们对它们身上会动的不会动的东西都感兴趣，都觉得神秘。

日头稍西斜时司机来了，给休息过的"铁牛"灌了一桶油，审视了一下外表，立即坐上去操行起来。吃饱了的"铁牛"比上午威猛，一去一回，犁出一行行像长龙似的泥土。

下午二时多，大概是饿了，我们离开那块地，往回穿过一片树林，忽然，起了风，风是从西面吹来的。有点儿怪，这季节打主的是东南风，西风是"客风"。村里人讨厌这种"客风"，说它有"毒"，田里的鸭子被打过双脚会着"风瘫"。此刻它"反客为主"，越吹越猛，西边大片天空暗黑，像大山似的厚云被风推着向东南面汹涌压来，被卷起的枯叶、草茎、破布满天飞。少顷，暴雨到来，雨借风势，风助雨威，第一次看得这么清楚，银色的雨幕从天上拉到地面，呼啦啦地向我们扯过来。

淋雨是农村孩子的常事。我们被裹在风雨里，四周茫茫一片。大家不惊，迎着风雨跑。雨水从脸颊往下流，衣服粘在身上，觉得不舒服，干脆脱了上衣。那时还不懂得什么是尊严，只有隐隐的害羞感，如果需要，会像在池塘戏水那样，连裤子脱下来，裸身走在风雨中，但我们没有那样做。小小的身体成了化雨器，大大小小雨点砸到皮肉上，发出啪啪声音，随即爆碎，跳出一道小小的弧线，摔落于地面，有一种麻麻的、凉凉的、说不出是痛是痒的感觉……土路和沟渠积了水，地滑且不知深浅，我们每人至少跌倒两次，而每次的痛都很快被一种莫名的东西淹没。

也怪，回到村子，风雨都停了。父母见到我们淋了这场西风雨，以为我们会生病，而都没有，我们不是那些鸭子，反而，经过这次风雨的洗礼，似乎精神了很多，清秀了很多……意外的经历往往是一场梦，一场催人滋长个性的梦。

乡村万物在四季风雨中成长，孩子也一样，经受风雨多了，筋骨里都藏着风，藏着雨。我们早早就懂得一些世事，特别是懂得父母长年劳作的辛苦。那年秋收时节，遇上一场台风，公社、大队层层动员抢收成熟的早稻。村里早稻面积大，成熟早，全体大人立即以战斗姿态投入抢收。我们还未到适合参加集体劳动年龄，但看着大人从早至晚奋战在田野里，都自觉加入了抢收行列，天蒙蒙亮就跟大人奔赴田野，能割的割，能挑的挑。我和文仔、虎仔头天割稻，第二天挑谷穗。田埂上，公路上，都是挑着沉沉谷穗奋力行走的村人。老天似乎看到村人的干劲，把风刮得越大，是一阵过后又一阵的东北风。我们上午挑了二担谷穗回晒场，下午再挑时，双肩发痛，走了一半路就要歇。回晒场那段公路是"顶风路"，大人肩上的担子往下压，风用力向后推，费的力要比平时多得多，稍为放松一点儿，不是后退就是跌倒。而人们对风没有怨气，一直默默地劳作。在村人心目中，细风大风都是自然之物，能够吹作物生长，吹作物成熟，四季有风，冷风暖风，村庄才有滋有味，充满生气。村人足足奋战了四天，在台风到来之前，基本把已经成熟的稻谷抢收回来。事后，公社表扬了我们村，学校也表扬了我们几位少年。

  四季轮回，风寒风炎，少年长大了。如果说我和小伙伴们是在追风中成长，那么也可以说开仔、岳仔、虎仔继续追风到了军营，并于一九七九年参加了对越自卫反击战。我虽然没参成军，但一直为有一起长大的小伙伴儿穿上军装、拿起枪而自豪，而光荣。他们都在战场上立了功，痛心的是，英勇的虎仔，永远定格在活脱、开朗、热情的年华里。

相信母乳的力量

在《动物世界》里，我见过不少母性动物哺育幼子的镜头，也见过人类母亲哺育幼儿的场景。人类与动物有许多不同。我敬畏人类母亲，一个庞大群体，以自然泉水般的奶水哺育出满乡村满城市后代。

我们村的母亲不例外。我的母亲奶大我们六个兄妹。这还不算多，邻居八个，村北那家十个。那年代贫穷，母亲们坐月子后，条件好点儿的偶尔能够吃上一两盆鸡汤，一般只有一坛腌蛋。幼儿出生第二天，就要吃奶，张舒的小嘴发出软嫩的声音。母亲的奶水来得快，已经充盈得让两个乳房胀鼓起来，试着接到樱桃似的小嘴里，轻轻一挤，孩子第一次尝到了人间的香甜。这令人有点儿疑惑，母亲从腹里怀着孩子至生产，天天劳动，没有多少机会保养，平时少鱼肉，吃的是米粥米饭、番薯芋头、咸菜，哪儿来这么多奶水？会是鲁迅先生所说的"吃进的是草，挤出的是奶"？

一般情况下，一个月后，村里的产妇需要下地劳动。因为全社会倡导劳动光荣，劳动至上，多劳多得，不劳动就意味着连生活所需也得不到。牛奶、羊奶和精制米粉是佳品，但和贫困的乡村隔着一堵不可逾越的高墙，或者离乡村十万八千里，只能偶尔在什么场合从风里听到它们的名称。嫩嘟嘟的孩子白天只能喂点粥汤、菜汤，往往饿得大叫大喊。而尚在田地里劳动的母亲，心里时时刻刻惦记着孩子，特别是傍晚，奶水充盈渗出的奶香弥漫开，那种母亲才有的心情，期待自己的孩子在身边。待到收工时，半刻也不容，挑起东西回家，眼睛望着远处的村庄，脚步比谁都快。

那时，村子东头有两棵相挨在一起的老龙眼树，树冠下有多条被坐滑的树根和石块，旁边一口清水塘。外出劳作回村，走东北南三条路，都经过树下。这个佳好位置，让村里人常常聚在一起休息乘凉。

也不知从哪时开始，形成了这个习惯，村里的老人和大点儿的孩子喜欢带着幼儿在树下等待远处劳作回村的母亲。大部分母亲见到孩子，会就地坐在石块上，给久等的孩子喂奶，树下常常出现十多位母亲同时喂奶的壮观场景。离开孩子多时的母亲，会利用这个时间抚摸孩子一遍，捏捏胖嘟嘟的手脚，看看有没有蚊子咬伤或者跌伤。还常有这样的事情，有些孩子大了，奶量也大，母亲储存的奶水不够，又一下子供不上，另一个奶水有余的母亲，会主动让那孩子吃。在村里，一个母亲的奶水，是所有孩子都适用的。

一样的奶水养出不一样的孩子。不同岁数的孩子吃奶的动作、神态不同，男孩与女孩不同。有些孩子一接近母亲，就记起胸脯里的蜜罐，主动掀起衣服，大口大口地吮起来；有的孩子吃着吃着就睡着了，而小嘴还一直吮住奶头，嘴角溢出几滴奶水，睡了照样可以把奶水咽到肚子里，这是幼儿才有的功能；有的孩子吃着一个奶，小手占住一个奶，睩睩的小眼睛盯着旁人，这或许是人类占有个性在幼小心灵的呈现；也有孩子对母亲的奶产生好奇心，吃到半饱后以奶为目标玩起来，一头顶到母亲奶上，奶水像喷泉似的射出来，弄得满脸都是，结果是母子一阵咯咯笑。用水艰难时人们说滴水贵如油，而奶水什么时候都比油贵，是母亲血脉里流出的琼浆玉液，但母亲似乎不在意这些，更在乎孩子的天真快乐。有些母亲因各种原因缺少奶水，孩子几个回合就吮光了，之后使出洪荒力气去吮，满头汗水，仍然没有奶水出来，只好使出武招，用力咬奶头，虽未长牙，但母亲也痛得哟哟叫，一脸愧疚和无奈。人们从这儿得到启发，用"使尽小时候吃奶力"来形容做事卖劲，不遗余力。

　　看来需要插些文字。孩子吃奶，多数母亲会裸露出半个乳房。说到那浑圆而雪白的乳房，人们第一感觉就是羞耻、禁忌，这是人们长期对人体的认识与审美的结果。古代的《诗经》，曹植的《洛神赋》，曹雪芹的《红楼梦》，对女性的描述，包含了头发、牙齿、嘴唇、香肩、细腰、首饰、衣裳，却是隐去了乳房。倒是对三寸金莲关注尤多，拥有一双又细又美的足掌，成了那些年代女性的一生追求。或许可以说，作为女性第二特征的乳房，更多时候成了一种工具，承担着哺育后代的责任。

　　而在社会进步文明体系中，乳房渐渐成为一个审美对象。如果将乳房和女性美联系起来，它应该是美的重要组成部分。从古至今公认的最美女性维纳斯，她的雕像无论在国外国内，没有一尊不裸露出高耸丰腴的乳房，公园、广场里有着美丽动人传说的少女雕塑，大多赤裸着上身，浑圆的乳房在阳光下陡生光辉。经过她们身边的人们，都能够以一种完全审美的心态去看待，不轻易跟邪恶庸俗的情绪沾边。我们村的年轻妇女，没她们的美姿，无须像她们那样长期裸露，但裸露要比她们早，那时的公园广场还没有她们的雕塑。我们村的母亲什么时候表现出来的表情都比雕塑中的她们形象、多姿,具有一种悠长而动人的母亲的天性之美。这或许是村里的母亲敢于在大庭广众之下哺乳孩子的缘故。

我们村子大,人稠,出生的孩子也像母亲们的奶水那样,源源不断。作为承担着哺育孩子和大田生产双重职责的妇女,每天都有走不完的路,有做不完的事,特别是"双夏"季节,往往披星戴月,中午也不回家,在地里"吃田头餐"。这样,村里的老人和七八岁的孩子,就要背着尚在哺乳的孩子到田头去"吃田头奶"。多年如此,已经成为一种习惯。我之下有一个一岁的小弟,因而也加入了这个"阵营"。那时,太阳刚露脸,大人就扛着犁耙,挑着家肥,赶着牛匆匆行走在通往远处的土路上,村里只剩下老人和孩子。十时左右,身材高大而有德望的二婆首先背着一个七八个月的孩子来到那棵龙眼树下,一会儿,公公婆婆们背着孙子孙女,大一点儿的孩子背着弟妹,集合到那儿。二婆看看日头,领队出发。

大人插秧的大田距村子十多里,隔着村背一座山,是"土改"时按定的田地,去回要经过山坳、溪坑、野芒地。背着一个小人儿走路,公公婆婆们还行,我们几个孩子就难了,走着走着背上的弟妹就往下坠,有的孩子脚步开始趔趄。路多漫长啊!那时候老人们可怜我们这些孩子,但实际又帮不了忙,大家背上都有负荷,只能叫大家在山脚下就地歇一歇,再赶路。山坳的路上有这样一幕:太阳正照,炽热如火,山头上的天空辽阔得那么真实。一众背着小孩的老少,像一队负着包裹的骡马,一步一步地跨过山坳地,路两边耸起的石块和一垛垛抽穗的山芒张着眼睛,用熟悉而又陌生的目光看着这队特别人物。在山野中,我们这个队伍显得那么微小,但又是那么高尚,那么坚强,那么有活气。

中午十二时,是我们到达时间,天气最炎热,田野和山林腾起白色蒸汽。大人们停止劳动,找个地方坐下,享受"每天一歌"的"田头餐",也是母亲们"喂田头奶"的时间。吃过一盆稀粥加咸菜,男人们打着嗝,半躺在田边的树荫下,用竹帽盖住头做梦,蜻蜓停在帽头上。有哺乳任务的妇人们则盯着从远处通往田野的土路,发现自家人的身影,就立即站起来大声呼叫。

背上的小孩拉了两次尿,已经饿得嗷嗷叫起来,有的还将小手塞进了嘴里或啃着背带的布边。我们不会停下脚步,几乎用完身上的力气走到母亲的面前。母亲抱过孩子,一种熟悉的奶香味扑来,孩子嘴里发出咯嘚咯嘚的声响,小手和脚同时做出各种动作,示意马上要吃奶。母亲们会选一个干净、清凉的地方喂奶,通常是一棵两棵大树的绿荫下。七八个、十多个母亲在一起,规模不算大,但在山野之下,田头边,就显得十分神圣、可贵。

母亲们在孩子吃奶过程中,一句去一句来相互聊着,这样也像躺在草地上的男人那样,身体得到放松,疲劳消失。老年人也聚在一起聊天儿。还是我们这些孩子疲乏走得快,弟妹到了母亲手里,就跑到清凉的溪坑浸脚,捉小鱼,或到山上摘槂果。母亲们一直在下意识地专注喂奶,若是孩子停下了,会抱起来轻轻拍拍背部,一会儿让孩子继续吃。有些孩子吃饱在怀里睡着了,那短暂的时间对于母亲和孩子是非常宝贵的;有的孩子脱开奶头,抬起头对母亲亮着眼睛笑,咯咯的笑声在田头荡开,母亲的脸上洋溢出怜爱而妩媚的神情。

下午三时多,母亲们放下手里的活儿,再为孩子开一次"小炉灶"。之后,像来时那样,背着小孩回村。回去的感觉轻松了些,路也似乎少了一截,到村,日头已经挂在低矮的枝头上。整个季节,大人在前线"吃田头餐",我们也坚持每天背着小孩去"吃田头奶"。去去回回,一个季节下来,觉得自己长高了些,弟妹也坠背了些。

对孩子来说,母亲丰满的乳房是一个装满诱惑的盒子,一些孩子因此形成了"奶瘾",到了该戒时也戒不掉。我不是营养专家,没详细了解母亲哺乳和奶水对孩子成长的好处,也不清楚哺乳对母亲保养身体的好处。而凭一点儿感知可以说,母亲的奶水是世界上最珍贵的食物,那种亲和的颜色和芳香是自然的,不可仿造的,里面有米粥、馒头、蔬菜的味道,从孩子出生吮进第一口奶水到最后一口奶水,她一直给予孩子营养、智慧、母爱、力量,是孩子无论走到哪里都抹不掉的人生底色。

多少年过去了,乡村妇女哺乳的场面已经一去不复还。长大后的我和许多人一样,通过多年的行走,早已洗净了自己身体泥土的气味。然而,于胃部和脑壳里贮存和母亲有关的细节,依然完整无缺,被激活时如同挥着翅膀的萤火虫,一闪一闪。我的母亲同许多二十世纪二三十年代出生的女人一样,在长期经受饥饿和劳碌的日子里,竟然能够一个接一个把我们怀着,生下来,用源源不断的奶水哺育成人。这些年,人的观念不断更新,并且越来越复杂,生活中有不少事情被颠倒过来,不少年轻母亲为了保持身材,或是减少麻烦,用牛乳和羊乳代替母乳,这不只是对母乳喂养孩子理解的差异,还是一种为人处世哲学的差异,一种价值观的差异。

可以说,假若一个有奶的女人故意不给孩子吃,得到了多少似乎看不到,失去却是明显的。最让人容易发现的是,抱着孩子的手势和神态差异很大,在很大程度上无法把母亲那种天性的美和爱诠释出来。

我家族一直相信母乳,尊重母乳,更尊重母亲。多年前一个春节,在外面有了工作和家庭的六个兄妹偕回老家,那晚厅里摆了两大桌,我们特意让母亲坐在"正上位"。看着济济一厅堂后代,母亲高兴得难以形容。大家举杯感谢母亲养育之恩,祝母亲幸福长寿。之后,我的目光依然越过两米宽的桌子留在母亲身上。母亲已经大不如前,肌肉收缩了,也矮了一截,但布满皱纹的脸始终是慈祥地笑着,从那依然闪着哺育儿女时才有的目光中,看到了令我感激泪下的一幕幕。

第三辑　静处仙湖

夜阑时分，在湖边散步的几个人已经回去了，西端廊下还细语嘤嘤，那儿依偎着一对年轻人，一直没有移动。月夜把爱情融合得如湖水，他们要让天上的月亮和星星，让纯静的山野照见两颗紧贴在一起的心。

——《静处仙湖》

漠阳江之源

漠阳江这名称，独具性情，有人说她曾经沧海桑田，蕴含"漠水之阳，四季如春"之意；有人说她很古老，又很现代，颇有点儿文学色彩，寓意滋养、生机、富饶、阔大。以她永恒的美和盈润的母性，把她视作母亲河再妥帖不过的了。

树有根，水有源。我在漠阳江畔生活了几十年，一次独立江湄，出神而恍惚地望着江流，觉得她是那般神圣，情思之心腾地冒出要去看看母亲河源头神秘姿容的念想。我以为这个念想并不奇怪，因为"念根"在人类特别是我们中国人，一代代传下来，成为生活中一种情感之物。

成行于今年一个风和日丽的上午，驱车沿着江畔向北走，慷慨的阳光在田野和河谷铺开仲夏的梦幻，缓缓南流的江水闪烁着粼粼波光。两岸翠竹成林，树木葱茏，临江新老房子在枝叶掩映中露出一堵堵不同颜色的外墙；偶见江中的小渔舟和几只从水面飞起的野鹤。这是漠阳江中上游，最大支流西山河和东山的情人河、高流河、那乌河在此汇入江中，沿江两岸的茶河、合水、陂面、潭振等村镇名字，都与江有密切关系。

穿过我国大陆最南端一个典型的喀斯特地貌

地带，于国家地质公园凌霄岩景区西拐，便进入了漠阳江源头地段。眼前没有江河的形胜，只见坡地在低处灌木覆盖的溪流两侧逐渐向山上缓缓延伸，形成一条弯曲有致而可种庄稼可建村寨的谷地走廊。山上尽染的层林和迷雾，麓地屏风似的玉米和青瓜，谷岸抽穗的水稻和豆子，绿树修竹掩映的人家和小桥，方塘中蹿水的家鱼和灰鸭……一切是那样自然、安逸、和谐、亲切，宛如一卷长长的泼墨山水田园画。

车子绕着村道往山里走了十多公里，怀疑迷了路，停下来。忽然，路边一间砖混小屋出来一位老人，铜棕色的脸，霜白的胡子，一双解放鞋，一顶半旧麦秸帽，憨笑呵呵地朝车子走过来。他说他叫罗华林，说前面有三条路，平时外地人到此都会停下来辨别。我们原先以为不需要人带路，没有约好向导。而罗老人似乎知道我们会来，又知道我们会在此迷路。这真是天助人也！他熟悉地拉开车门，倏忽上来，挺乐意当了我们的向导。刚坐下，他就说个不停，叫司机往右拐，说前面一段路前几天塌了，我们的车子过不去。伸出窗外的手一时指着远处的山峰，一时指着眼前的房子，说出"洒底"、"洒面"、"大瓮角"、"八排岭"、"刀架山"等一串大家没听过的名称……能够遇到这位质朴老人，我们感到很幸运，并且觉得他与源头有着一种割舍不了的情怀。

弯弯曲曲的土路越走越窄小，眼前的翠嶂越来越高大，最终车子在山脚一个小滩地停下。先下车的罗老人指着前面高高的峭岩说："你们看哩！"大家仰视，看见一堵二三十米高的崖壁上，雕凿出"漠阳江源头"五个字，赭红色，已经漫漶。崖底几行清泉源源流过褐色石板，汇至一小潭。两位同行忽然兴奋得大叫起来："源头！漠阳江源头，我们来啦！"微笑着的罗老人却对大家摇摇头，说："这还不是哩！还得往里走，看见几条马尾粗的瀑布，一个水潭，才是你们要找的地方。"

此刻明白，罗老人对源头每一个地方，熟悉得像自己的耕地，自己的房子，时刻捕捉到她丰富而微妙的表情变化。到了此时此地，他给我们指了一条前进路线，便到旁边一个小草坪上坐下来。

前面是层林波涌的大山，顶峰海拔一千多米，山腰以上缠着大片带状云雾，既不掉下来，也不升上去，仿佛是一种自然装饰物。也许正是这种乖巧而湿重的云雾，与充满灵气的山林长久静默眷恋交融，才使山脉有了思绪，有了情感，源头积聚了永恒力量。

我们顺着那条隐蔽的小路往山里走。数百米后，原先那样的小路没有了，眼前是一道溪流，枝叶相拥，藤蔓纷披葳蕤，像绿色隧道。四处瞧瞧，好像迷失在一座森林里，只好按照罗老人的叮嘱，踩着溪边松散的卵石逆溪而上，常遇荆榛挡道，要侧身弯腰，攀枝扶草，找到踩踏的脚位。大家的兴致一直没受到影响，因为脚下依依的溪流一路叮叮咚咚唱着小调，泠新甘甜的气息拂面而来，溪缘忽地闪出几朵精灵似的小花，以及伸出几条弯弯卷卷窈窕可爱的常青藤嫩苗。

这样走了约半小时，再绕过一座崖脚，爬上一石坡，终于看见了罗老人讲述的景观：几股泉水从两人高的石壁上抛洒着水花欢快地跳跃而下，中间较大的像一条银带，两边小的像几串珍珠，带着雏儿的叫声，落入大江源头第一个潭穴。这由雄壮葱茏、古老山体深处冒出的众多涓涓细泉，相约集结在一起，几条练泉称不上猛烈张扬的瀑布，但也有飞悬倒洒、击石溅珠、潭里回流、漏斗漩涡的形态，细细观看，比一道名山胜景的瀑布更能体现大自然的韵味。

就是她，一年四季，昼夜不息，永远那么鲜洁，永远那么活泼，永远那么执着。从此开始，诞生了有声势有气派的生命，织绽漠阳江的年轮，铸造母亲的精灵。

我们驻足于旁边的石板上，水汽飘然而至，映着婆娑树影的翠色石潭，翻起无数水泡，像一堆滚动的银珠，又像一群少女清纯的眼睛，在光影中俏皮地瞻视着我们。大家抵不住诱惑，纷纷躬身掬起清泉奉入口中，享受源头赐赏的清冽与甘甜。举目四望，两边峭崖直上，粗壮的青树在壁前伸出许多手臂，俨如巨人。这工夫，当照的太阳从叶隙筛落一缕缕金光，眼前五彩缤纷；通透翠绿的叶子，在风中颤动，仿佛无数彩蝶落脚枝头。绿，显然成了这里的魂，四季如此，从未在枝头上消失，从来不曾出现过北方寒冬那种万物共眠、满眼俱寂的肃杀景象。

应该说，先有山脉，然后才有泉水，才有溪流。亿万年前大自然造出有筋骨有血脉的大山，体内凝聚天地灵气，日月精华。伫立在两百多公里江流的制高点上，尤觉气韵幽深，心思辽远，似闻一种铿锵的声音突然响起，一波一波地穿越山谷，穿越大地，荡向浩渺的南海，一种对母亲河最亲切的崇敬之情由心底迸发而出。哪曾想到，从这里开始，她就孕育出一泻千里的伟大力量；又曾知道，她向东走出十多公里的山谷后，接着遇到了生与死般的考验——前面是我国大陆南端典型的喀斯特地带，耸立着大面积重重叠叠的石灰岩质山体。然而，她是带着另一座大山赐予的力量而奔走的，笃信自己的力量比眼前的岩山强大，奔走的意志比拔地的岩体坚强。前进！前进！绿色的溪流不舍昼夜，不胆怯，不退让，像蚂蚁打洞，像铁杵磨针，用自身永恒不灭的力量去撞击，一寸一寸地渗透冲刷岩山的底座，刨开大地一层层黄土，开拓出一条属于自己的辉煌水路，创造出永不消失的地理版图。在这里，更感到母亲河的繁衍力恒久不衰，从诞生就哺育着流域万物，让大地成为粮仓、油仓，以至有"漠江熟，两阳足"的赞语。

我们怀着情思从源头下来，以为罗华林老人返回了村子。可出到一个铺满各色卵石的小滩，发现他还坐在一块石板上吧嗒吧嗒抽着斗烟。我与老人边走边谈。我甚许源头风调雨顺，山水相依相生，人兴物丰。老人可有点儿不赞同，他在一块小草坪上站着，目光一时转到右侧不远处几段两尺高的残垣，一时移到对面写着"保护漠阳江源头"标语的牌子上，脸色凝重。

与我所料一样，老人心底的一段往事被勾出了。他颇有感触地说，一百多年来，这里的人像爱护自己的家园一样爱护着源头，她也给予村里人许多。可是，山洪发怒时也有灾难。二十世纪六十年代那场乱砍滥伐，一种作恶的快感像魔鬼一样在山上蔓延，密密层层的树木迅速倒下，一片片秃山显露。树木是山的魂，魂没有了，山就成了死山，害山。原来，山脚下的残垣处是他家的祖居。一天一场暴雨造成的山洪夹着没了树木的大块山体隆隆滑下，冲倒了他家和另两家的房子。第二天一场更大的山洪带着一个山头的泥土再次冲下来，埋没了大片耕地和即将成熟的庄稼。那道温柔清丽得像少女般可爱的小溪也消失了，成了一摊黄土乱石。溪水找不着出路，支离得四处流淌，像几行青黄泪水。看见裸露黄土的山头和被捣得满目疮痍的家园，村里人心如刀割……顿了顿，老人的眼睛亮了起来，望着山脚几幢新楼房，换一个语调说，过去的事，都过去了，后来，一切渐渐变好……他们认定这儿是自己的根。一年后，罗老人和其他房子被冲毁的人家，在另一个山坡上建起了新房子。

痛定思痛，他们明白，自然而成的源头也有生命，有她的活法。在这里生活一百多年，与他们所依附的源头一向和睦相处，休戚与共。她虽久历沧桑，阅尽地面间一切生死荣枯，却从无害人之意。那场令人心痛的灾害，是愚氓手中恶的刀斧所造成的，是人类欺负自然的最好佐证。罗老人接着告诉我们，两年后做了村长的他，带领村民在裸露黄土的山坡上植起了树林，现在一派浓郁碧绿。因为有了树木的参天与荟地，大山不悚悸，不战栗，长久充满生机。村里人家由二十世纪六十年代二十多户，繁衍到现在六十多户，住的基本是楼房。

　　我被源头的往事和源头人的精神感动了，接过话题对罗老人说，是啊，大山的安静与呼啸，源头的温顺与暴怒，每时每刻紧牵着源头第一村人的心肺，也系着潕阳江流域二百多万人的生活……经过几十年致力保护、治理、建设，从源头开始，潕阳江已经成为一条"丽江""福江"。罗老人脸上挂着一层喜悦。我觉得他是一位灵魂和情感尚且饱满的老人，从他不多的话语中，看出他心中有一个梦想：许多年没有走出过这里，很想随着日夜流淌过村前的溪流，去看看沿江两岸的天空和土地，城市和乡村，争雄的龙舟和飞流的大坝，大江汇入南海的浩瀚气势。然而，对于年届七旬多的老人，心中生出的愿望与愿望的实现还有一段距离，但他懂得想象，想象会给他带来一种惬意的慰藉。

　　在村巷行走时，我们和罗老人的话题仍离不开源头过去和现在。不经觉，他带我们到了一间老屋，这是那年他家房子被山洪冲倒之后，第二次盖的泥砖房子，一排三间，前八年在背后一个山坡建起了一幢楼房。老屋闲着，正屋摆放着蓑衣、竹帽、风柜、犁耙、石磨、鹰嘴锄……这些东西现在不用了，成了源头人往昔生活的物证。

　　分别时，罗老人站在村子东头高坡上，不舍地目送我们。

我们也动情地回瞻这儿的山水草木,凝视那张古铜色的脸。看得出,纯朴、热情的罗老人,于乡土植下了一种深沉而永久的爱,他和这里所有人一样,沧海桑田,坚守不舍,像陪着亲人一样陪着源头许许多多岁月,从源头和两百多公里江流的变化感受幸福和快乐。

鸡笼顶散记

卓越的大自然至上无二，古生代晚期煞费心机造地。阳春这块大地得到它的厚爱，在西部一处隆起连绵崇山峻岭，又在高处鼓起十多座山峰，锻造出一个令人心驰神往的"野趣仙景"。

世代居于山脚的村人熟悉山的神形，想象出"鸡笼顶"这个名字借代这座山。此名独具性情，有形款，有底蕴。假若你有朝一日登上去，就会觉得这个称呼之佳趣，并且感叹此山的不凡。

此山的不同凡响，除了绵亘南北，重峦叠嶂外，更在于山上隐藏着我国南部大陆纬度最低、海拔最高、面积最大的天然草甸，大片应节而开的野生杜鹃花，形似乡村鸡笼的数个峰峦。可以说，每年无数游客远足至此，是渴慕这些独特景物——愿意花一天时间，目睹它的风采，领略它的神韵。

此山未曾开发，山上没有石砌的步级，没有可以踢踢踏踏的栈道。登山的最佳线路是双滘镇七星丰安村。

上午八时，我们穿过山脚下的村子，顺村背的小道入山谷，沿着哗哗流水的溪边小径而行。前几天一场雨水，将山野濯洗得青壁滋润，空气格外清新,阳光脉脉飞舞,云影树荫缓缓转移,心情非常美。登上一高坡,仰脸朝一脉填满层层绿色的峡谷遥瞻,望见高处与天相接的草甸边缘,几块绿锦像平缓的流水,柔曼地漫入茂密的树林,闪烁着令人倾慕的光芒。但那毕竟还远,隔着一屏屏轻薄烟萝熏染成翠色的山头和坑谷。继续趋着那方向行走,前面腾起几座小山峰,草甸的绿块时隐时现,走着走着就不见了。

溪流声也随之消失。我们往右寻得一条前人走出的弯弯曲曲小径往上爬。山里的物种十分丰富,满眼都是山野的质感。旁边的树丛和藤蔓忽然闪出几串五颜六色的花来,最多的是当地人称为"白纸扇"的花,每朵两个瓣,形似摊开的扇子,白得耀眼,像绿林中跳出的小精灵。假若留心,还可发现火红的山茶花和高而直的杪椤,它们属于国宝级珍稀植物,立在溪壁上或树丛里。聪明的鸟儿热情地为你做向导,蹦跳在左右的树上忘情地呼应着。蜂窝大的蚁巢筑在路边树梢上。眼前没有任何微尘,如好运,会碰上从苍穹上编织下来的蜘蛛网。

越往上走,山势越陡。登山完成第一波,到达乔木林与草甸交界处。这时,疲乏已经上身,很想歇下,但看看前面,满视野都是一个连一个微微鼓起的草甸,整个人又都复活了,意趣立刻转移到海湾似的绿茵中。

草甸线条平缓柔美,像没有用笔勾勒的画,翠色轻轻流向远处。这样清新、平润、旷阔的草场,再配上湛蓝的天,温暖的阳光,拂扬的南风,正是和诗一样亮丽与温婉的草界,足够让游客放牧视野,驰骋心绪,不用到内蒙古和新疆,也可以领略到草原那种碧绿通明的华美。

诚然,初涉草甸的游客,不免兴奋至极,迫不及待地整个人扑到草皮上,或奔跑,或打滚儿,或仰躺,或呼喊……还用相机拍下草甸风光，借助电波远程传播，与家人和朋友分享。无论游客以哪种方式亲近草甸，都能各得其趣，心情一样愉悦。最得意的是年轻人，穿红披绿，像春花般骄傲与俊美，像小鸟样欢欣与雀跃。他们把行头往地上一丢，在草上打个滚儿，随即做一出放飞式的适情适性的嬉逐，笑声在草尖上飞驰，心像花样绽放，放纵了所有的感知器官。飒飒南风吹动少女们的长发和衣裙，单调而平板的草丘马上增添了色彩与风趣，富有诗情画意的景致不用到电影院中找。因没有尖峰崖陷，即使闭上眼睛，任性嬉玩，也不用担心出问题，假若跌倒，拥抱你的是软绵绵的草被。

不必说，草族在高山上成了主角，它们把终年储蓄的绿全拿了出来。在绿的怀抱中，偶尔钻出数枝红、白、黄、蓝、紫小花，细而窈窈，美而灵动，是草甸中的花仙子，有的袅娜地开着，有的羞涩地打着朵子，有的像孩子的瞳睛。太阳已上三竿，小花们还在即将晞散的雾里做着梦，梦见悠悠的白云，梦见几只轻飞曼舞的蝴蝶，梦见一双双兴致勃勃的大眼睛。

很佩服游客独特的眼力和审美素养，靠"三分形象"和"七分想象"，在高低有致的草甸上发现一个巨大的"地母"。站在西面草甸朝东望，她很美，头北脚南，仰躺，首微偏，目轻闭，腹平滑，腿修长，两个对称鼓起的浑圆草丘，像奶水充盈的乳房。原来，这里草木常年翠绿，花开四季，皆得这位慈母的滋养。

据懂花草的人说，看似普通的这种草叫"霸王草"，细密而柔软，自然而从容；不喜高，不争俏，靠"凶野""霸气"的特性驰名。每年冬天一过，它们就依靠优适的气候迅速生长，像青豆荚的叶子一层一层铺织在地上，将浑圆的山丘包裹得密密实实，不见石砾黄土。它们在向四面扩展的同时，舒展出一种神奇的力量,把身边的其他植物一概杀灭或赶走,把土丘的养分、水分、空气、阳光都据为己有,终年不息营造自己的家园。

鸡笼顶山属南北走向,长期被典型的高山气候拥抱。春风春雨,充沛的阳光,早已催醒了漫山遍野的花。各式各样的花,包括登山时见过的白纸扇、山茶花,缀在草甸中的小花,在各处张着脸的红帽顶、金银花、金樱子、山梌花等,杜鹃花绝对是花魁。

辞别草甸朝北行,坡度变大,草越来越少。前面是一个西北面高撅,南面低落,面积近千亩的怀抱状谷地。数百棵高山野杜鹃安家在此,每棵主干粗如碗口,色如老铁,高约三米,撑开的树冠像华盖。自成的地形,可抵挡寒冷的北风,又可积聚阳光,泥土腐殖,终年不干燥。看来,植物也懂得择地而生。

四月末五月初,是杜鹃的季节。繁茂的花一团团一簇簇挨挤着,有枝梢就有花,裂开五瓣,瓣尖洁白,蕊和瓣根粉紫。其时日未当午,花不像早晨沾了重雾那样昏沉,也不像被烈日晒蔫般失去姿色,而像一群招展的小姑娘,在微风中枝头上轻摇着说出自己的喜悦。说色彩,在厚绿的叶子衬托下,涓白如此之白,像北方绿枝挂着的春雪,足以使人眼明神爽;论形姿,像一群小蝴蝶聚在枝头上,用娇艳的颜色结成花团,温雅如闺女一般,逗人很想吟一首诗。若与公园或花圃同类相比,它更见旷达野逸之美,而这种脱离柔弱与呆滞的野逸,并非放荡,不失花的妖娆与妩媚。

人的审美能力天生。第一个用花形容美丽少女的人是非凡天才。真的吧,人一接近花,神魂就很容易融入其中,并且一下子出不来。尤其女游客,带着旖旎遐想而来,三五成群,在花丛中现出融入，身影轻柔而烂漫。远处飘来的柔薄雾霭像仙女的裙衣轻轻拖曳在花枝上，人花相衬，笑靥绽开，情姿迷人，让人看到一出电影屏中仙女在花丛中纵情嬉戏的场景。假若哪位诗人游客具有南唐后主李煜、晚唐风流才子杜牧的"花智""花心"，断会联想浮现，以最美的诗词赞美降临高山的仙景。

杜鹃花的生命是繁华而短暂的，兴奋期约二十多个晨暮。随着春风渐渐老去，游人渐稀，花儿悄悄地结束施施袅香照映繁华的时光，归止到树冠下扎着发达根系的泥土上，慢慢化作腐殖，滋养母体，光顾杜鹃树的只剩下日月风雨。如对花有伤感的，无须感伤，这是自然定律。欢乐逝去后，它们会从容转身，过好日子，积聚能量，待明年春风得意时，再造一个风致迷人的花世界。

从花丛中脱身出来，游客的兴趣立刻转到海拔一千二百八十米的鸡笼顶巅峰。

大自然在山脉西北面纵向造出众多形体相似的峰峦。绝大多数游客都是首次登此山，走过一个长着荒草和杂树的山坪后，远看前面耸起一座金字塔样山峰，边坡上贴着许多登高者，顶峰飞扬着几面彩旗，以为那里就是鸡笼顶的巅峰，于是不遗余力，双手扶地，撅着屁股往上爬。可哪知道，待得脚踩顶峰朝前望时，四五里之遥耸立着一座形似这山而更高峻的峰峦，捷足的游客在上面挥动脱下的衣裳，向对峙的这边山头呼唤。据清楚鸡笼顶山脉布局的游客说，前面那座峰也不是鸡笼顶之巅，它还在西北向，距前面相照的山峰七八里。

必须说，造物主亿万年造地之艰辛，确是不肯把它造化的每样东西，都让人睁眼可见，随手可摸，抬足可踏，这是大自然的神秘、卓越、高贵的所在。登峰登峰再登峰,许多游客已经累得气喘吁吁,屁股占住小径旁的石块和草地。另有一些游客也许被大自然挟着奔走,已经疲乏难当,或是觉得好东西不宜一次享受尽,今天到此最佳,往左弯折,择一条小径下山。

以同样方式再翻过一座山峰,或从脚下绕过去,前面是三道梯级状长坡,长着一片片齐膝高的杂草和老松树,低处有小溪,溪边坪地上撑起驴友们营宿的帐篷。

双脚量完三道长坡需一个多小时。脚板踏上最后一道长坡,望见前面一座高倚天表的山峰,它就是游客"神甚欲往"之巅。与前两座山峰不同,边坡上长着一丛丛小杂树,最显眼的还是裸露的石头,像黄牛、像乌龟、像山猴、像雄鸡、像寿桃、像猪腰……一个天生地造的奇石博物园。尖峰上云气游荡,隐约闪烁着彩旌人影。

与其说这座二百多米高的山峰像金字塔,倒不如说像一只巨大的鸡笼,峛然挺立在群山之上。顶峰七八块褐色巨石垒在一起,高六七米,神志迥异地显出各种形态,如老龟伏泥,如水牛卧地,如骏马飞跃,如雄鸡展翅。最威猛的当数那块"阳元石",一半嵌在石堆中,昂昂然峥立于云天之上。至今,它不是一块庸常的实石,已有了筋骨的象征意,遇炎则热,遇寒则冷,也许未来随着内涵增加,会长出某种神性,成为游客膜拜的物象。

是谁能够把几百吨重的石块摞在这尖峰上,又这么奇妙?人们寻找答案首先想到的是人,再是神,往往忽视大自然的神奇。在它们远古再远古的记忆里,原先被厚厚的泥土覆盖着,洪荒时期的风雨阳光,冲削掉表层的泥土,也将石块尖利的棱角打磨掉,泥土飞走流失,石块留了下来,泰然立着,雄壮古劲得像苍龙，任凭风吹雨打，纹丝不动。大自然这巧匠，真是无与伦比，令人类叹服。游客的欲望是顶峰，登上顶峰难，爬上石垒堆难，挺身蹠下那块立于众石之上的阳元石更难。因为上面没有可以扶手的长草和枝条，就几块自然挨叠着的光滑巨石，劲制的天风携着云雾呼呼而来，吹得头发和衣裳瑟瑟翻飞，就像立在上面有大风下面有波浪滚过的扁舟上，确实惊恐刺激。

因为惊恐刺激，那些够体魄而又敢于挑战的游客一鼓作气往上攀。许多游客却止步于峰脚峰腰间。对他们来说，虽未亲到登顶的真味，而鸡笼顶巅不再是梦里的彩虹，可以在下面从几个角度观赏鸡笼的形胜，也就有了登顶感受，算不枉此行。

看来，阳元石是智勇者才配得上触摸的灵石。当你把人们的不可能变为可能，成功置身于阳元石上时，短暂收获的那种美妙感受，会像香糖似的融化在记忆中，够陪伴你半生。

最妙是顶峰上的云，或许是雾，形态不如溪谷中的雾呆滞得醉醺醺，那样会令登上顶峰而疲乏不堪的游客情志昏沉，而是一块块薄棉絮，载着飞扬的阳光，兴致勃勃地从天上飞渡而来，海浪一样拥抱你。那一刻，天在动，云天之上有白云；山在转，山峰之外有青峦，觉得一种巨大的神力托起整座山峰，随着云块飞走，飞升到另一个世界。这种摄魂的感受，是亲历者才能体味到的。

山高人为峰。人的精神和能力是杰出的。让人从登顶之极的那种幻晃感觉降下来，以实在的目光环视一遍天地：西面，起伏连绵的山脉，莽莽苍苍，像几条飞舞的巨龙，一头抵触到脚下峰峦一侧，让人感受到一种巨大的脉搏在底下搏动。东北面，近处为险峻如削的深谷，中间较缓的谷坡开着一片紫色山梣花，低处躺着一个两亩见方的水潭，上面浮动着一层白色雾霭；对峙的两脉山岭起起伏伏，逶迤东去，蜿蜒的谷沟偶尔露出几块不肯被绿叶覆盖的褐色石块，以及闪烁着银光的溪流；远处山梁上一排扛着巨大风叶的风电机悠转不停。这些物象不算很出色，而阳光在远近山峰、高低飘移云层涂上了浓淡不均的光彩，这一切，在碧绿底色的陪衬下，构成了一幅丰富多彩的油画。往回鸟瞰，阳光万道下，一片群峰辉映世界，游人在空阔鲜亮的绿色背景上移动，仿佛一群散漫小鸡，卑微得让人发笑。

大自然的智慧无限，财富盖天，是人类的伟大导师，是强者的先驱，是美的化身。登上鸡笼顶之巅，在意足志满时，觉得最宝贵的是撷取了一种强勇者的精灵与气度。这种收获是庸常生活中难以得到的。这样的山登多了，人会变得更加聪明、自信、无畏。

四崆峒山记

全国以"崆峒"命名的山有四座,甘肃平凉崆峒山出名最早,认识的人最多,现为国家级著名旅游景区,河南汝州和陕西安定崆峒山也有一定名气。然而,"四崆峒山"不同于其他三座同名的山位于北方,而位于广东西部。许多年来广东的丹霞山、鼎湖山、莲花山的名声很大,人们自然少关注"四崆峒山"。

准确地说,四崆峒山在阳春市城区西侧五公里崆峒村内,是自北向南近百公里喀斯特地貌发育期形成的连体岩山。山体平畴拔起,青峰挺秀,东望穿城而过的漠阳江,西临绵亘的云雾山脉,南探"双水峰林",北应"春北秀峰"。在粤西,再没有哪座山像四崆峒山,融道教、佛教与洞府巨观于一体,成为远近游人和香客尊拜的地方。

据史载,"空同"(崆峒)一词早见于春秋时期成书的《尔雅》,"北戴斗极为空同",甘肃平凉一座山正位于北斗星座下方。相传道教始祖广成子在山上修炼一千二百年,终得道成仙。轩辕黄帝曾三度登山向广成子请教养身、为人、治国"至道之要"。《庄子·在宥》对此有述:商时期,始祖契的后代分封于山下，遂以国为姓，把"空同"两字加以"山"字，专用指山。至周时期，"崆峒"已繁衍成有大厦、莎东、姑奴、北秋、月氏等十二个氏族的强大部落。

阳春此山原叫"崆峒岩"，因与甘肃平凉的崆峒山相似而得此名。隋朝大业年间（605—618），阳春已开辟岩山洞府游览，春湾慈云岩、通真岩、百叶剑门诸景点游人如鲫。崆峒岩唐武德年间（618—626）已有骚人墨客的足迹，明嘉靖年间（1522—1566）列为阳春名胜，此后于岩洞中修建寺庙。"四崆峒山"得名于近三百年。一七五六年，四川才子彭端淑游此山，尤叹岩固有洞，天柱高擎，庙阁森然，不减平凉、汝州、安定崆峒山之灵奥，题其名曰"四崆峒山"。

大多数喀斯特地貌山体不长茂密草木。而四崆峒山不同，它位于低纬度多雨水的岭南之南。近郭临察，整座山体被绿树蔓草簇拥着，浓枝密叶披掩洞口，既有南方土山的葱茏，又有岩山的雄伟奇观，洞前小湖四季清冽，可鉴天光云影，石磴右侧，三棵三百多年的石栗树亭亭玉立，像端庄的姑娘在孜孜迎送游客。

山不在高，有仙则名。四崆峒山自于岩中建筑寺庙后，无处不辉映着道光佛影。正门楹联赫然："入座探微鲜花含笑，登门访道顽石点头。"进门与其说是一个巨观洞府，不如说是一座依岩而建的深邃院落。院落前面为人工建筑的门楼与风雨廊，风格属明代，中间是枝叶披覆的天井，后面为斜出的洞府岩壁。人工建筑与自然洞府构成一个可容纳数百人的正堂。

甫过门槛，顿觉一种尘世暂离的寂静肃穆，一股从洞府深处弥漫出的醇厚佛风扑面而来，甚或破门而出。其中，最抢眼的为堂中的"四方佛"，东南西北向各有一尊坐姿如一的铜铸佛，乃曹崇恩大师杰作，佛大家赵朴初题字，为目前中国首座"四方佛"。此佛的安驻，大大提升了四崆峒山的佛陀气质，亦为人们向佛修道之心的延续。

早于明朝万历年，人们就习四崆峒山的佛道，于洞府内建筑寺庙殿。古人对风水地理特别讲究，选择建筑的寺庙殿无不依照风水原理，注重龙虎之气势。玉皇殿建于洞府内第三层，坐西向东，背配瑶草琼花，悬钟列鼓，龙盘虎踞，晴日可采阳对月，阴时可挡雨遮风，殿前洞天朗然，近观荷塘柳影，田村鱼跃，远眺城宇漠水，青峰日出，气宇浩然，芸芸众生。这位道教中主宰天地人三界的玉皇大帝，在此享有至高尊位。每天有许多游客脚蹑台阶，进殿烧香祈福修行，莲花台四周摆放着梨子、橘子、苹果，有的泛黄，有的碧青，为季节增色添彩。被中国民间和道教尊奉掌管仕人功名利禄的文昌帝君，权力专一，离俗界更近，或者说已经融入了凡间，从周时期至明朝，在人间有过七十三次化身。在四崆峒山，他住的阁于玉皇殿右上方，坐落无不讲究其时岭南民间对文明文化的追崇。论其建筑，大概与玉皇殿相同，不求高伟，而究其相配，连用料颜色选择与轮廓构造都不可与岩体有冲突，做到阁依岩，岩拱阁，两不相离，相映益彰。另一特征，无论结构设计和内外装饰，都不是把北方寺阁的那套搬过来，而是力求简约、扎实、别致，便于疏气采光，适合南方洞府多雨潮湿气候。

清代，人们嫌道佛气息不够浓厚，又于一、二层洞府中建造了金刚塔、大雄宝殿、观音殿、六祖殿、韦驮殿等十座，荟萃了殿、阁、亭及佛教艺术建筑特色。在佛教寺院中，大雄宝殿是核心建筑，为僧众朝暮集中修持的地方，四崆峒山的大雄宝殿建于一层洞府正堂后部一米多高的筑台上，青砖灰沙砌墙，琉璃碧瓦为面，"云桥空渡"护顶。整座建筑精致玲珑，两米多高的龛座连同如来佛和两侧的阿弥陀佛、药师佛金光灿烂，像七月的骄阳，不失正殿的华丽与庄重，只是规模太小，施与实在的象征意义，僧侣只能在殿前做修持。

近千年来，四崆峒山不乏迁客骚人。早期游客主要观赏洞府的钟乳、石幔、石笋，以"三分形象"，加"七分想象"，为它们定一个"仙女醉酒""碧玉鸳鸯"诸雅趣名称，编构一个故事，并开始留题字句。至明朝万历年间起，四崆峒山迎来了游览兴盛期，近百帧留题刻于壁上。康熙年间著名武将张元芳、公遑期至此游览，尤觉此山挺拔峻峭，山下有岩，岩中藏寺，寺外探峰；洞府空灵超旷，妙景生辉；登高眺望，可观田村秀色，山峰翠影，远近诸山，莫若崆峒，于是，于岩中留题"千岩竞秀"。

乾隆二十一年（1756年），迎来了清翰林、文学家曹秀先和"四川才子"彭端淑。其时阳春县令姜山已对岩洞做了重修，改洞门西入为东入。有趣的是，姜县令一生喜山乐水，尤以漠阳江之西的崆峒山为荣，取名"山"，字号"岩亭"。曹秀先在他陪同游览时，觉得"岩外有巨石，跃如转徙，不碍门径，佥以为异，上石覆如亭"，于是灵感顿生，书写"岩亭"二字赠予友人。此留题刻于大雄宝殿右侧碑廊。彭端淑更是一个文情并茂的才子官人，他几次游览阳春，终于这次游罢，作了《四崆峒山》，描述他登高眺望四面叠峰云海景色，以及岩洞迤逦幽邃，天柱高擎的姿态。

继彭端淑之后几年，一批名重骚客相继前来阳春探微。其时、四崆峒山和春湾慈云岩、涌真岩、八甲十三叠泉诸景游人不绝。乾隆戊寅年（1758年）六月，文学家吴鸿慕名而来，他在漠阳江江东的山城巧遇被称为前辈的曹秀先，两人对着一幅四崆峒山画谈论，吴鸿觉得画中的景物模糊不清，后与曹公结伴游之，心扉豁然开朗,作了《游四崆峒山》。姜山珍重此墨,令阮大材监刻,亲手将游记刻碑立于第一洞府碑廊中。

崆峒,作为一个姓氏早已不复存在,作为部族,也烟消云散,而作为地域文化,如一部历史书卷。黄帝登山问道广成子后,如东方升起的太阳,心明眼亮,才华迸发,率领其部族兴起于姬水,先后战胜蚩尤部族和炎帝部族,统一了黄河流域大片土地,促进了各部族之间的进一步融合。其后秦始皇、汉武帝、唐太宗等历代君主,看到崆峒山升起启天光辉,把登临它作为一件盛事践行。自然与帝王将相混血,让那里的山川风物有了不一样的气质和重量,至今仍保留有广成仙洞、黄帝问道宫、广成仙泉等特殊文化胜迹,成为一个誉满天下的品牌。有幸的是,带有平凉"宗亲血缘"的岭南四崆峒山,明代以后像一位招展的仙姑娘,牵着地方官民的心扉,得到数度创建、修葺,使其不致萎于诸荒榛蔓草中。乾隆二十一年,姜公明府以厚财对岩洞做重修,使整座山包括洞府内部都得以大改观。姜山之前,明代县官张文浩及清代知县潇炳坤、李有福、邓炳春,都喜欢陪友人游览四崆峒山,还乐于留题。

左邻村人更是将此山尊奉为"有灵之山",他们世代依山而居,年年风调雨顺。除逢年节进山烧香外,每年正月初九,村民于山门前举行盛大仪式纪念玉皇诞辰,那敬神拜仙的至诚景况,让人久久梦里依稀。二十世纪九十年代,政府踵事增华,重修四崆峒山,开辟后山"秀峰景区",在东西北五座山峰和半壁建造十二座亭阁。沿着盘旋石磴登峰远眺,群山葱茏,田连阡陌,漠江如练,长桥若虹。

五千年广袤华夏,崆峒生生不息,赫奕于世,能登临探幽,问道礼佛,实为人生修行的一件荣华之事。

静处仙湖

离开喧闹城市，往西南国道行车六十公里，向东折入一个峡谷口，升降机似的上，窗外葱茏的枝叶，嶙峋乱石叠起的崖壁，斜着向后甩。十五公里，抵达高山上一座湖，其时已是下午四时多，气温似乎比山下低，斜阳把山峰影子拉得很长。

趁着太阳还在，沿着湖边溜达了一阵，将湖与山的概貌收进脑袋。

融入的这座山旧称八甲大山，后被赋予一个带有神秘色彩的名字——鹅凰嶂……绵延起伏的山体，跨越阳春、阳西、电白三个县，多年前被列入省级自然保护区。

高海拔的山地沉降与隆起彼此相错，就成一个个颇有聚雨面积的大窝谷。二十世纪六十年代，山下人以战天斗地的劲头，把五指峰下一个窝谷改造成一座半人工半自然的中型水库。像所有以地缘命名的水库一样，八甲水库的名字一直叫到二十世纪九十年代中。尔后，著名画家关山月亲临此地观摩创作，给了它一个"八甲仙湖"的美称……真敬佩大师的独具慧眼，高山之上托起一汪碧水，周遭众峰相拱，云雾缭绕，仿佛仙界才有的景象。物是原物,然有了新的名字,犹似玉环受宠后被赐封为"贵妃",陡然身压六宫,众人欲一睹其容姿。

夕阳西沉后,暮色随着晚霞消失渐渐到来,从深谷、陷窝沿着草木的肌理缓缓上升,湖面一片苍茫,东边水湄泅出一层雾气,开始做"笼着轻纱的梦"。啄够了树上果子的鸟儿展开翅膀,剪着最后一缕霞光朝对面林子飞去。我倚在湖西边栏杆上,处境佳好,念想不多:看湖,看山,乘风,等候山外那个月亮。

月亮出来了,没有轰轰烈烈,没有太阳出来那样冲破重重云层的仪式,也没有什么东西陪衬。她是从最远那道山梁上静静地冒出来的,如缘廓清晰的大红橙悬在天东。感激她无私,刚露脸就把全部的光奉献给天空和大地。半明的乳黄色的天空下,山峰迎面抹着亮光,重重叠叠延伸到视野尽头,一切都那样柔和,没有棱棱的肢骨;深谷处还驻着浓重的黑,黑亮层次分明。幽远神秘的山野,催人遐想,遐想织起一张巨网,把人也罩在里面。

湖面平静得像一枚硬币,流溢着靛青色的亮光,微风拂过,谛听,听到乳色的月光悄悄溜过湖面的缕缕脚步,这正是人所需要的时空。东南面三脉由众多山头叠加而成的上窄下宽的斜长峡谷,像连接湖体的巨大脉络,把收集到的雨水输入湖里,让湖生生不息,水清如许。

其实,湖光山色一体,一座湖包容了山山水水,湖的面目,也是山的面目,大自然成就它,既充满女性的柔美,又不乏男子汉的粗放,是壮美大山中的一块翡翠。因了这座湖,方圆二百多平方公里的大山有了活气、灵气,人们想起这座山,眼前就跳出一个湖,或者先想起湖,再想起葱翠的群峰。

湖中水面托起两块几乎相连的"绿洲",无任何建筑,无裸露泥土,认不出的各种树木挨挨挤挤,浓密的形态下藏着不止一个夜晚。月光里,看得见距树根三四米高处闪现着一片藤类植物花朵,被四周更大片树叶衬着。花是很浓的白,叶是很浓的绿,猜想是当地人说的"白纸扇",只有它才那么洁白,无拘无束,令人浮想联翩。因为两个小岛和伸入水中的岭薯点缀,使湖面不显得单调,还有了层次,有了色彩。

小岛大概还是鸟的家园。鸟们改不掉从早先遗传下来的习惯,月光打到枝叶时,少不了扑棱一阵翅膀,咯呀咯呀地鸣叫几声,是"月出惊山鸟",还是鸟们以这种方式迎接月亮出来?

夜色越浓,天地越纯净。被月光浸染的湛蓝天空,像我和许多人一无所有的从前,以及一无所有的未来。洒落到地上的银色,刚够给湖水和山野幽绿的叶子镀光,所有的蓝色也刚够布满天空,而云朵,须从遥远的海空上渡过来,得等很久,才能看到它在天空中发生的新鲜事。

身处走廊东端,没有别人,两棵龙眼树成了我的伴侣,自然界每样东西都能成为人的伴侣。它们比人高,正值少年,还不曾开花结果,婆娑的枝叶上面长出一层嫩绿的叶片,像无数绿蝴蝶停在枝头上。喜欢新的露水已经附上了叶子,反映出晶莹的月光,像干净的小媳妇,静待明晨第一缕阳光的来临。小树脚下的土坡不安分似的把脚伸入湖水里,上面两块快要连在一起的荻草、芭茅,竞相抽出长长的穗子,每穗沾着水汽凝成的小珠,闪闪烁烁,如同天上银河的繁星。水波轻轻漾过来,还有一阵小风,草们随之跳起集体舞,动作整齐划一,舞姿柔曼优雅。望着这些精灵,心旌随之而摇荡。我想,大自然优美的风景都有相似之处,有形有态,具体到一片树叶,一朵花,一块石头,一个倒影,而美是无形的,由感官之后心生出的感觉,心需要随着身体的体验才发现美。

山野的夜并非想象中那么安宁，不少动物把夜晚当作主场，相关活动多且完整。一只白颈猫在暗中行事，柔长的身影在湖基飘动，黑色的皮毛被打了折扣，一闪进了树根的草丛里，一会儿跃飞起来，捉住一只灰鼠。猫到了身边还不知觉，真正体现了鼠目寸光。两只漆黑的大鸟在湖面上旋飞，这种鸟是吃足黑夜的。此刻的月光并不妨碍它的行动和目标，它很专业，越飞越低几乎擦着水面，听得见翅膀扇动空气的响声，目标被准确锁定，忽然"噗啦"一声水响，声音干脆清晰，湖面的平静被打破，所有生灵为之屏住呼吸，鸟儿叼起一条雪白的活蹦乱跳的鱼，朝对面山野飞去。

在这融着月光清风的水域里，鱼儿是最自由、最快乐的。我发现湖边一群小鱼，它们的眼睛反射着月光，或许是它们自己的光。它们喜欢这个夜，浮上来望月亮，数星星，发现月亮落到水面，齐齐用嘴去吻，月亮碎成银片，惊愕地散去，月亮成了，又游过来……如此般，觉得世上的鱼儿是最单纯最可爱的小生灵，常常喜欢于透明的水里把无尘念的气息展示得一览无余。然而，鱼儿并不知道自己的危险，不谙丛林法则，夜鸟每每能在它们嬉戏时得到收获。

透过皎洁的夜空，看见对面水湄立着一块泛着陶质光的巨石，人称"一石山"，即一石成山，可见石之宽大，之高峭，第一次见到它就觉得不同凡响。这座被誉为"阳江屋脊"的大山，岩石处处裸露，顶峰上耸立的几块被风雨洗刷得发白的石头，被人们当作鹅凰嶂的重要标志。一石山应该一样，亿万年前风雨削去表面泥土，露出一块未被风化的巨石，一直稳妥地雄峙于湖岸，那样的道骨仙风，从未离开它守望的高度。

不知何时，人们发现巨石像一面斜嵌在山壁上的大镜，赋予它一个"仙女照镜"的传说。然而,尘世间的人受制于生物性锁链,很难靠近仙人留迹的地方。若是白天,一定会看见"石压树斜出,崖悬花倒生"的景致。现在只能隔水而望,想象那儿是一个优雅清静而又栩栩如生的小世界,在仙们尚未光临时,松鼠、壁虎、螳螂、甲虫于月光下轮流登场嬉戏;一石山一如既往地把身影投到湖面,湖水轻吻着它的脚,两者成了心心相印之物,天长地久,脚下出现了两道水白色吻痕;风寻着湖面上的路,迈着轻盈脚步从远处过来,湖水随之羞怯得皱出无数波纹,待到一石山有感觉时,旁边的枝叶、水草在梦里发出笑声。

惠风是从东面溜过来的,目光穿越湖面,看得见那边有个被月光照亮的大坳口。听当地人说坳口下面有一片平旷的土地,明朝时山下一黄氏家族避世乱逃进那儿安居,数代生息,繁衍成一个兴旺的自给自足的村庄。要是村庄能够保留至今,再见山峰、谷地、溪涧、暗道、白鹅、黄牛、鸡犬、烟村,将是古典诗词和水墨画里最具诗意的场景,还是陶渊明构就的"世外桃源"。

夜阑时分,在湖边散步的几个人已经回去了。保护区不对外开放,每天来的人不多。西端廊下还细语嘤嘤,那儿依偎着一对年轻人,一直没有移动。月夜把爱情融合得如湖水,他们要让天上的月亮和星星,让纯静的山野照见两颗紧贴在一起的心。

我也不想回去,但没有年轻人那种绵绵的情意,也没有莫名的惆怅和心无着落。望着一种乳色从蓝天上泻下来,眼睛极为畅快,仿佛被乳白暗黑抚摸。

也就在此刻,一种有明显山野质感的"静"在扩散,在加密。这种静从四周沟谷深处袅袅升腾弥漫。造物主造化的叠加山体,众峰呼应,之间被一脉脉沟谷切开,又被一道道山梁连接,雄浑壮观,体内蕴积着亿万年天地精气。到了月最圆最亮时,精气从沟谷中裂开至深处的石缝悄然冒出来,与树木、青草、雨露及万物能量气息混合成古人无比重视的静"佳气"。此刻一呼一吸,佳气流布全身,一种无与伦比的充实、舒坦、惬意,仿佛可以舍身全交,什么都无须再去理会。过去贪恋"静下来",曾经一个人关在几乎不透气的水泥构造房间里,也有静的感觉,但却单调、陈旧、空虚,久了精神会消失殆尽。只有大自然的静,才是有生命气的静,定慧的静,是医治生活雾霾的灵丹妙药。

大概零时,月亮挂在西边枝头上,仍然那么圆,那么亮,是最能仰视她正大仙容的时刻。也正在此刻,五指峰上的尖峰出现了流云白雾,是天仙来了,在云头听见尘间几个散仙逍遥快活,兴许仙们在每个夜晚某个时辰都到山野巡游一遍。

我徜徉于湖边,脚步轻缓,听到湖外的溪流婉转低回,于有质感而无边际的静中响起、流动、扩散,一切宛如天籁;望着盛满月华的湖面,望着远披银光和升起白雾的石峰林谷,时而一片迷离空蒙,如梦如幻,脑海忽而跳出一个"天堂",天堂不仅像博尔赫斯所说的,是一座图书馆模样,也应该是一个远离人间喧嚣,有山有水,日有阳光,夜有月亮的地方。亦隐隐觉得,世界是这般柔和易融,看湖面久了,会化成一团湖水;看山久了,会化成一座望着湖的石峰;看蓝天久了,会被蔚蓝淹没……

纯净的月光增添了一些冷色,天地更安详,蚯蚓和蟋蟀在忘情地鸣唱,不知什么时候,它们已从石缝里出来,于月光下享受自由和畅快;一位值夜的老湖工打着手电从大坝那边回来,一闪一闪像萤火。他提醒了我,决定回去——相信还有更美妙的梦境等着——特意把窗帘拉开小半,以便让第一缕曙光唤醒,看看早晨的湖光山色。

拥抱鸣沙山

鸣沙山,我们终于见到了你。

被称为"塞外风光一绝"的鸣沙山和北麓的月牙泉,是近年开辟的"甘青线大环游"热门景点。大巴车驰行在茫茫戈壁地时,能言善侃的导游小李向我们讲述了鸣沙山和月牙泉的神秘以及游览的乐趣,逗得大家心驰神往比奔跑的汽车还快,早已飞到了那里。

鸣沙山乃天赐尤物。由沙粒堆成的山还会鸣,名字就有一种神奇感和招引力。早期人们接触和探索这片戈壁和沙漠边缘土地时,发现了它的奇异现象。东汉辛氏《三秦记》中载:"河西有沙角,峰崿危峻,逾于石山,其沙粒粗色黄,有如干糒。"五代时期《敦煌录》也有载:"人登之即鸣,随足颓落,经宿吹风,辄复如旧。"此现象人们一直无法解释,致使沙山充满了苍凉而神秘的气氛,视之为"神山"。

次日早上乘车从敦煌市区出发,天气晴爽,一路上没有任何山,两侧是一排排染着晨阳微黄的胡杨树。两刻钟后前面平宽的砖地上立着一个高大门楼,上面横书"敦煌鸣沙山·月牙泉"八个大红字。

穿过门楼往前走,忽然发现自己已经进入了一个沙造世界,脚下是厚厚的积沙,沙粒很细,踩上去软软的,如同行走在海滩上。抬头望,眼前就是鸣沙山。乍看它没有想象的大沙漠瀚海碧透的景象,却有山的形胜,像旷阔西北大地用力隆起的巨大沙浪。其时,年轻的太阳和蔚蓝的天空给予它美的装饰,峰谷起伏有致,高低自然,暗亮分明,尤其是阳光抹在山脊上,勾画出一道道柔顺的金色线条,使浩然的山体于陌生和神秘中显得那么柔情似水,可敬可亲,以全适姿态迎接络绎而至的游人。

骆驼是沙漠之舟,想起沙漠,眼前就会出现骆驼。或许是景区的游览习惯,我们先要骑骆驼。也好,第一时间感受骑骆驼行走沙漠的趣味。过去我在内蒙古草原骑过马,没有在沙漠骑过骆驼。有骆驼背上的民族,也有马背上的民族,听过马背上打天下的故事,也听过"丝绸之路"上驼队的传奇。

于一棵枝叶婆娑、冠幅很大的相思树旁,成千头骆驼已经上班,或站着或卧着,把头举得高高的,望着纷至沓来的游客。西南面的山坡上,一队长长的骆驼向山坳移动。

我在骑骆驼时,跟团里的人分开了,被夹在陌生人中间,这无所谓,大家都是因向往而远足至此。有"沙漠强悍生存者"之称的骆驼十分驯服,驼工一声号令,它就跪下来,让人骑上去,再站起来,前后两个驼峰给人一种安稳感。

驼队往缓缓的沙坡上行走,右面是线条柔美的大沙山,顶峰攒着一堆灿烂阳光。我发现骑骆驼的人大多做过装扮,前面七八位年轻俊俏情侣,或是为了拍照,特意换了装束,男的似西域贵族,女的似公主,衔尾而行,风姿卓然。这样的驼队,构成了沙漠上一道鲜活风景,使之不再苍凉、孤寂。那带着阳光和沙色的驼铃声在耳际萦绕,让人的思绪飞回到那遥远的"西出阳关"的古老岁月。

据说骑骆驼的项目是后来才有的。虽然一去一回行程大约一小时,还是让游客有足够时间和空间感受塞外特有的风情。

返回时,骆驼队走另一条道,把游客送到那棵相思树下平滩处。

出来,随着行道上的人流往里走。此刻,看清楚沙山的面貌,南西北几座山连在一起,像巨大的弯臂,下面按山的趋向筑起一条平宽行道。

登山是一个重要项目,于空旷灰色的沙山斜面上,五颜六色的登山者像一群烂漫小鸡,斜身往上爬,不少捷足者已在山顶上"逍遥"着;山脚也聚着一簇簇人,看来对登山还迟疑未定。早先导游说过,到鸣沙山一定要登山,否则感受不到它的特异和神秘,等于枉来了一次。我从小喜欢登山,此刻信导游,决定登山。

近了发现,沙山斜坡上搭着一条一百多米长的软梯,大多数人从梯上去。但踩踏的人多了,软梯已经陷没于沙下,爬起来还是困难。我踏着人们踩出的沙级向上爬。前面三位胖子移动十分吃力,爬一段就气喘吁吁,不时喊苦喊累,之后一屁股砸到侧边歇息。想来也理解,靠一双脚把二百多斤身体搬上去确实不易。也巧,接着上来一位独臂跛脚游客,上下有两人辅助,他向上的脚步有明显的跛,身体一步一歪,但没有多少疲乏相,反而脸庞飞出阳光,微笑地望着躺在沙坡上的胖子。

我蹬了一半软梯,发现上面塞满了人,改道从旁边爬上。这感觉跟刚才有很大不同,温软的沙粒紧抱双足,无法抗拒这种"如水柔情",渐渐脚步变得迟缓,进一步,退半步,有一种

"恋恋不舍"的意味。歇一歇，而后学着一些人的样子，手脚并用往上爬到山顶。一会儿，在上面发现那三位胖子和那位跛子。

站在沙山最高处，放眼往西北望，沙丘苍苍茫茫，既柔情绵绵，又大气磅礴——明艳如炽的太阳下，一道道沙峰明暗相间，起伏有致，如大海叠起的波涛，人仿佛在浩渺的大海一角，乘着波涛向深处去。第一次体验这种快感，我心旌摇荡，几乎要俯下身来拥抱数千年沙山。

忽然，响起乐曲声，那样悠柔而富有节奏，在金色的沙峰上飞扬——一位长裙蓝肩带的女子在沙地上起舞，身姿柔曼轻盈，仿佛从天上飘下的一朵云彩，引得众人目光投向她，还为她喝彩。可惜，两轮之后，她停下了。原来是在拍视频，让一段浪漫的"沙巅之舞"收藏在记忆库里。

下山非常好，两肋似生了风，一跳十步，或半走半滑，有一种驭虚凌风飘飘欲仙的感觉。有的年轻人干脆放开从上面滚下去，享受久违的童趣。我想体验"登之即鸣"的奇妙，双脚带起沙粒，又落下，留意听，没听见人们所说的沙子鸣声，可能是旁边人众脚乱，惊扰了它。之后，移步到一无人处，在没过脚跟的沙往下行走，脚起沙落，果然听见足下发出类似丝竹、管弦、风铃的声音，心里不由得充满喜悦。

敬佩大自然的鬼斧神工。这座沙山是由红、黄、绿、紫等多种沙粒堆起的，可谓沙界"精英"的云集，有的来自太阳的终点，有的来自生命的骨架，有的是埋在大地深处的宝藏，大自然从洪荒年代开始，坚持不懈，一把一把地将它们运送到这里，用智慧和力量塑造出人类历史上璀璨而神秘的沙山。它小小的谜团似的鸣声，像天上的星光，跨越恒久而旷远的历史时空，传到大地旷野，引来无数人的试足和猜想。现在多数人认为沙粒在人和风力作用下向下流泻时，含有石英晶体的沙粒相互摩擦产生静电，静电放电即产生响声，众声汇集成大声。

从山上下来，想着要观赏月牙泉的容姿。它位于北麓，与鸣沙山齐名，有"塞外第一泉"之称。《辛氏三秦记》中曰："山之阳有一泉，云是沙井，绵历今古，沙不填足，水未枯干。"

随着行人走一段路再向右转，便看到了山脚下有一汪明澈的水。这方闺藏于沙丘中的小世界，看似经过精心营造，南端水湄绿着一丛芦苇，让人在塞外沙丘看到江南水乡的小景致，西边低处设有两道绿篱和花圃。高台上为名曰"鸣月阁"仿唐建筑群。据说这里的建筑历史最早可以追溯到汉代。汉元鼎四年（前113年）汉武帝得天马于渥洼池中，后人疑月牙泉即汉渥洼池，遂设立一石碑曰"汉渥洼池"。"四面风沙飞野马，一潭云影幻游龙"。月牙泉因此增添了传奇色彩。唐代人们开始在此建寺庙，清代建筑最盛，多达百间。现在所见为二十世纪九十年代仿唐建筑，其中"月泉阁"可称得上"雄伟壮观"：八角形，四层，有回廊，翘檐斗拱，青瓦，内设梯级可登顶，旁侧衬以一棵老"月泉柳"，清风徐来，枝条微动，似向游客讲述月牙泉的故事。

于高台的旁道上看不见月牙泉的容姿，一片映着对面沙山而像沙颜色的清水，看来是角度所限和绿植遮挡。我想看到映着蓝天的月牙泉俏影，听说登上"月泉阁"可以看到，而此刻却不开放。于是，看到对面沙山上有人在对着下面拍照，还朝这边呼叫什么。我绕过去，爬到半山腰，回过头，看到了最真切的蓝天下的一弯新月。

西端水里有一片浅滩，设有围栏，可供游客"试泉"。几位年轻母亲带着孩子蹲在水里。我也好奇，试着涉足其中，清凉如许，感觉水是流动的，柔柔地抚着肌肤，还有小鱼过来吻脚趾。

莽然沙山处，竟有清流成泉，绵历古今，与鸣沙山一样奇特，人们称它们是沙漠中的"孪生姐妹"。或许与想象一样，这块地恒久以来飞沙滚滚，一夜之间可以吞没大片田庄，沙山是飞沙所造，而与沙山近在咫尺的月牙泉却千古如斯。无法诠释的现象衍生出许多神话传说，现在解释是由古党河残留的河湾汇集渗流而形成的小湖。因受特殊地形影响，风从谷口进入泉区后，被加速并分成东南北三股，沿着泉水域四周山坡做离心上旋运动，把山坡下的流沙往上刮，抛向山峰另一坡面，使得月牙泉被呵护得如一块翡翠，两千多年来熠熠生辉。

太阳慢慢向沙山后退，月牙泉上空飘来几片彩云。我像许多游客一样，怀着愉悦的心情，恋恋不舍地离开月牙泉，离开鸣沙山。这也对了，人们是疼爱这对"孪生姐妹"的，它们白天忙着迎接八方游客，夜晚还要乘着凉风和月光对话、唱歌，还要用更多时间静下来让风拂去白天落下的尘埃，抚平人踏出的印迹，以新的容姿迎接翌日第一缕阳光。

此后几天回到南方，"甘青之行"景景物物一直在心里萦回，于是铺开白纸，作了这篇小文。

马兰色彩

我是在秋收临门的日子来到马兰的,目的是想一睹马兰风光。我还不知道为什么它叫这个名字。此前听过这块粤西地许多好听的村名,如龙田、石田、凤来、汶冲,觉得马兰这个名字最典雅,涂抹着浓郁的诗性色彩。但也怪,到过马兰的朋友说寻遍全村,没发现一株与村名相关的马兰花……

晨阳在这块地上方飞扬。沿着新铺的村道转过一片树林,前面是一片平阔的土地,除了低处间或有几块已经泛黄的稻谷,大多是玉米、蔬菜、豆类作物。这些作物组成的黄绿色块瞬间闪亮了我们的眼睛,加之几位农人在劳作,远处白云悠悠,实为好看的乡村景色。有人急着要下车拍照,拍了几张,一位挑着木桶的村人过来,客气地说,这里还不算马兰最好看的景色,最好看的在村子西南面。他显然知道我们是来观光的。

往西走一会儿,再转过一个长着竹子的山坡,一幅画景赫然展现在面前。

这是一幅别样的,充满乡村情调的油画。大片成熟待收的稻谷,格局东西偏南,一条新铺的"马兰大道"平宽、笔直,从西至东贯穿整片稻田,上面设有行车道、行人道、水渠、护栏；西面横着高峻的鹰雾山，东、南、北耸立着一座座对望的石灰岩山，往南山体连绵，重峦叠嶂，为粤西著名的"双水峰林"；众多村庄坐落于石山脚下，鳞次栉比的房子绿树掩映；道路、田塍、水渠纵横交错，把大片田野画成一块块。

车子停在村里一块空地上，出来踏上一条耕作道，两男两女忽然对着大片黄熟的水稻欢呼起来，而后停下拍照。

我除了习惯思维活动，更多的兴趣在于观赏。马兰大道铺设得有点儿新奇，似把城市绿道搬到了旷阔的田野里，是步行观赏景色的好处所。走进大道，随一群外地人慢慢往前走，感觉身处一片海洋，色彩在流动，在起伏，在欢笑，不断向你抚来，让你怀疑是谁把世界上的金色都藏在这里，甚至想，如果它是一块布，欲剪下一幅带回去，同家人和好友分享。

是的，无须想象，这大片稻谷多数时间静默地待在田里，不单等待主人收获归仓，还在等待外地客人过来观赏，收获色彩，收获心情。恕我不是文思敏捷之人，想不出好诗句来表述，只觉得金波粼粼的稻浪，与陆游写过的"风吹麦饭满村香"的地方相似。因为秋至，天气干爽，田里水分减少，埂上微黄的草沾着一些晶莹清凉的露水。几位荷锄戴草帽的农人在田边"巡视"，用手捏下几粒稻谷，放到嘴里嗑，掂量成熟状况。几位穿着时尚、打着花伞的少妇率先走进田埂，把身子贴近稻穗拍照。那别样的色彩，飞扬的笑语，婀娜的身姿，让人们当作风景看。这些，都构成了马兰的色彩。

在眼前，引燃"灿黄"这个词，只需要小片稻穗，大片同时成熟的稻谷连在一起，是何等辉煌，何等令人震撼。人们之所以喜欢这块色彩，是因为它与铺在地上的金色绸布不同，绸布色彩轻佻、单调、浮滑、华而不实，亦与到了归墟而飞落的黄叶不同，稻穗的色彩是从大地里长出来的，自然、朴实、直率、和谐，不是本质的消失，是生命的升华，是稻谷归仓前辉煌与美满的呈现。

又有几位异地口音的男女走进田塍拍照。我也被两块特别黄熟的稻穗吸引了，怀疑自己是违规越过围栏和水渠，不由得朝那儿走去。脚步轻缓，怕弄断谷穗和惊动黄丛里的小精灵，然还是有许多小蚱蜢从脚下飞起。

经对照，身边两块稻穗颇为纯色，秆壮些，高些，没有枯株和杂草，托起的谷穗挤成一团团，沉静稳重又热烈开放，单是那金子般的光分子，就能将一块天空映黄，足见主人的用功和栽培技术之精细。我微弓着身子凝望，却激动莫名，每一株稻穗都在和阳光相互映衬，相互挑逗，原来阳光也喜欢这色彩。再远看，才发觉如海洋似的稻浪不只在眼前，还在心里起伏、流动，上面飘着歌声和稻米之香。用看了金黄色的眼睛看周围，空气也是金色的。

大道上行人越来越多，花伞、衣裙、长发、笑声在聚集，在流淌。他们大多是借假日从城里来的。和我一起来的几位大概把我丢下了。我小心走出去，汇入一群人，不疾不慢往西面踱步。大道那端有一座建筑，是特设的观光楼，聚着很多人。

走着的时候，有个男人向我招手，朝我走来，头戴草帽，脸颊黑红，眼睛乌亮。原来是我的亲戚，姓李，听说还是马兰村的干部。他获知我来了，兴冲冲地从家里赶过来"迎接"。他很为我高兴，说我来得正是时候，过几天稻谷收割了，就没有这个景色。

接下来，他滔滔不绝地向我介绍马兰的情况。这整片稻田两千多亩，天赐良田，不涝不旱，周围村子人家的稻田都在此。一年种两造水稻，这过程中每个阶段的青绿黄色彩随季节更迭呈现在田野上。还说村里近期正在搞净化、美化、亮化建设，语气充满激情。从中得知，他是一位庄稼好手，一名"土主"，内里热心、纯朴、多能，一次次带着来人行走于马兰间，想把马兰的特色宣传出去，让更多的外地人知晓马兰，前来马兰观光。

登上观光楼，视野果然不同。摄影者将一排"长枪短炮"对准稻田。与我同来的几位在忙着拍照。我倚在东南面围栏处，极目远眺，阳光飞舞，白云飘飘，远山悠悠，稻田、大道、田埂、山峰、村庄尽收眼底。在四周富有层次的绿色修饰下，稻田的黄是那么灿烂、碧艳、映山干云，到了夜晚，也像大地点亮片灯火，把幽暗的夜空照亮，让众星失色。

我在观光楼上停留很久，目光始终没有离开田野。有时，一片厚云过来，阳光从云隙照下，下面大片空间的光线和稻田光影交织，五彩流淌，让人感到交响乐的效果，或已经处于一个视觉之外的童话世界。李干部在一旁跟来人说着什么，我却像一个聋子，听得见而听不懂，随着沓杂的声音和南来的爽风，一幅幅载满色彩的田园画长出了翅膀，从田野飞进我的脑海。——啊，我明白了，"相由心生"，"相"是看到的万物，色彩亦是一种"相"。到动了情或入了神的时候，马兰的色彩会变得特别美丽动人，会自觉与人相通。

从我的亲身体验和李干部的话中想到，马兰的色彩来得不像观赏这么容易，它里面有生命，有丰富的内容和人间的快乐。如果说马兰色彩是一幅画，那么这里的农民是丹青手，汗水是色墨。他们用勤劳的双手、朴素的智慧、成熟的技巧，用整整四个季节画出紧贴大地的巨幅彩绘；马兰的色彩是希望的色彩，丰收的色彩，它是由一块块、一棵棵、一串串、一粒粒稻谷和叶茎组成，色彩越鲜艳，飘出的稻香越浓郁，收成越丰裕。

太阳西斜时，离开观光楼往回走，拐进左边一条水泥路，前面是一座被茂密树木覆盖的石灰岩山体，山脚的安全距离处建起两排别致的新楼房。楼侧大榕树下坐着几位老人，一群小人儿在一旁捉蜻蜓。李干部向老人介绍我们后，他们都热情地打招呼，有两位还同我聊起来。李干部说这村子的人长寿，有几位已九十多岁。

我敬佩他们，知道他们一生都关联着眼前这片色彩，把脸上的朴红都奉献给了这块土地，又因了土地的五彩轮回而幸福，而丰赡。说话间，孩子一群小蜜蜂似的跑过来，个个长得那么水灵。我要给他们照相时，看见像大眼睛的镜头发出青光，嘻嘻哈哈地笑着跑开了。但并没有跑远，在一条巷子处张望，一会儿回来，我再拍时，就不躲了，咿咿呀呀的，一个个小脑袋挤进镜头，后面是金黄的稻田，远处青峰，天边云朵。

马兰，我在这里收获了人与大地共同创造的色彩，在这里感受了安详，感受了美丽，感受了和谐与快活。由此也知道，马兰人为什么能够绘出如此美丽的乡村，为什么活得那么自在、开心。

最是东湖看不够

这座半人工半天然的湖之所以叫东湖，是因为诞生于城市东面。自从与它做邻居，我就被它的风姿吸引住，十天八天没见，人就恹懒，去了，溜看一番，心里才踏实畅快。

这是二十世纪六十年代修建的一座水库，那时四周树木葱茏，静谧幽深，景色属于自然和乡土。本世纪初，城市东面的楼宇别墅不断增多，风景线的书写渐入佳境，建设者们别出心裁，巧借碧水群山，对它做了一番精装，湖仍贮含着优质生态色调，更突出南方湖的玲珑、真率、清简之气质，成为人们观光、休闲、养生的园湖。

初夏的东湖最好看。清晨寝起，因困春迁延着，人仍倦意缠绵，此刻身倚湖北畔的栏杆，凝眸前望，湖体仿佛一个初醒的美人，温婉地舒开自己，恬静而晕色的湖面缓缓腾起雾气，一丝丝，一缕缕，生起又散，散去又生，宛若绫纱在飘舞。东方渐渐增亮，霞光越过峰峦丛林，将湖面抹亮，朦胧中露出翡翠般嫩绿。偶尔，微风从东南面拂来，眼前粼粼波光，像银屑子散落于湖面，星星点点又斑驳陆离，光和影成了湖的灵气。一会儿，轻风涉岸，带来清幽花香，香气不像花丛中的浓馥、重朴，轻吸一下，甘洌沁心入肺，心思跟湖一起呼吸与流动，不知不觉，困意消散，人变得心旷神怡，快意盎然。

太阳的脸露于山尖时，湖的一切都随之张扬开，湖面映着天光和飘动的白云，映着东南面笼罩一层薄雾的山峰，影子模糊、参差；对岸密林里飞出几只灰鹭，拍着柔和的翅膀在湖上旋回两圈，然后逍逍朝东山林处飞去；有鱼儿跃出水面捕食昆虫，白亮的身体一纵即逝，水中波纹漾开；忽而发现，广场、草地、溪边、池旁，已经就位了不少晨练之人；笑声传来，一对青年在小广场拍婚纱，真是选对了地方，美景良辰，寓意和吉祥全在其中。

东湖没有超尘梵音，没有空门晨钟，也不像天下西湖那样积淀了厚重的"文气"和"故事"，但可称得上一个有独特内涵的园湖。多年来，人们在保留其自然生态主调前提下，把多种人文元素融入其中。近三公里长的环湖绿道，蜿蜒于云凌山下，入口处右侧山上"革命烈士纪念碑"，树木参天，庄严肃穆，极具瞻仰教育意义；沿道建的几座风雨廊独具风格，廊柱特意刻上古诗名句，心怀兴致，可随口吟诵；学养深厚者明白山水与仁智的内联，把孔子请了进来，于湖东的桃李岛旁侧立起一尊三米多高的塑像，人们无须走远，于此可以拜谒圣贤，与其对话；水湄筑起的几座观景亭台，使人们有了逗留的理由；西面一道二百多米长的大坝和广场，隔着车水马龙的城市路网、生活与商业气息浓郁的社区和超市，置身绿道，是曲径通幽，不是繁华喧闹城市之缘。

闲时，我爱独自或结伴行走湖畔绿道，还喜欢观赏沿途的雅石。那一尊尊雅石来自很远很深的石坑、峡谷，历受数百年甚至上千年风雨磨砺，成了石中之娇女。人们费了九牛二虎之力，把它们从山里带出来，辗转至此，经巧匠安置于量身定制的座椅上，尤显千姿百态。细心观赏，有的如少女以湖当镜，自赏倩影；有的如老翁捋髯，感叹苍生；有的如忠诚卫士，驻守城池……三公里环湖道一百多尊雅石，石与湖岸的花木相拥相衬，一石一景，各具新意。智者还于石面锲刻了古诗名句，赏心、娱情、警世、励志，皆有，从古远走来之石因此有了灵性，有了温度，遇笑则喜，遇怒则悲，里面隐藏着李白、杜甫、苏轼、欧阳修诸大家的影子。那些古老的文字，若要鉴赏，步子要轻缓清淡，或者干脆停下，斟酌一字一句，才可会意通灵，感受诗句真与美的意蕴，如"少壮不努力，老大徒伤悲"，告诫人们时光像东流的水，一去不再回，勉励年轻人好好把握和珍惜时光，以免年华消逝，后悔莫及；又如"半亩方塘一鉴开，天光云影共徘徊。问渠那得清如许，为有源头活水来"，这首脍炙人口的哲理性小诗，写明丽清新的田园风光与东湖相似，反复读几遍，就有一种豁然开朗的感觉，心灵中的感知十分畅快，得到启迪和勉励。

　　四季的东湖水景变幻。身临湖畔，还喜欢看湖的倒影。若是阳光灿烂、白云悠悠的夏日上午，站于东畔观景台上，放眼湖心，映入眼帘的是现代楼宇与蓝天白云构成的水墨画，给人的感觉是天在湖中，湖在天上。夜幕降临，又是另一番景色，环湖亮起的灯光把湖装饰成一颗巨大的绿宝石，若远若近，若明若暗，迷离惝恍，令人好生莫名欲念。待到入神时，便想：境界提高，观念更新，人们已经把亲近园湖纳入了生活所需，无论是白天，或是夜晚，湖畔四周的写字楼、酒店、宅居，都会有一束束目光不停地向东湖张望——心早在湖畔徜徉，闲时，他们便会迫不及待地从各个方向步行数百米或千米到东湖，感受它的清爽与温润。

前几年，与环湖绿道东面连接，修建了一条近十公里的高档次绿道，命名东湖生态绿道。用新材料筑成的路，沿着东湖子湖（也称二坡水库）岸边蜿蜒向东，再向北，可行人可骑车。我常骑自行车沿途而行，几次都被超越我的骑车者吸引住眼球。他们不像我一人一车，是租用特别设计的那种自行车。一家三口，男的在前座掌舵，妻子和孩子在后面两个座上用力蹬，四五辆这样的车子连着，宛如一道鲜活风景。若车子上全是年轻人，多是前男后女，骑车的姿势和神情跟在马路上不一样，纯是玩乐娱情式骑法，时不时，后座的会抽出手来轻轻鞭一下前面的，或者将一瓶水送到嘴边让他喝一口，掌舵的回眸一笑，俏皮的目光相碰，快乐无比，一路笑声落于湖中，连空气都变得香甜。遇上道路起伏较大，车子加速俯冲，给人以久违的惊惶之感，自然更加兴奋得大叫起来。如此的场景常有，确是今天城市人幸福生活的表露。看着他们如看一出小品，觉得自己的心情和呼吸跟他们一样。

常居内陆，大概都喜欢看湖，并且爱揣摩其品性。杭州西湖雍容华贵，天下无与伦比，兰州生态湖刚性洋溢，济南大明湖质朴雅素。而我更爱看家乡的东湖，因为它更多地承载着这座城市人的幸福与快乐。

第四辑　麻雀叽喳

每当入夜，蛙们纷纷跳到大田里，找一块泥坨坐伏着，忘情地呼朋引伴。呱呱呱，声音立体，响彻如绸的夜空，踩不烂，割不断，在人们的睡梦中铺展开旷野无垠，鲜花盛开；呱呱呱，似乎用这种方式为大地万物竞长鼓与呼，为村庄子嗣延续加油。

——《青蛙与人》

鹦鹉的空间

那天我被一对小鹦鹉喧哗声吵醒，睡眼惺忪中看见桌上时钟指向七点十五分。从尖利、单调、焦躁的叫声，以及叮叮噔噔的响声判定，它们在笼子里不停地扑动翅膀，跳上落下，左冲右撞。前天晚上被楼上邻居吵得睡不着觉，今早有意晚些起床，不承想两只小家伙吵声堪比闹钟。我明白到了需要照料它们的时候，如果人对它们没表示，就会一直闹下去，结果不好猜想。我只好起来，从厨房摘了两片菜叶放进笼子，又给浴盆加了水，总算让它们安静下来。

两只小鹦鹉是暑假回老家亲戚送给孙女的。假期结束，孙女要将它们带回省城。回来前一天，要按规定做核酸检测。孙女关心鹦鹉，问小鸟要不要做核酸，我说上面通知是人要做，小鸟没有收到通知。

回到省城，那种差异感觉仍然明显，小城是一方人聚居的地方，安闲、慢舒的生活似乎等着就到来，大城市繁杂喧闹，节奏快得令人不及暇顾，人们千方百计拼早拼夜追求美好生活。作为人类朋友的小鸟，跟我们到了一个陌生环境，也应该享有被改变的快乐。居于此，决定把它们安置在厅里一个封闭阳台处，并按大城市的体面所需，在网上为它们购置了一只空间比原来大且豪华的钢丝构造笼子，下层钢丝垫、食物盆、饮水盆、浴身盆，中层秋千架、铃钟、横杆，上层一个藤窝。

看得出，它们对新笼子很满意，跳上跳下，叽叽喳喳，快乐得像一对进入洞房的新人。它们中哪个是男哪个是女我分辨不出来，也一直没有发现它们有男女的亲昵动作，倒像一对兄弟或姊妹。我觉得那位置很适合它们，光线和视角都很好，近观地面、沙发、桌子，许多各种各样色彩各异的玩具，远视蓝天、白云、高楼、车流、行人、山林，还能时常见到拉响警报的红色消防车驶过马路。

我天生对自然界小生灵有一种意趣，小时候助养过落窝的燕子、麻雀、斑鸠，到市场买回鹩哥养。对于离开自然界而依人的小鹦鹉，对它们照料可谓周到、细心，每天做完早餐，都不忘为它们清理笼子里的粪便，换水，添食料。水和食料全天不缺，到市场购物，还特意拣几片绿叶菜带回来。一天把黄粟米加到盆里，它们一反常态，几乎把所有的粟米弄到了粪盆里。原来是买错了，去了壳的不喜欢吃。我马上到市场买回不去壳的粟米（它们不像其他小鸟那样，直接把去壳的或带壳的谷物吞下去，喜欢用喙把谷壳破开，再吃籽实，这个绝妙技巧，造物主赋予才有的）。

小区里有好几家人养狗狗，黑的、黄的、白的，大如山熊，小如猫咪。养狗的意趣不说，主人把它当作家里的一员，每天的花销不少。带着狗狗在小区里遛，要随身备有纸袋、纸巾，随时捡拾狗狗拉出的屎，弄不好会令人讨厌，招来白眼。相比于狗狗，我更喜欢小鸟，每天除了料理，还会在适当时候观赏它们的表演和唱歌。论表演，许多鸟望尘莫及，只懂得跳上跳下，而鹦鹉能够娴熟地做出杂技演员那样高难度的复杂动作，这大概是人们喜爱鹦鹉的缘由；鹩哥和画眉唱歌的声音发自喉咙，清晰、婉转、悠扬。这种小鹦鹉唱音发自喙舌，尖厉、散碎、摩擦感明显，但比麻雀好听得多。

倒是孙女跟它们玩得默契，拿着一个奥特曼蹲在笼子旁，示意着动作，它们就像体操运动员那样，从下面用嘴当手一钩小吊环，整个身子上去了，然后用嘴喙和脚爪扣住吊环，来个身体三百六十度翻转，躲在窝里探出头的绿羽（后来给它们起了一个名字，绿色的叫绿羽，黄色的叫黄羽）叽叽喳喳地喝彩。孙女跳起来，给黄羽掌声；它们还是攀爬高手，黄羽一跃下来，从最低处起，用嘴喙钩住钢丝和脚的配合，一格一格往上攀，酷似人们攀岩比赛的样子。看着它动作有点儿艰难，孙女在一旁叫着"加油，加油"，到了顶部，把身子悬在那儿，突然一个背后空翻，"噗"的一声，稳稳落到下面钢丝垫上……这样的动作会重复表演。结束，孙女拿来两片它们最喜欢的菜叶做奖赏。

疫情防控期间，我们按要求少出门，拿菜叶换戏票，一天可以观赏两场演唱会或特技表演，人鸟都有过快乐时刻。

我以为鸟儿一生不知愁。而一天早上清理完笼子的杂物，发现它们分别栖在横杆两端，低头，收缩着身子，一动不动，像不满自己长期被限缩在这个空间里，尝着人类几十年经历的酸甜苦辣……或许我想的是对的，人和动物各有自由，都有自己的天地，我们是由植物由河流的世界抵达今天的世界，动物世界比人类世界要旷阔得多，它们可以随意从这片树林飞到那片树林，就像人的自驾游，可以从某个地方到重庆，再到成都，再到乌鲁木齐。是人类为了一己之利，把它们困缩于窄小的空间里，还要看人的脸色，由人施舍，由人主宰……想着，产生了从十九层楼窗口放飞它们的念头。但它们是依人已久的小生灵，外面环境陌生，高楼大厦直冲霄汉，平时没有多少飞行训练的鸟儿，可能没飞过一幢高楼就坠落地面，或者随时被天敌干掉。要是那样，倒不如困在家里好……其实，人与鸟永远不同类，永远不能和合，现在相同的只有空气共享，同一时空交叉。人不知鸟儿为何发愁，它们的愁，与人的愁含义不一定相同，或许人的愁是自己惹的，鸟儿的愁是聪明的人赋予的；人不会真的像爱人那样去爱鸟儿，也不忍终生禁闭它们，一旦厌倦，或心生怜悯，或一个无名激灵，随时把它们送走。

又过了一段时间，我觉得它们越来越躁动，每天都会在某个时候把笼子弄得咯噔咯噔响，嘴里发出的声音像吵架。一天早上起来，发现它们各站在棍棒一端，保持一定距离，头相对着，小眼睛一眨一眨，好似互相有仇。往日这个时候会将鲜菜叶放进笼子里，今天迟了。待把一张菜叶放进后，黄羽率先跳过来，把叶子据为己有，这是我第一次见到的。绿羽叫了一声，慢慢溜到下面，忽然用身子往上一顶，把菜叶和黄羽干落下来，于是黄羽翻过身，用尖钩喙一把掐住绿羽的脖子……一场争夺战爆发，嘴喙相击，翅膀扇打，跳上落下，小小空间充满刀光剑影。我赶快拿来几片菜叶塞进去，嘴里念道：少安毋躁，少安毋躁。果然战止了，然双方都掉了几片羽毛。啊！世界就是这样，小到小鸟，大到大象，都不免有冲突，现在人类也正与一种著名病毒在对峙，在交战。

种种迹象表明，鹦鹉已经不满这个空间，有时长时间栖在横杆上，样子似等待、忍受，又似无奈。这个时候，我会从书房出来，想出一些点子激发它们，比如换一盆洗浴水，给两片喜欢的菜叶，放出它们唱歌的录音，把笼子移到窗门处，让它们看看以往未见过的景物。

一天中午,我少有地从外面回家,推开门,发现两只小鸟在厅里扑飞。它们出来了,怎么出来的不知道,后来检查笼子,发现门已打开一半,猜想是它们模仿人的动作,用嘴喙拉开的。当时两个窗门都没关回,它们为什么不往外飞?我疑惑,又庆幸。看来它们明白擅自出来不对。我轻手轻脚进去,还是惊动了它们,从左墙角飞到右墙角,还飞上天花上装修的灯缝处,然后飞落到与外界接通的窗眉处。我以为它们以这种方式跟我告别,看看该朝哪个方向飞去,会落在什么地方。然而,张望一会儿外面后,一阵凉风吹来,它们几乎同时一跃,扑棱着翅膀往回飞,最后落到"封控"自己的笼子顶上。

它们为什么不往外飞?是对陌生的外界不信任?害怕不习惯的风?或是看见了人类看不见的密集而庞大的东西?我做了种种猜忖,而每种意忖都朦胧不明,像从窗口望远处那座山,空中弥聚着大片雾霾,峰峦若有若无。

然而,外界终究天高地阔,五彩缤纷,小鸟何曾不向往!

也是在那天某刻,我心里跳出一个念头——放生鹦鹉。至于到哪里放生,想起了几个地方,最后认定家乡小城西风景区内的那座山,那儿熟悉,山明水秀,鸟语花香,是自然界生灵生栖的理想之所。

牛的命运

如果说，至今家畜中命运变迁最大的是谁？那无疑是耕牛。

我的童年、少年，睁眼就是村里的牛，出门二十米是牛屋、牛粪、牛尿、牛草棚；出入村子的土路上，每天都呈现着大人扛犁耙与牛同行的身影，牛的脚印与人的脚印重重叠叠，池塘边坡地上堆起的牛粪像小山。

而多年前，这些"乡土风景"迅速消失——现今请村里的猎狗去寻，也找不到一头牛的踪影。没有了牛，与牛有关的一切都随风而去。可不，却常常吃到往昔未曾吃过的美味牛肉。这简直是一个奇异历程，也似乎带有几分嘲讽意味。

上古，人类看中了牛的温驯天性和巨大力量，把它驯化，成为人类的朋友，与农人同居一个家园，同耕一块土地，日出而作，日落而归。比之于猪、狗、羊、鸡等禽畜，牛的地位要高出一截。

兴许，牛在人类社会中的高尚地位源于炎帝，《帝王世纪》曰神农氏"牛首人身，有圣德，以火德旺"，他发明刀耕火种，创造耒耜翻土农具，教民垦荒种五谷。后来几个时期，人们以牛为图腾，出现大批牛首人身陶器，今河南神农山和湖北神农架立着几十米高炎帝雕像，"鞭牛迎春"活动一直在民间流传。

牛于农耕中的作用和贡献突现，人们对它的认识越来越多，尊重越来越多。春秋战国时期，统治者已经制定保护耕牛的法规，只有在帝王用"太牢"祭祀天地和祖宗时，才会杀牛，王公大臣祭祀只能用"少牢"羊和猪；汉代、唐代、宋代，统治者把耕牛看作重要生产资料，严加保护，无故或任意杀耕牛，必遭量刑，轻则入牢，重则脑袋搬家。小说、戏剧里的英雄好汉每次进店都要割几斤牛肉吃，还有朱元璋少年时与几位孩子偷村里的牛杀了充饥的故事，都是杜撰。

我们村田地多，耕牛也多，都是本地生养的，跟村里人一样纯种。为了辨认，人们给牛起了名，如身体强壮，力量超群的叫"牛牯头"，专爱欺负别的牛的叫"南霸天"，毛长力气少的叫"长腰拐"，这样让牛与人的距离拉得最近。

村里人对耕牛的爱护与古时相比，有过之而无不及。建的牛舍，像人住屋一样，宽阔、结实，冬暖夏凉，每天有专人清理，把牛带到一个固定地方排粪拉尿，准时放牧；冬天寒冷，为了牛不出事，隔天村队煮几锅热薯粥给牛吃，外出放牧时，给年纪大的牛披上可以保暖的棉布。秋后冬初，坡地上的草枯萎，人们着手为牛备一个"草库"——牛草棚。这事每年必做，在背北干爽的村地立起比牛背稍高的松木架，把晚造干净稻草一把一把铺上，堆成一个大蘑菇状，可挡雨，可遮风。这样牛们可以早睡迟起，少接触风雨，也能吃饱稻草，平安度过冬天。

假若哪一天，村里的牛出了事，或死了一头，消息无异于村里人出了事，立刻从寨头传到寨尾。对于不幸死去的牛，人们会像回忆村里辞世的老人一样，想起它一生的许多。记得当年村里人赶牛车到山脚灰窑拉石灰，大柴烈火烧了三天三夜的灰窑，停火一天窑里的温度仍很高，装石灰时，窑基突然塌方，牛车往灰窑里滑，好在套上了轭的大水牛警觉，拼命拉住下坠的灰车，使得两位在车尾部的村人及时逃出，要不，后果不可想象。而车子还是斜侧到灰窑里，牛也摔了下去。村里人冒险用松木撬，用绳索拉，才把牛救出来。但它四蹄被烧焦，肚腹多处被灼伤。当时，牛痛得哀号不已，村里人见了惨不忍睹的牛，禁不住掉了泪。回村后，请来兽医为牛疗伤，伤治好了，但三条腿没有了蹄子，走路不便，白天在村子草坪上躺，吃人们割回的草，晚上由专人送回牛屋。

牛的前面多了一个"耕"姓，不是人的任意所为，是牛自己闯出来的。耕者，食之源，耕而不息。跟村里人一样，牛在一年里闲着的时间不多。"双夏"季节，村里的出工钟敲响，男人率先扛着犁耙，从牛屋里牵出平时基本固定使用的牛，朝田野走去。

太阳彤彤，白云悠悠，田野出现一个壮阔而带诗意的场景：几十头牛拉犁翻地，彼一幕，此一幕，像蜗牛在爬行。走近了，才看到犁铧无休止地翻出一块块泥土，牛的眼睛向前，头微微向下，绳索拉得紧绷绷，肩头处隆起一大团肉，张开的两个鼻孔冒出汗珠，有节奏地喷着粗气……因为赶季节，牛们只有在中午吃坡基的草和夜晚吃稻草，其余时间大多要耕作。有时因饥饿或休息不好，累得不行，心怀怜悯的人把轭脱下，让它一边啃田埂上的草，一边休息，一两个钟头后，继续劳作。一天复一天，半个月，一块块滋长过早造作物的田地翻了个身。牛耕场景的再现，让我想起一首古诗：耕犁千亩实千箱，力尽筋疲谁复伤；但得众生皆得饱，不辞羸病卧残阳。是的，牛一个季节一个季节这样耕犁,表面是向着未来,实质是按人们的意图对往昔的反复重建,日积月累,将自己的力量和愿望洒到田野,积聚它们勤劳、无私、无怨的品质。

村寨距圩镇较远,一年两造交爱国粮,除了人肩挑,还用牛车做运输。这项工作往往是在秋冬季节天气晴好的下午进行。因为要穿过一个贴着大红对联、挂着大红花的粮所门坊,到达里面干净的坪地,还要见那些热情的同志,人牛要饮备好的凉茶,除了人穿着要讲些体面,牛也经过挑选,全身洗刷得干干净净。套上车轭的牛通晓人意,明白事情的重要,横列在晒场一侧,让人们把还带着太阳温度的上好稻谷装满车。出于某种需要,上面要求前面和后面赶车人戴上大红花,而人们明白一车优质稻谷中有牛的一份汗水,人光荣,牛也光荣,把大红花戴到牛的头上。从村庄通往圩镇的公路上,十多架牛车首尾相接,一纵车轮轧出同样的辙,人、牛、车唱着同一首歌,一路向前,一道鲜活的乡土风景。那时刻,真正看到了牛的高贵一面。人和牛走了几遍从村庄到圩镇的路,牛也成了人,认识路的标志,回村时可把绳索搁起来,人躺在车上,牛也带着一身轻松与自得,自个儿把车子拉回到村里。

牛就是这样,进入人类家园后,拖着犁耙,拉着车轭,跟随人类的脚步穿越历史长河中的明朗黑暗,风霜雨雪,走到今天,在农耕的国度里可谓功高至伟。

人对牛熟悉,不知是谁什么时候,从牛的身上提取出一种"灵魂之宝"——"老黄牛精神"。在往昔艰苦奋斗年代,这种精神像春风春雨催开的花朵,开遍祖国大地,各行各业涌现出一批像焦裕禄、孔繁森、王进喜这样的老黄牛,他们在社会主义建设中默默奉献,建功立业,被载入史册。

然而，也许是意料之中，二十世纪下岗大潮到来之前，耕牛终于与扛着犁耙的农人演出了一幕动人心肺的分道之戏。那场景记忆犹新。

秋风把村口几棵树吹黄，坡上的草失去了夏日的青绿。一天牛们全部被集中于村前的空坪上，早上起来的一切都取消了，微蓝而黄的晨光里似乎听见远处大江浪涛在朝雾里翻涌，还有从县城下来的铁壳机船的突突声。人们听不见这些，在牛们身边转来转去，忙着争论，给它们编号，摸号。事儿完后，牛们被各人牵走——已经被分到了各家各户。

第一个冬天，它们失去集体的温暖，失去互相抚摸的爱意。白天经常单独拴在一个草坡上，夜间锁在一间旧屋里，因为见不到往日的同伴和情侣，心里总是惶惶然，这样的日子不喜欢。但无奈，并且这样的日子又会生出新的日子，味道渐渐改变……熟悉的田地开始长起荒草，一些水田变成旱地，在地里劳作的人越来越少，它们被闲着的日子越来越多，体现价值和存在的场面几乎没有了。

一年春季，风雨滋润了田地，本是它们耕犁闹春的时节，但它们还被搁在山坡上，日复一日无动静。忽然一天，远处的一片耕地响起了嗒嗒的机器声，几头姓"铁"的牛在爬行。世事的变迁，它们不识得所有，但记得，那片田地它们耕了一年又一年，怎样按照田块形状拉犁耙都记得……初见这场景，觉得茫然，惊讶，而终于明白，它们已经被替代了，或者说，已经下岗。这是被下岗，肯定不是牛们的错，它们的力量还在，耕技还在，欲望还在，信仰还在。

牛们已经无所事事，被拴在村前的老树下。一天，几位陌生人背着包进村，来到它们身边。那头上了年纪的牛发现来人目光贪婪，口气粗重，一遍遍"打量"它们，特别爱盯着它们各个部分的肌肉，还用手摸捏……主客一阵言语，大叠钞票出来，两头稍胖的牛被操着外地口音的大汉抓住穿过鼻头的铁环，带离村庄，往停在土坎下的车上赶。这是一件不容易办到的事。牛懂事，生人拉着就怕，接近大铁笼状的车厢，嗅到浓郁的粪味和血腥味，还看到铁棒、铁钳、钢刀等物件，就是不肯往车上走，累得大汉汗水横流。但牛哪犟得过人，又推又拉又捶，硬是被移上了车。离开时，它们不时扭过头看看熟悉的村庄和主人，仿佛在求情……至此明白，它们已经彻底改了姓，"耕牛"变"肉牛""菜牛"，即将要从一个地方到另一个地方，再到一个地方。

还有这样的事，务工经商浪潮遍及各地乡村时期，老家相邻镇一个山村，两年内大部分青壮劳力外出谋生，田地几乎全部丢荒，耕牛失业。人们不忍卖它们，更不忍杀它们，最后把它们连老带幼带到远隔山水的一个深山荒野里。它们不属于山野而属于乡土，这样的环境让牛们恐惧不已，寝食不安，渴望回到乡土，但抬头四望，重峦叠嶂，沟谷纵横，怎么也找不到可靠的回家方向。

回不了过去，只能呼吸山里空气，早晚与山头、草木和鸟鸣相依。尽管它们以山野旷阔、水草充足做自我安慰，但仍然无法习惯远离乡村的环境，孤独、恐惧、恍惚和山野的草一样多，傍晚常常用昔日耕犁的躯体力量喊出异质声音，凄悯的长吼，包含着对熟悉的屋舍、村庄、田野、主人的眷恋和现在处境的怨怒，向苍天申诉自己命运的遭遇。然而，一切都是借助，而没有把握。一天，它们透过叶缝看见几双久违的眼睛，瞪得很大，射出贪婪的光，手里握着锃亮的钢枪，洞黑的枪口对着它们，一声烈爆,一个与人有恩无仇的同伴倒下。原来,一天巡山者发现躲在山里多年的它们,像发现了新大陆一样,跟踪研究,认定它们是"野牛",属于可以猎杀之物,于是,揣着有关部门的批条上山。因为山野把牛变得剽悍,可望而不可即的人想到了霰弹的犀利。

第一张野化的牛皮被剥下,人们吃到的牛肉味道比饲养的好得多。消息像风一样传开,接下来山野有了第二声爆响,第三声爆响……牛们生活地盘人迹越来越多,同伴日益减少。它们想躲,可无地可入,想逃,无处可遁。不出两年,山野上最后一张牛皮被剥掉,一个被野化的族群宣告结束。

牛不会因此遭遇而灭种,反而,现在的牛比讨夫还多,只是不在村寨,在人工饲养场,或在某个水草丰沛的山坡、河岸、山口,一群群,一栏栏,个个皮光肉嫩。这样的牛不姓耕,无须拉犁耙,也不懂拉犁耙,不劳而获,不劳而得,祖宗流传下来的东西已经消失殆尽,剩下一个大胃、四条腿、一身肉,怎么看,也找不到丁点儿前辈那种启人思想,教人敬重的美和力量——它们只有一个终极目的,一切都是为了这个目的。

对于耕牛命运的转折变迁,人们更多的是唏嘘与遗憾,因为从某个方面看,一种曾经对社会前进、人类发展有巨大贡献的力量和精神,像树叶般从历史的高空飘落,面临被浪潮淹没的危险。

也因为"老黄牛精神"被搁置于"过去时"的角落,现在的年轻人不懂什么是"老黄牛精神",想到牛或见到牛时,更多的是看到餐桌上飘香的牛肉风景。一次有幸与几位年轻人聚餐,要我讲几句话,我提到老黄牛精神影响过几代人,现时代仍然需要这种精神。一位女生插嘴:什么老黄牛精神?不是皮筋肉韧、骨头粗硬吗？我才不想要，我要那种又嫩又脆的牛肉。好一个令人思想的笑话。

其实，唏嘘和遗憾是对的，要又嫩又脆的牛肉也是对的。而很多事实反复证明，历史上出现并奠定的伟大思想和伟大精神，永远不会过时，不会被替代，更不会因反反复复的风云际会而泯灭。

家燕

在我国先民的观念里,燕子两千多年前就有了图腾意味,特别是汉代,汉族人以龙、虎、蝉、羊为图腾的同时,也沿用过燕图腾。于甘肃省出土的东汉青铜器"马踏飞燕"为国宝级文物,其勇往直前,天马行空,昂扬向上的豪情壮志,象征中华民族的伟大气魄,国家把它定为旅游标志。

在我们南方,常见的燕子有雨燕、楼燕、家燕、岩燕、黑喉毛脚燕。这次我所面对的是家燕,我要记述的燕子。家燕和人们喜欢的青蛙一样,一个在天,一个在地,都是人间吉祥物。被人们不生分地称为家燕,是因为它比其他几种燕子和人家更相近相亲,在村寨众多的鸟类中,要说最具人气的鸟,非家燕莫属。

家燕具有所有燕子的属性,凭着自己吉祥、和谐、乐观、奔放的个性和信使的象征意义,早早把自己植入了乡土文化的土壤里,以最具人气的个性撩拨诗人的春情丝弦。李白的《燕双离》"双燕复双燕,双飞令人羡,玉楼珠阁不独栖,金窗绣户长相见",描绘春二三月,艳阳高照,草长莺飞,桃红柳绿,双燕逐舞,好一幅男女恩爱,让人羡慕的"春景图";杜甫的"细雨鱼儿出,微风燕子斜",细致地画出了微风细雨中的鱼儿和燕子的动态,表达诗圣和常人热爱春天的心情;宋代葛天民"为迎新燕入,不下旧帘遮",把燕子看成生活中的一部分,象征幸福生活;晏殊的"无可奈何花落去,似曾相识燕归来",则以惆怅的心情盼燕子秋去有所归,春来复相见。燕子的纯真、多情、翩翩起舞,令人欣羡。记得汉代成帝的妃子赵氏,因身轻如燕,想象能做"掌上舞",称为赵飞燕,真名字被忽视。唐代任宗和郭绍兰"燕足传情"的故事,千百年来成为人们传颂爱情的佳话。到现在,别说诗人作家,就是中小学生也写出许多赞美燕子的诗句和篇章。

以往我没有写过家燕的小文,最早喜欢燕子是受父亲的影响。我们村子依山朝东南,冬暖夏凉,宅子大多数为泥砖砌成,檩条瓦面。一年惊蛰过后,家里突然飞入五六只燕子,在厅堂上绕飞,轻语呢喃,多次挂在墙壁上观看四周。父亲说燕子是结伴来"踩点"。那时家里已经有一窝老燕子。两天后,一对夫妻燕子含泥飞进来,开始在那窝老燕子隔侧筑窝,不出十天,一个碗大的窝筑就。接着又有一双燕子在门前屋檐瓦底下筑窝,这个窝和屋厅里的窝不同,像个鼓起的布袋,里宽,出入洞口稍细长。这样,家里有了三窝燕子。新窝筑好,夫妻燕子特别兴奋,邀来十多个同伴,落在窝里伸出脖子,瞪着眼睛,轻颤翅膀,其他燕子在厅堂里飞舞,变换着各种姿势,柔软而清亮的呢喃如轻快的乐曲。燕子和人一样,共同祝贺新居落成,感谢屋主让它们安了个和谐之家。坐在门内一侧的父亲,似乎与燕子有同感,一直仰脸出神地看着燕子们的喜事。

那时父亲明智达理,在他的心目中,多了一窝燕子,就多了一份喜悦,说燕子是益鸟,吉祥鸟,燕子不进愁门之家,叮嘱我们兄妹不要伤害它们，白天敞开大门，让燕子自由出入。我们很小就听村里人说燕子是"天公鸡"，天上雷公放下来的，意思是叫人们不要伤害它们，得罪了雷公会有报应。父亲爱燕子爱得周到入微，特意在近窝的墙壁下方装上两块小木板，方便它们落脚。

家燕筑好窝后，就起了生儿育女的心念。下蛋前，它们天天早出晚归，在田野草丛上面捕食昆虫，补充从南方飞回和筑窝消耗的大量体能，中午偶尔回来看看它们的家。泥筑的窝看似很薄，有塌下的危险，其实，它们是自然界的杰出建筑师，懂得选择泥料，每粒泥子都用唾液和匀，窝居坚固耐用，没有外力作用，三五年内不会破落。可没想到，屋檐的那窝燕子在享受安居之乐时，却受到了外来的侵袭。那段时间，它们都在中午飞回来，在窝里活动一些时间。一次刚飞回到檐边，发现窝口被两只麻雀堵住了。麻雀要占窝，这意外之事令它们束手无策。麻雀和燕子的个子差不多，但脾气暴躁凶猛，燕子几次想接近，都被轰开。它们落在对面的檐瓦上，神情十分焦急地盯着自己的窝，之后叫两声，双翅一展，在巷子上来回飞旋，一只燕子屁股掉落一个圆圆的小东西，砸到地上爆开，原来是一只小蛋。看来它们已经把筑窝、下蛋、孵蛋的日期编排好，却遇到了不测。我十分憎恨麻雀的霸道行径，拿来一把梯子和一个捕鱼网兜，把还占在窝里的两只麻雀逮住了。傍晚，燕子在对面瓦脊上观察了许久，才试探着进了窝。

在屋檐的燕子开始孵卵时，厅堂里的两窝燕子已经育出了后代，共八只。雏燕出来一天后就要吃食，把张大的嫩黄色嘴甲放到窝沿，发出又轻又软的叫声。这可忙坏了父母，去去回回，像车轱辘一样，叼回小虫子喂食儿女。看着两窝嘟嘟幼燕，心里不由得生出一种怜爱之情。一天下午,忽然从墙缝里出来两条壁虎,一直往上面燕子窝爬行。我担心壁虎会伤害幼燕,叫来父亲,把壁虎打落在地,弄到猪栏里丢掉。后来我知道不用担心,燕子本身带有一种特异气味,这种气味在一定程度上是它们的防身武器,特别是孵出雏燕时,窝边的气味十分浓烈,连老鼠这种贪食的动物都不敢接近。

农历三四月,第一窝燕子出窝,村子上空一下多了许多燕子。出窝的燕子开始离开父母,在村子人家筑窝安居,一时间,几座有天井的老院子最多有八九窝燕子,傍晚飞回,早上出去,院子好不热闹。在屋主人心目中,燕子从来是那样柔和、轻捷、天真、没有忧伤,有时心情烦恼了,看着燕子快乐的样子,烦恼顿时消去。

燕子不像麻雀那样暴躁、霸道、贪食,它们的食物主要是蚱蜢、苍蝇、蚊子、蛾子,习惯在空中猎捕,不擅长在地缝和树林中寻找食物。风和日丽季节,它们除了哺育后代和捕食之外,还非常喜欢做快乐之事,有时,集结在村子上空转圈,密密麻麻,首尾相接,那样子,像一个飞旋在蓝天上闪烁着宝石蓝光的飞碟,慢慢向东面逍遥移动,这是村子全部家燕的奥秘,没人去解释。我臆忖是它们有别于其他鸟类的一种属性,以这种悠闲自得的心绪做互相交流,享受离尘的清风阳光,展示高超的飞行技艺。有时,村里人在田地里犁耙、播种、除草、收割,场景忙碌而热闹,昆虫被惊动而往上飞,燕子从远处赶过来,在头顶上错落飞旋,开始是三五只,接着越来越多,像在天上举行运动会,看谁捕捉飞虫最多,又像在举办以春耕或秋收为主题的诗歌朗诵会。时不时,它们降低飞行高度,从人的帽檐掠过,或在眼前慢速绕两圈,友好而客气地呢喃着。此刻,可以发现它们清亮的眼睛望着你，或许它们是你家的燕子，认出了你，你没认出它们。有时，整整齐齐地落在电线上，像接受检阅的士兵，又像五线谱上跳跃的音符。燕首嘀的叫一声，整阵燕子以爆开的速度飞向天空。

　　家燕这些特征是其他鸟类所没有的。正因此，使得它们成为乡土文化的点滴，古往今来民族风情的一个鲜活祥和的意象……原初的大自然，广阔的田野和朴素而传统的乡村，善良的人性，没有伤害和扭曲它们的天性，而是培养了它们依恋田野和乡村，与人亲近的秉性和智慧。可以说，一座村庄，一间大屋，如果没有燕子筑窝，没有燕子的身影，就似乎少了一种气氛、情趣和意味。

　　燕子忠于职守，热爱和留恋自己熟悉的乡村。但它们又是典型的候鸟，每年迁徙一次。这不是抵不住寒冷，是因为食物匮乏，秋后各类昆虫销声匿迹，生活难以维系，必须在农历九月往南迁，以得到更广阔的生活空间。我们村的燕子不像北方的燕子那样，耗时数十天飞往赤道带或南半球，大概它们是飞到某个暖和海岛度过冬季。

　　迁去返回，燕子明白路途的遥远和艰险，不像平时那样闲悠地飞翔，而是几百的上千的大群朝一个方向专注而卖劲地飞行。尽管它们是飞行家，有特异的"导航"功能，但途中要穿越群山、平川、河流、大海、气流、暴雨，危险是不可避免的。如果是人类或其他动物，那场景一定惊天动地，气壮山河。然而，部分燕子还是因体能消耗过多，体力不支而坠落，或在途中栖息而受到其他动物攻击。所以，能够在第二年平安飞回的燕子，我们只能想象和赞美它们化身成了天使。

　　天使回归，正值春天，春天是高级的，万物都在此间纷纷献上最美的一面。燕子属于自然，与春一起归来，第一眼看见久别一个多季节的家安然无恙，那种高兴的劲儿不用说，它们会找一个近处落下来，久久端详，然后在檐下旋飞，再钻进窝里去，在窝口探出小脑袋，呢喃不停，往昔的感觉和习惯回来了。当然，大多数燕子不忘做一件事：像屋主人贴上大红春联那样，衔回一些泥子，在自己窝边或出口处，筑上一圈新泥，算是补贴春联。要是窝塌了，它们也不悲伤，晚上借居别处，白天忙着衔泥修筑。

有了一个安稳舒适的家，燕子和村里人一起，依照季节变迁开始新一年的生活。

儿时的燕子，给我的记忆是难忘的。后来外出工作，在别的地方看见燕子，就会每每想起老家的燕子。有几次，梦见自己变成一只燕子飞回老家。

红家蚁

傍晚，村人收回晒场上的花生、黄豆，留下一些破皮、碎粒和空壳。早上，晒场出现一条红色带子，从那堆小杂物开始，向场缘流动，穿过石基缝隙，往下进入基根部一个小洞。细看，红带子由千千万万红色小生灵组成。它们以军团式阵势在搬运食物，有的把上身举得高高，硕大的牙齿咬着一片豆皮，从侧边快捷往回走；有的几个拉着沉沉的花生碎粒，吃力地拖拽前进；更多是闲手，来回行走于那条充满气味信息的"专属道"。

它们是生活在村庄里的蚂蚁，通体红色，人们称之为"红家蚁"。

蚂蚁种类繁多，颜色有红、黄、黑、白，不同种类的蚂蚁生活特性不同，我只能以乡村人的见识，面对乡村这种普通蚂蚁。

在乡村人的潜意识中，红色代表吉祥、喜庆。造物主聪明，把红色蚂蚁安排在村庄，把黑色蚂蚁安排在野外，这就注定了红家蚁在层次、气息和需求等方面对乡村的依赖甚多，也是红家蚁一直没有被驱逐出村庄的缘故。一座偌大的村庄，哪里都可以见到红家蚁。乡村人亦似乎习惯了，把它们看作鸟、虫、蜂那样的存在，无所谓爱，无所谓恨，平时不会着意去捣毁一窝红家蚁，更多时候不把它们看在眼里，甚至会长时间忘记它们。然一个村庄如果没有了红家蚁，那无疑是将要荒弃的了。

野外有许多蚂蚁，一种黑蚂蚁习惯把巢筑在树上，帽头大。这种蚂蚁身躯大，性子凶，把一棵树占为领地，异类靠近，必会发起攻击；红火蚁堪称蚂蚁中的杰出建筑师，可以用泥土筑起一个牛粪堆样高大的稳固巢穴，是知名的"毒蚁"。

红家蚁生活范围在村庄，相比于野外蚂蚁，它们十分谦卑、温顺，把巢穴筑在地下，不占用一点儿空间。凭着它们的聪明，巢穴修筑得宽大，防水，通风，干爽。洞口小，没有特别标志，人很难发现。如果将一把豆皮或碎米撒到石基根下，不多久它们纷纷从一小洞口出来。有时，翻开一块石头，下面就是它们的巢穴。巢穴看似简单，功能却齐全：一个很大的集体栖息所，可以随便舒展身体；蚁后室在后面隐蔽处，亦宽，足够供大量繁殖幼蚁之用侧边一个排泄处，四周堆着草籽大的黑色排泄物；距洞口不远是储藏库，食物够所有成员四五天食用；对面是兵蚁镇守的门卫室。整个巢穴内充满一种特有的信息素，稍有异常，可以瞬间逃走。

巢里还有食物，它们一般不会集体出洞，特别是冬天，巢穴温暖，可以在里面休息、沉思，可以干繁育后代诸事，免受天敌威胁，倒也自在。夏天闷热，蚁们受不了，会稍出到洞口外乘凉。一次发现一只大蚁哥带着两小弟出来"逍遥"。蚁哥在洞口停着，仰起红玛瑙似的头，张开牙齿，摇动触须，估计在收集周围信息。接着顺着一条有点儿滑溜的专道大摇大摆走出去，往左攀上两尺多高的晒场围基，在上面一个小缺口转转停停，左顾右盼，交头接耳，之后绕过一只放在石基上的小竹箩，爬上横放的一根长竹竿，并排走着，挨挨擦擦，到了末端，停在节眼上，蚁哥高高站起，两小弟爬上蚁哥脊背，头和前爪向上，摇着触须，样子潇洒，有点儿书卷气。我蹲下凑近看，它们却不惊不怪，对一个偌大的人"视而不见"，或者是真的看不见。

它们攀爬行走的路程，对人来说，相当于翻过沟壑纵横的几座山，穿过几片茂密的丛林。我想它们回去是个问题。小鸟认得山峰、沟谷、树林，找得到自己的窝，鸡认得周围环境和屋宅，晚上能够回到笼里。红家蚁没有脑子，能够找到回家的路吗？然我的担心和怀疑很快被化为乌有，它们在那儿逍遥过后，基本用同样时间，沿着来时行走的线路顺利回到巢里。小小的红家蚁，真令人佩服。说它是"五大仙"一点儿不错。后来看了蚂蚁一些小知识，知道它具有很强的空间识别能力，它们走路样子像盲人，触须跟盲人的竹竿一样，每走一步都要用两根"竹竿"敲一下地，走过的路会留下特有的标记物质，具备导航作用——豆丁大的蚂蚁，藏着鲜为人知的奥秘。

乡村还有两种常见的蚂蚁，一种是白蚁，一种是黄丝蚁。白蚁为害房屋、家具、树木、书本，令人憎恶，以致出现了专治白蚁的匠人；黄丝蚁是一种最小的蚂蚁，不善于搬运食物，却特别贪婪，发现灶上的油香，就成千上万地从油樽口入去，吃饱后掉落油里淹死，樽里一半是油，一半是黄丝蚁，油不能吃了，苦辣味明显。

红家蚁吃食讲究，绝不会因一顿食而自寻死路。它们的食物以五谷、豆类、禽畜皮肉骨头、昆虫尸体为主。牙齿大且利，但不会随便攻击人，就是被咬了，亦无须像红火蚁、大黑蚁那样要治疗，只是轻微痒痛一阵就过了。

它们的天地永远那么广阔，可以随时在晒场、基边、村巷、鸡槽找到食物，就是冬天也不会饥荒。

　　人们把一些打过的豆秸堆到檐阶上，半天后红家蚁就能找到秸里未掉的豆子。开始是几只在啃咬，之后越来越多，从屋侧的石堆出来，四五米的墙脚都是忙着奔走的蚁兵团。它们十分专业，用牙齿把比自己重得多的豆子分解开，一细粒一细粒搬运回去。据说它们分工颇明确，负责寻找食物的工蚁通过探路和招引来寻找，会一路释放信息素，让大蚁群按照信息的引导前往食物源。我见过一只蚱蜢死在地上，几只在周围活动的工蚁借着高超的信息收集功能，很快找到蚱蜢尸体。面对小指大的蚱蜢，相当于人面对十多吨重的鲸鱼，是无法整体搬运回去的。它们聪明，爬上蚱蜢观察一遍，绕走一圈，就用锋利的牙齿分解，大批同伴赶到，团团围住食物。一会儿，四肢、翅膀、触须、头部、颈部、腹部、尾部被分解出来。它们没有把食物据为己有，也没有像其他肉食动物那样当场争食掉一只羊，共同目标是把食物搬运回巢里。小的单个蚁咬着，用前爪子固定，九十度角向上举着往回跑，看重量，食物大概是自身的两倍；有的举着一片翅翼，高度是自己的数倍，像一只小船上挂起的风帆，风吹过来，不免翻侧倒地，而它们不会松开嘴而放弃，一会儿再扛起来，继续前进。回巢的那段路，可能会发生多次这样的事情。像蚱蜢腿这样又大又重的，就合力搬运，五个成员不行就十个，慢得颤巍巍。路上有许多蚁去去回回，见到同伴如此伟大举动，纷纷让路，或凑近问候。遇到一块石头，那就难了，它们不改道，往上翻过去，上面拉，下面顶，两边推，上到一半动不了，路过的同伴会主动帮忙，如遇到一两个个头儿大的兵蚁，就很快把食物搬上去。然蚁们也有"翻车"的时候，受到一阵风等外界一点儿作用，往往连蚁带物坠落，而后需要重新组织力量拽回去。

蚁们搬运食物的情形，让我想起了中华神话中的"大力神"，先秦古籍《列子·汤问》中记载的大力神叫"夸娥氏"，背走《愚公移山》中两座大山的是夸娥氏的儿子，夸娥氏这个名字翻译过来就是大蚂蚁。原来蚂蚁力量之大、意志之坚毅早就感动了人类，人类做不了的事情，蚂蚁可以做成。小生灵给人类的启迪和教益可谓大矣。

"蚂蚁搬家，必有雨下"，"蚂蚁牵绳，风雨将临"，这些谚语源于蚂蚁先见的智慧，对人类有一定实用性。红家蚁与其他蚁一样，巢穴相对固定，这有利于它们出行和寻找食物，但环境的变迁难免，不测常有。雨水往往会对它们造成灭顶之灾。它们从空气收集到大雨将至信息，觉得自己的巢穴不安全，就会提早搬家。我几次见到它们在大雨前搬家，从巢穴急速出来，像电影镜头里人们逃避灾难一样，一部分叼着自己的卵，一部分扛着食物，大的带小的，蜂拥似的向高处逃。有的在途中出现意外，落到水里，拼命挣扎，有的成团被水冲走，不到一分钟溺亡。

搬家一次不容易，重新筑一个巢也不易，但它们不会成为流浪者。它们爱家，有强大的凝聚力和团结精神，找到适合地方，很快把家安下来，继续按以前方式生活。

看了我的叙述，发现我似乎喜欢红家蚁。是啊，我是喜欢红家蚁，因为它们世代生活于乡村，与乡村人一样，具有勤劳、勇敢、机敏、能干的特性。

村蝉记趣

下午捉到四只蝉,用小纸盒装着,目的是想近距离听它们唱曲,翌日上午屋外树林里的蝉开始鸣唱时,它们跟着唱起来。可是一会儿就停了。

打开盒子观察,以为它们饿了,放两片嫩菜叶,但它们不吃,慢慢爬到叶片上,样子呆呆,用小竹枝撩一下,才会"咔呀"地叫一声。叫得最响的那只爬到盒子边缘,忽然身子一弹,"呀"的一声飞了,落到门头上,又叫一声飞到檐上,最后飞到屋旁一棵树上,加入了合唱大军团。剩下三只我让其飞走,它们不飞,或者已经无力去飞,偶尔很不情愿叫一声,声音像从牛屁股发出的。树林是蝉的演唱平台,我以为它们想回到那里,把它们放到屋旁那棵有同伴的龙眼树上。

少时,村里人管蝉叫"咿呀",名字通俗、形象,形声会意,散着平民味,就像村人把孩子唤成"二牛""乖狗""七妹",叫上一声就觉得亲热。

记忆中,每年夏天,蝉们都成千上万从土里出来,爬到树上唱曲。乡村的生活气息,在它们鸣唱中一天天浓厚起来,村子侧边那片稻禾不知不觉开始抽穗扬花。

于众多小动物的鸣叫中，蝉最专业，最有规律，一天分上午和下午两个时段，开始一两只叫，之后一根树枝叫，一棵树叫，一片树林叫，一座村庄叫；有时又似有一个指挥家，手中棒子一提，千万只一齐叫。

有人说蝈蝈儿和蛐蛐是男高音，高亢、尖厉，喜欢静，特别是人畜归家，灯火悠悠的夜晚，唱得最忘情，有一丝忧伤感。蝉一般是在白天唱，是典型的男中音，没有蝈蝈儿和蛐蛐那样清丝、拘谨。它们把树林当作演唱大厅，对着炽热的太阳和熏风唱，洪亮、激越、响彻天地。人在树林里，呼吸的似乎不是空气，是一种声音，夏风吹讨，也不能吹走任何一块鸣声，留久了，会被一种单一模式裹挟着。

开始我以为蝉是用嘴鸣叫，后来才知道它的发音器在腹基部，像蒙上一层鼓膜的大鼓，鼓膜受到振动而发出声音，鸣肌每秒能张缩数百次，雄蝉才会叫，雌蝉是"哑巴蝉"。腹中空空，只有几克重的小生灵，能发出如此大的声音，真令人佩服。

从一些小百科知识知道，蝉的寿命长达三至五年，在昆虫中寿命最长，但大多数时间在泥土里度过，到了后期，才从地下出来，爬上树或草丛，脱掉浅黄色衣裳，变成有翅膀的蝉。此刻，它身负一个上帝赋予的使命：繁殖后代。

太阳照到枝叶上，林间一片温暖，是蝉们求偶交配的最佳时机。它们只有本能，没有思维，不可能像小鸟那样卖弄风情，挑逗契合，方式简单而直接，从这根枝叶飞到那根枝叶，找到适合的树枝或一束叶子，开始启动鼓膜，雄蝉唱出美妙的爱情曲："知了，知了"，你懂我吗？你知道我吗……一切都知了。时间短暂，任务繁重而神圣。交配后，雌蝉像利剑一样的产卵管在树枝上刺出一排小孔，把卵产在小孔上。使命完成，双双不吃不喝，用爪子把身体粘在树枝上，一点儿一点儿地耗尽体内储存物质和能量，直到腹部空净，油枯灯灭。这个结果，不是所有都结束，生命进行曲还在，新一代诞生，幼虫从树上下来，钻进土里，开始过着漫长而黑暗的地下"隐居生活"。它们的一生是注定的，有机会从土里出来，蜕皮、成蝉、求偶、交配、产卵，到生命结束，每个环节都紧锣密鼓，实实在在，闪烁着生命的光芒。与那些终日无欲无为之类相比，蝉是无私的、高尚的。

作为一种无毒无害的昆虫，蝉不免会渗进村里人生活中，有的忽然从窗口闯进屋里，挂在墙上唱，有的唱得忘情时从树上掉下来，粘在行人身上。两三岁的孩子对这种陌生声音很感兴趣，站在树下往上看，不解那小东西会发出这样的叫声；有时飞着，两只撞在一起，落到地上，好奇的小狗用鼻子去嗅，蝉立即用爪子抓住狗狗鼻子，这出乎意料的袭击令狗狗猝不及防，连忙跑进村巷，而粘在鼻子上的蝉一直叫着，最后得用爪子把它弄下来。鸡不吃蝉，但见到地上的蝉，会把它啄死。村人在村子外劳动，太阳躲进了厚云里，可以从蝉鸣知道时间，因为它们每天叫的时间基本相同，上午十时一次，下午四时一次，每次近两小时。

村人又把蝉称作"肚瘪虫"，意思是它鸣叫时人的肚子最瘪。那时与蝉同时出现的还有"大肚虫""小青虫"，晚上嗡嗡地绕着屋侧、路边树木飞。村人嘴馋，捉回一兜大肚虫，去翼，去屎，放到锅里炸熟，然后一只只吃掉，除了有些打牙的肉味，草叶味最浓。但蝉就没吃过，虽然没有毒，还可入药，或许人们嫌它只有一个壳，没有一点儿吃头。

在村北住着的那位孤老头儿，一生喜欢吃大肚虫，而讨厌蝉，每当蝉鸣时，就从屋里出来，扭头朝树上瞧，嘴里嚷嚷，样子怪怪。那蝉声也令人生烦,特别天气炎热时,像被点燃的鞭炮那样喧噪。老人曾试过拿竹竿捅,向上撒沙子。这自然之声,一旦发起,哪止得了,这棵树息了,那棵树继续;从这边飞到那边,片刻又高调唱起来,逗得人无可奈何。但到了该停时,也就是鼓膜发热了,会戛然而止。

乡村孩子每天都接触到自然界小动物,知道它们的一些特性,发现它们的可取之处。蝉不是常人的口中之物,而蝉蜕是一种很好的中药,有疏散风热功效,可治疗风热感冒、胃热吐食、风疹瘙痒等症。每年蝉鸣季节,圩中药铺挂出一个收购蝉蜕的牌子。有了"蝉蜕换糖果"的好处,捡蝉蜕成了孩子们喜欢的事。上午,几位小伙伴提着一个细格眼小竹笼,钻进树林里捡蝉幼虫时蜕下的皮,皮儿浅黄色,硬韧,身、头、爪齐全,头部一道裂缝,轻轻粘挂在树枝上,用竹竿一挑,就脱落下来,一个上午能捡满一兜。有时外人进村收购,但孩子们喜欢现卖现买,多数自己拿到圩中,一兜一块多钱,可立即跟着味蕾的引导买到糖果和面包。

大人对蝉说不上喜欢不喜欢,孩子却天生爱捕蝉。聪明的孩子发明一个巧妙的捕蝉工具,用竹篾做成一个扇形圈子,嵌进一条长竹竿,找到几个大蜘蛛网,把网丝绕结到圈子上,看中了哪只蝉叫得最响亮,把竹竿举起来,网兜子慢慢靠近,蝉发现后来不及飞走,就被强力蜘蛛网粘住了。此刻蝉一边呀呀地拍着薄翼挣扎,撒出一泡尿,像小雨一样洒落到脸上。尿无色无味无毒,不像大蚱蜢的液体,会致人皮肤过敏、痛痒。捕蝉主要是拿来玩,那小家伙不会跳跃,也不善于爬行,动它时,会用爪子抓住你的手指,或向上一弹,呀的一声身子翻过来,再一弹又翻回去,令人发笑。看来它们展示自己的唯一特长是鸣唱。孩子们想延长蝉的寿命，把一些菜叶、花片当作食物放进盒子里，但它们不吃，一直不吃，看来是不吃"嗟来之食"的。若是发现它们长时间不动，最好是把它们送回到树林里；若死了，有的贴在侧边，一动不动，有的仰身朝上，收缩回手脚，令人有点儿哀伤。

是的，在人们眼中，蝉是笨笨的，笨得有点儿怪，但并不可怕，它显然不是卡夫卡笔下异化的昆虫，而是原始昆虫部族中的一类，大概与《诗·小雅·小弁》"菀彼柳斯，鸣蜩嘒嘒"和韩愈"蛙黾桥未扫，蝉嘒门长扃"中的蝉没多少差异……至于它的微观世界和宏观世界还隐藏着多少奥秘，那是昆虫学家的事了。

邻村孩子与本村孩子一样喜欢蝉。一天上学途中遇见我的同桌，他手里托着一个装着三只蝉的小盒子，说蝉很听话，打开盒子就叫，还向我展示过。那时老师是不准带这类小玩物回校的，到校门口时他把小盒子放进了装着书本的帆布背包里。第四节课刚上不久，小盒子里的蝉忽然鸣叫起来，他很紧张，把手伸进去弄了一下，意思是安慰蝉，叫它们不要乱叫，但过一会儿又叫，声音更响亮。此刻，横七竖八的目光向他射来。或许他从老师眼神里看出了不妙，急忙打开盒子，想把蝉扔出窗外，但它们却倏地飞了出去，转个圈子后把身体悬在教室横梁上，竭尽全力地振动鼓膜，发出最响亮的叫声。也在此刻，前排书桌下又飞出三只蝉，落在窗头上鸣叫。几十张脸仰起来，目光聚到屋顶和窗口处。或许教室里的蝉鸣起了引发作用，校外的树林也提早响起了蝉声，像沙子似的从瓦缝、窗口漏进来……老师停止了讲课，拿来长柄扫帚赶蝉，四只从窗口飞出去，另两只跌落地上，被同学踩扁了。蝉是无罪的，老师却没有放过这两位同学，下午被罚"站堂"，身子紧贴在墙边，垂头丧气，像两只寒蝉。

蝉，小小的生灵，给我们这代在乡村长大的孩子不少乐趣。多年后，我离开乡村，寓居城市。然而每年夏至，打开记忆之门，仍然听见村蝉悠悠嘻唱，童年的快乐时光一缕缕从心里流淌出来。

青蛙与人

题目把青蛙前置，是想把它当作主体来写这篇短文。

许多年前一段时间，我在乡镇下面吃饭较多，发现大小饭店老板都喜欢把本地野生青蛙和石蛙（俗称石蛤，生长在山沟石缝里），作为特色佳肴呈给来自各地的食客。

他们懂得赋予青蛙一个"田鸡"的称谓，凭着这个名字，似乎就可以堂堂正正地，与家鸡一样，照食无妨，食之有益无害。菜谱中有砂仁蒸青蛙、红烧青蛙、黄豆炖青蛙、速成姜酒青蛙汤诸类，可谓食蛙成风。

我反对食青蛙，每每对人说青蛙是益虫，庄稼守护神之类的话，但人家不听。最后引用专家告诫，说青蛙体内含有大量细菌和多种可以进入人体血液的寄生虫，才让那些贪食青蛙的人脸上有惊惧之色。

青蛙和所有动物一样，属于自然界生灵。喜欢食蛙肉者，看来对青蛙的了解少了些。

我们的祖先与青蛙相处很早，对青蛙的崇拜，可以追溯至新石器时代，那时的陶盆上已经有蛙的形象作为装饰，也有直接把器物做成蛙形；后人发现中国的太极图，也是拖着尾巴的两只蝌蚪。可见，青蛙早就被人类视为吉祥物，认为能够给旅行和生育带来好运，往往以青蛙小雕像送给期待婴儿的母亲（蛙的谐音为"娃"，意为多子多福）；莫言写的《蛙》，借一个村庄里的青蛙，象征大地上的男女，生殖繁衍；很早在科学领域和艺术方面颇有建树的欧洲凯尔特人，认为青蛙是地球上的领主，象征复活和精神进化。

到了唐宋时期，身怀哲学思想的诗人干脆直抒胸臆，用文字赞美青蛙。辛弃疾的"稻花香里说丰年，听取蛙声一片"，将青蛙与人类的生活和主要作物连在一起，赞美青蛙是庄稼的保护神，是丰收的功臣；赵师秀《约客》中"黄梅时节家家雨，青草池塘处处蛙……"抒写人与蛙和谐相处的清新美好景况和无拘无束的自由时光；现代诗人张志真的《悯蛙》"长夏原野青青黄，田间蛙类抓虫忙，祈求买卖田鸡客，莫让青蛙餐桌亡"，赞美青蛙一生的贡献，呼吁人们爱蛙护蛙。

我家乡的村庄背山朝东，前面一片广阔而肥沃的稻田，小河沟渠纵横田野，是青蛙繁殖生长的乐园。每年春分、清明，南来的熏风吹暖土地，犁翻过的稻田贮满汤汤温水，在泥窝里冬眠的青蛙开始出来，履行天职：捕食同它们一起出来的各类虫子，繁殖后代。每当入夜，蛙们纷纷跳到大田里，找一块泥坨伏着，忘情地呼朋引伴。呱呱呱，声音立体，响彻如绸的夜空，踩不烂，割不断，在人们的睡梦中铺展开旷野无垠，鲜花盛开；呱呱呱，似乎用这种方式为大地万物竞长鼓与呼，为村庄子嗣延续加油；呱呱呱，绵绵不绝地传递出这片土地上被农历浸润的烟火和风水。

其实，它们比谁都忙，从皮到肉都忙紧，赶快做繁育之事。

因为谷雨之后,是禾苗生长主要时期,大量三化螟虫和稻飞虱等躲伏在青壮的禾苗里,不分昼夜地咬食叶子。那时,青蛙最早繁育出来的千千万万后代,也正好处于发育期,二三代螟虫和稻飞虱是它们的美食。此时,如果你蹲在田角上细听,可以不时地听见青蛙跃起捕食昆虫落到水里的声音,耐心点儿,把目光从禾苗缝里穿插进去,等待一下,还可观察到青蛙的整个捕食过程。

二十世纪七十年代,田地里为害庄稼的害虫特别多,多得让人厌恶,大片大片稻禾被害枯死。在没有良策的情况下,村里动员男女老少白天到田里捕捉害虫,晚上家家户户把煤油灯放至禾田里诱杀稻飞虱和三化螟虫。不明就里的人看见禾田里的长夜灯感到神秘。

当然,人们还将很大希望寄托在捕虫能手青蛙身上。因而,没有多少防护自身能力的青蛙受到了极致保护。学校、圩街、村头巷尾贴着保护青蛙的宣传画报和标语,电影队进村放电影前专门放映保护青蛙的幻灯片,特地用大红字幕解说,一只青蛙一天能够捕食三四百只害虫。"青蛙是益虫""青蛙是庄稼守护神""青蛙王子"深入人心。

因为这样,我们村田地里的青蛙特别多,又很有能耐。它们似乎懂得与人和谐相处,当东面日出,村人带着犁耙和牛下田耕作前,它们就躲进草丛或泥穴里,夜幕降临时出来捕食;当禾苗长高长壮时,它们以禾田为家,半坐半卧在一个适当的地方,全天守护着庄稼,有时为了捕食,会一动不动地注视着四周的微细动静,专注度和耐心令人叹服。

造物主赋予青蛙温顺、善良、与世无争的本性。它的前爪后蹼软软的,特别大的嘴巴没有骨质牙齿,浑身没有什么防护和抗击武器,属动物界弱者,往往成为蛇、鼠、鸟等异类的美食。一旦听到草地、禾田、渠道、池塘里响起急迫而凄厉的呱哇声，一定是青蛙被蛇或老鼠咬住了脚。有好几次，我和小伙伴拿着竹竿在草地和池塘追赶咬着青蛙的长蛇，看准了一竿子打中水蛇腰，蛇在地上蜷曲翻转几下，不忘松开嘴。蛇逃走了，受伤的青蛙歪着头对我们眨了眨眼睛，然后跳入水里。平时走在草地和田埂上，很是小心，怕踩着小青蛙。一次冬季跟村里人清水渠，锄头挖开一坨泥土，发现一个湿润的洞里有一只冬眠青蛙，一动不动地伏着，我不忍心伤害它，甚至认为把人家从好好的睡眠中翻出来是一种罪过，于是赶快把挖开的那块土封回原处。

后来，一切都变了。

化肥农药大批涌进市场，这些可以替代人工解放劳力促作物生长的化学元素大量施撒到田间，造成土质变硬，田水变黄，空气中弥漫着刺鼻的异味。人为环境迅速恶化，青蛙生计步步维艰，哀叫不迭。每次施用这种抗生素，除了杀死害虫，还杀死大量蛙卵，水田、坑渠漂浮着许多药死的蛙鱼。

"法规"的硬罩和理智保护失去后，青蛙遭受到一场毁灭性灾难。人们食欲豁然大开之际，那些利欲熏心之人，把鼠子目光投到了野生动物世代生活的家园里，青蛙被视作价值不菲的野物列入了他们的单子中。于是，捕蛙、贩蛙、食蛙，形成了一条活跃而非生命循环的链。大小饮食店的厨房、贮池都有青蛙的身影和叫声，很快听得出，它们的叫声原来是洪亮壮气的，此刻变得低沉哀伤，仿佛将赴一场在劫难逃之约。

前几年夏天回老家，夜里行走在村前一条失去原形的池塘土基上。一生忘不了的记忆中，乡村是一个完整的世界，土基长着又软又密的青草，池塘东边连着大片肥沃稻田，每年清明节插下秧后，池塘和禾田里昼夜活跃着数以万计的蛙类，人行走在如地图线似的田埂上,不时发现守在埂缘的大小青蛙朝田里跳跃。可是,财大气粗的外地开发商和几家企业瞄上了这块土地,用最短时间种上了一幢幢高大楼房,往日的高产稻田,覆盖着大块大块的水泥砂石……过去的一切,成了梦里的依稀与恍惚。

与蛙类遭遇有点儿相似,失去了田地的农民,被迫寻找另一条营生之路。而那种世代凝成的土地情结是不会泯灭的,不知多少次,他们站在一个熟悉的土坎上,用一种无奈和失恋般的目光,寻找过去那块热熟得可以唱歌的庄稼地。

我伫立在池塘边一棵比我年纪大两倍的龙眼树旁,看到了自己孤独的影子,试图把打碎的画面缀连起来。一阵夜风吹来,掠过我和老树顶上无叶的枝杈,发出低微的呜呜,似在呼唤往昔与它相邻的千万生灵。

良久,心里想起刘禹锡的话:"风行草偃,其势必然。"又想起高尔泰的话:"所有这一切无心之失,都是一种历史自然,我们不妨听其自然。"

麻雀叽喳

最近一次回老家，爬过村背那座近乎陌生的马腰山后，坐在门前一块黄石上休息。旁边几只老鸡吃饱后，还习惯地用爪子刨着木槽里的碎米糠。忽然，一群影子从屋檐上落下来，是二十多只麻雀，叽叽喳喳地跳着，或许是饿得惨了，看一眼我后就迅速靠近那条木槽，没有多少戒备地啄食剩下的米糠，鸡对它们的到来似乎习以为常，相处无事。

暌违多年了，哪儿来的麻雀，还有这个数量，我一阵惊喜，怕惊动它们，一动不动坐在那儿看它们啄食。一会儿，又有十多只从巷子西头的竹棵飞过来，加入啄食阵营。看样子，它们对旁边偌大的人并不怎么害怕，一边啄着，一边用小眼睛看我一下，好像认可我是它们前辈的朋友。

这还不是我见过最多的一群麻雀，记得最多的一次密密麻麻，像劲风卷起一堆叶片飞在天空。

我们村背山向东，前面大片稻田，屋舍间有晒场和池塘，屋侧长满翠绿竹木，几十根百多根竹子挤挤挨挨，组成不亚于一棵大树散发出的绿枝。每天，全村麻雀喜欢聚集在竹棵里开一场辩论会，天蒙蒙亮，就雨打屋瓦般聒噪起来，仿佛那块天地是它们吵亮的。那时树上还伏着许多青蝉，若是蝉和麻雀同时鸣叫，喧闹不亚于滚烫如沸的熙攘集市。

麻雀天生体小，呈棕黑色斑杂状，这或许是它俗称的因由。上帝怜悯它，给它一个粗而强壮、喙峰曲尖的短嘴，一个匀称的身子，一双灵活有力擅长跳跃的短脚，注定它性子急躁，嘴多，吵闹起来像一群多嘴婆在争论什么，听不到一句好声音，就是平时相互追逐嬉戏，也像吵架，没有一点儿情趣。但这并没有影响村里人的生活，数百年来如此，人们已经习惯了它们的特性。甚至认为，麻雀是村里的小精灵，与村里人一样，早起晚归，需要吃食，需要繁育后代，有麻雀的村子才热闹，人气更旺盛。当它们成群结队下来啄食晒场上的稻谷、高粱、豆子时，村人偶尔会喝一声，而更多的是视而不见。那季节是村里的收获节，又是它们的"美食节"，四周庄稼地都是成熟的作物，不是在晒场上吃，就是像一阵激情十足的风吹过去，落在村外的庄稼秆子上，美美地吃一顿。平时它们也似乎特别饥饿，有的作物果实未完全成熟，就被它们啄破了，并且知道圩镇的粮仓里有粮食，经常从窗子的缝隙钻进去偷食。冬天，地里庄稼少，一段日子难过，它们只好分成小分队，七八个一起钻进山上树林里找食，或者在村头巷尾捡点儿"零食"。

一段时期，我和村里的小伙伴很喜欢麻雀，或者说爱护麻雀。家里的房子和村里大多数人家一样，鳞瓦泥坯墙，并且老旧。这样的房子麻雀喜欢，长年安居于瓦缝、墙隙。若是缝隙太少，不顺溜，它们会用短而硬的嘴一点点地凿宽，直到满意，有时还会钻进家燕的窝里，温驯的燕子绝对要把窝让给它们，再另择地方筑居。

这些小家伙繁殖力之强是许多鸟所没有的，一个夏秋季两至三窝，檐下时常听到嫩麻雀的细软叫声。老麻雀哺育幼雀的日子特别忙碌，警惕性特别高。它们从外面叼着小蚱蜢回来，落到屋檐瓦面上，瞧见周围没人，就迅速钻进窝里，若是有人，就与人保持一定距离，豆子似的小眼睛不时射出一线光芒，叫声尖厉，跳来跳去，要人马上离开，甚至还有驱赶的意思。看来这是鸟类的一种特性，怕人发现它们的窝，偷走幼鸟。

一天中午，我和文仔从外地回家，发现屋檐前的地坪处有一只刚出窝的小麻雀，一次一次做着朝上飞的动作，但每次飞到一米多高，又落下来，有两次撞到墙上。在檐口处的父母显然是急坏了，不时振翅，跳跃，发出急切的催促声。特别是发现我们有接近小麻雀的举动，试图朝我们撞过来，回头又落到小麻雀身边，欲带它飞到瓦面上。几次上飞落地，小麻雀已经耗尽力气，跳到一棵小草下躲起来。

每一窝小麻雀都有类似情况，最后出壳的那只幼雀羽毛还未长丰，出窝时往往成为"落伍者"。最后，老麻雀似看情况不妙，带着几只新雀飞到左侧的竹棵里。文仔趁机把那幼雀捉到，放进一个装鱼虾用的小格眼竹篓里，到禾田、草地捉回小蜢子喂它。它幼不更事，见到人靠近就张开嘴。我们一天喂它数次，希望它快快长大。第三天，它羽翎长了很多，有了棕黑色的杂斑。我们把它放出来，让它试着飞。它终于成功飞上了瓦面，一跳一跳地到梁脊，瞧着那边唧唧声响的竹棵，一会儿，展开新翅膀朝那儿飞去。此前转过身子望了一眼我们，算是感谢我们的喂养吧。而我和文仔，仿佛完成了一项大工程，不由得脸上露出了笑容。

麻雀与村人同居一屋，朝夕相见，刚出生的孩子，就能听到麻雀的叽喳，村里人对它们的一切已经习以为常，叫声就像鸡和狗一样熟悉。从某方面说，麻雀似乎很难离开村寨和人群另辟生活天地，人们供给它们的许多，而它们给予人的呢？看似只有叽叽喳喳，跳来跳去的声影和活泼、热闹的感知及记忆。

从总体来看，偌大的人与再小不过的麻雀相处是和谐的。但谁都不曾想到，小小的生灵竟有遭受厄运的日子。

那年春节后，村子里吹的风似乎跟以往不同，人们开始讨厌起麻雀来，把麻雀吃粮食说成"偷粮食""与我争食"，见到它们有"偷"的行为，就大声喝叫，挥起竹枝吓赶。小小的个体身份下降，待遇大不如往日。这个中缘由我一时不知，后来听公社进村有线广播和大人说，麻雀是"害虫"，与苍蝇、蚊子、老鼠称为"四害"，动员大家像消灭战场上的敌人那样消灭它们。

那时期村里人主要任务是多打粮食。一年收获几次，但粮食就是不够，整天饿着肚子。公社上面下来了解生产生活的人，绘声绘色地对村人说麻雀的害处：不劳而获，整天想着吃，十只麻雀一天可吃掉一个成人的口粮，百只麻雀就成了"雀害"。有没有夸大我不去考究，听了心里为之一颤。他们发现我们村里麻雀多，又没有找到有效的消灭办法，于一个晚上带来两位民兵，朝几处麻雀集栖的竹棵开砂枪，大量麻雀应声落地，第二天有人捡了一大箕。

至于村民，对麻雀没有那个手段，也没有想得那么复杂，他们倒认为，将苍蝇、蚊子、老鼠列入"四害"对象之一无可非议，而把这帽子扣到麻雀头上，就有点儿"另类"。但上面说了，村人还是有所行动：一是赶，把它们往山里赶；二是防，收获季节派出专人到田里驱赶和看守晒场；三是堵塞窝洞，让它们无家可归，被逼离开村寨。倒是相邻两条村子效果好些，除了采用我们村的办法，还用鸟枪杀，用弹弓射。

一轮行动之后，村里的麻雀少之又少，一部分被杀死，一部分躲到了山林里，剩下不舍离去的"顽雀"，对人的态度有了很大变化，距离拉远，躲躲闪闪，眼光惊恐，叫声似呜咽。

消灭行动花了不少人力物力，但效果并不像一些人所想那样。除了麻雀，苍蝇照旧嗡嗡，蚊子依然叮人，老鼠继续过街。人们似乎相信对它们的无奈，行动开始流于形式。一段时间过后，山林里的麻雀陆续回到村寨里，像过去那样生活，但因为数量少，繁殖较慢，没有了先前那种热闹场面。

人们对事物的认识，或多或少受到时代局限，过后觉得有别的灵魂主宰安排。一梦多年，后来多名有识专家提出麻雀属于普通鸟类，不能列入"四害"对象，才用蟑螂代替了麻雀。麻雀终得到了"平反"，可以自由地生活。然而，麻雀的命运一波刚平，一波又起。

村庄的许多竹子、树木被人铲掉，换成了新房子，庄稼地成了荒草地；西面山脚一家兴盛的矿业，洗矿排出的水，把周围河水染成了黑色，岸边的树木终年光秃秃；几条直指云天的烟囱制造出的烟灰落下来，把大片作物"烧"枯。不知自然生态环境的变化，有否对麻雀的生存造成影响？但可以直言，农药、化肥等滥用、误用，确实对自然界生灵危害不少。村里人多次在租赁的作物地里发现许多麻雀尸体，又在果园里发现大量死去的燕子和斑鸠，人们认为是它们吃了含有农药的昆虫和果实被毒死的。

几次回老家，发现村里包括山里的多种鸟类已经骤减。春夏季节，偶尔有一两只不知从哪儿来的麻雀在村里飞绕，两三只长尾白羽丁髻奴在干瘦的枝干和屋脊间飞来飞去，叮叮叮，叫声短促，像游荡的小幽魂。

麻雀和其他村鸟少到这个数量，村子整天沉寂，安置在屋檐多年的窝巢没有一点儿影子和声息。人们似乎不习惯，觉得村子里缺少了往昔的喧闹、活气，隐隐地，有时会想念起麻雀来。这或许是麻雀的个性复制了人类的某些信息素。

十几二十年过去，麻雀以其杰出的适应性挺了过来。二〇〇〇年，对麻雀来说有个破天荒的大好消息，国家林业局发布的《国家保护的有益的或者有重要经济、科学研究价值的陆生野生动物名录》中，把麻雀定为二类保护动物。从"四害"之徒变成"三保动物"，可谓天翻地覆。回来的麻雀并没有对人记仇，依然按祖宗的习惯，选择村庄家宅作为自己的家园。人也一样，在大自然怀抱里生长，自幼时就对自然界有一种与生俱来的亲密而深切的感情。

这次与麻雀重逢，让我惊喜了一整天。一连几天，我以休闲的脚步和心情，行走于乡村、田野、河岸之间，多年前重新长出来的牛筋树、人面子、相思树、苦楝树，以及各种青竹，葱茏翠绿，正长出新叶，鸟儿站在最高的枝干上展示歌喉；狗尾草、火炭藤、高秆芒、野地莓、爬山虎，蓬蓬勃勃，遇物赋形，新农村建设为乡村注入了前所未有的生机，重新拾起一些新财富，文明生态的乡村景象日渐呈现。

我生于乡村，长大后逃离乡村，而现在，却不由得生出与许多同代人共有的渴望——回到乡村里，与喜爱的千万生灵一起，写出下一部乡村记忆史。

第五辑　浸在酒杯里的往事

几十年后的今天,也就是你从青年跨入老年时期,这个世界变了,过去那么美妙,今天也这么美妙,只是美妙的内容不同。假若你没有喝酒,也没有任何人干预时,对着一瓶香醇的酒沉思,是否会为自己过去在酒场的表现感到唏嘘、遗憾,抑或自豪、欣慰?

——《浸在酒杯里的往事》

漠阳江畔拾梦记

宅在家里久了，有出去走走的念想。到哪里？想起前几天与朋友喝酒侃起的旧事，忽然对漠阳江畔产生了兴趣。

春夏之交一个上午，阳光明媚，天不算很炎热。我挂上一个小背包，在纵贯小区的一条路跳上一台电动车。这条路叫县前东路，不算老，不很宽，但很直，从东向西，穿过环城北路，就是直通漠阳江畔的县前中路。路两旁的白玉兰、杧果树高大茂密，枝叶和枝叶交织蔽合，像绿色隧道。记忆中，三十多年前，县前东路还没诞生，四周是稻田和菜地，二十世纪九十年代初，县城按日新月异的速度长高长大，才有了这条路和两边如林的楼房。所以，对很多外地人，这里是一个陌生的地方。

县前中路就不同，一条五百多米长的老街，二十世纪五十年代初，县政府设在街道右侧一块叫"城隍庙"的高地上，亦是老县衙所在地，故取名县前路。路两旁仍健在的清一色的杧果树，据说是当年县长带领干部种植的。这两排稍显老态的树回报给人们的总是芬芳和果实，每年早春，枝头托出一团团淡黄淡绿的花，繁盛的花遮掩和弥补了街道的不足，四五月间，每棵树都挂着一串串半月形的金黄色杧果，整条街飘着鲜果的香味。因此，坊间又称此路为"杧果街"，坊名似乎大于正名，许多人对它耳熟能详。现在，街两侧仍可看见七十年前建的旧得斑驳灰暗的砖木瓦结构房子。历史给人的印象是黑白的，走在这条路里就像走在黑白与彩色照片过渡时期里。

三十年前，我有幸进入这条路一个有许多党政单位的大院上班。那时年轻好奇，一有空就喜欢在这个东面是农田和村庄，西面是漠阳江的小山城里游荡，所以那时候对县城的大街小巷，河塘沟渠都不陌生，至今仍有许多风物旧影潜藏在脑壳里。

红旗路是那天我要经过的路，它与相距二百多米的漠阳江一样，南北走向。此路不愧为红旗路，从诞生那天起，至今依然旺盛不衰，红旗飘飘。从早至晚，色彩丰富的各种店铺张大嘴巴把无数顾客吞进去，又吐出来。我从北端往南走，穿过一座街牌坊，看到了前面的文塔。

要先去看看这个古塔，是因为它给我的印象最久最深。在春江大道一侧跳下车，穿过一个围着砖墙的废弃旧厂区，到达山脚循着一条小路往上走。

记忆中，文塔建于清嘉庆元年（1796），八角形状，取意"文星显曜"，屹立于漠阳江畔一座不算高、名叫岗背岭的顶上。很长一个时期，文塔是二百多公里漠阳江中上游的唯一古塔，也是这个小山城里最高最古建筑。听说登上去，可眺望四方景物，不大的县城尽收眼底。我一直没机会登上去，但可以在很远的地方看见塔影。小时候家距县城十多公里，县城一直是我向往和眺望的地方，几次跟大人上城走了一半路时，大人用手指着北面远远的一个塔尖，说那就是县城。见到那个特定的标志，就觉得县城不远了。

转过一个泥坡,便看见一条向上延伸的石阶,新设的,我判断过去没有石阶,因为这个山丘几十年都处于封闭状态,也因为在东侧的山脚下,早期建了一间很有名的炼钢厂,人们的视线更多时候投到几条高大而天天喷出黑烟的炉囱上,忽视了相邻耸立了二百多年几乎失去了现实价值的古塔。前几年,工厂在"不合时宜"的情况下迁徙了,留下一片空地,听说商家已经买下了这块地皮,准备在此建设一个花园式小区。

　　我踏着两边绿树婆娑的石磴上到山丘顶部,古塔立在最高处,塔身简朴,淡瓦色,从上到下是新的,塔脚周围铺了花岗石,还设了围栏,兴许是少人近址观看或疏于管理,地面的石缝杂草葳蕤,围栏内积水,有蛙虫活动。看来它是那种不让人随便登上去的塔,底层南北向各有一个拱门,但封锁着,只做一个概念了。记得一个时期,塔在普通人心目中的位置与分量无所谓有,无所谓无,每层塔檐都长出杂草,像一位身披蓑衣长髯如麻的老人。好在它最后挺住了,让人们参照其老朽的身躯重修。

　　我找到一个尽量靠近塔身的位置站着,向四面远眺,试图体验往昔人们的观感。往北溯江而上,望见三座桥梁如长虹卧波,上面车水马龙,江在县城最北处的拐弯和更远处的"鱼王石";朝西南视野开阔,可观远山近畴;朝东满眼各式各样建筑,最抢眼的当数一个个小区高大而密集的楼房,重重叠叠,错落有致,像一座座森林。在三十年惊心动魄的时间进程中,小城长高长大了数倍,"尽收眼底的县城"成了矮小的一部分,并且逐步被高大建筑占据和遮挡。小城巨大的变迁,让人觉得像一个遥远而又切近的梦。

　　从文塔山下来,往左侧穿过几条小巷,就到了漠阳江边,一座宏伟的跨江大桥首先闯入眼帘。桥是新建的,它的前身是"漠阳江一桥"，兴许是为了让人们记住桥的历史和变迁，新建的桥仍沿用原来的名称。在苍苍的记忆中，今天这座大桥是经过多次蜕变而成的。想起少时一个冬日，第一次跟大人乘一辆叫"大头狗"的班车上城，车到河滩不动了，我跟着大人从车上跳下，兴奋而好奇地望着周围，发现河里没有可让汽车过去的桥梁，旱枯的河床下只有几排木桩上平架着十多条松木和一些铁板，两边岸滩上停着一堆要过河的人；几位手持木棒的大汉站在齐腰深的河水里，不停大声吆喝人们要互让，小心过去。这也算是桥吧！听说之前这里曾架有可通行车辆的木桥。又是次年冬，我和村里两个小伙伴搭班车上城，车到河畔仍然停下来，售票员叫大家下去，然后车慢慢往河里走。我们跟在后面，发现以前的木桩换成了水泥石墩，上面铺着一排角铁，汽车小心翼翼地行驶过去。那年代，人们对此似乎觉得不怎么样，后来慢慢明白，桥梁对于一个有河流的城市着实紧要。

这一切，今天大大地变化了，当年那架"石墩角铁桥"，包括之前的木桥，可看作是后来在那里建成的正式通车行人的城区一桥的遗蜕。按照建成的年代排列，城区规划线内的漠阳江已经架起了五座桥，分别叫一、二、三、四、五桥。一桥是二十世纪七十年代初用钢筋混凝土建成的，这是一个历史性突破。我喜欢这座桥，几次倚在桥头，看着男男女女骑坐自行车过往，脸上有掩饰不住的自豪。

从一条向下斜的石阶上去，上面是桥的引道。原来，每天把无数车辆和行人送过江的老一桥，终于因老化或"不合时宜"而宣告完成了使命。眼前这座大桥是拆旧重建的，现代化设计，双向四车道兼行人道。如此宏伟的桥梁，让漠阳江的颜值和身价大大提高。然而也许是习惯了，再没看见有人带着感慨的目光观看大桥。骑单车的,骑摩托车的,挑东西的,都若无其事地上来,自然而然地过去。我还是对这座桥有感慨,我不懂建筑,但我知道它经过几次蜕变才变成现在,现在很现代,很体面。

我从一侧行人道走过去,又从另一侧行人道回来,还站在桥头体味了好一会儿,然后,从行道旁的石阶往下走,进入东沿江路。

东沿江路过去叫"河堤""河皮",不算长,和所有的江边路一样,一面临江,一面连商铺民居,是城里最热闹、最繁杂的地段,也叫"乜都有集散地"。逢赶集日,多得数不完的各种小卖摊和算命看相地摊从河堤上面摆到河滩下面,行人摩肩接踵,大凡有遮掩处都成了尿臊味的发源地。河里又是一种景象:三百多条疍家船聚集在一起,舷舷相挨,首尾相接,河面炊烟袅袅。这些船只,大多是疍家人的家,纤夫时代结束后,随着陆运的迅猛发展,船和人都失了业,不得不拼凑在河道上,与日益凋敝的老河岸同呼吸共命运,等待时代的拾掇。一眼望去,被一根根长缆绳牵住的乌褐色土船和岸上的地摊、攒动的人头、嘈杂的声音,组成一个繁盛场景,那种特有的气氛,是只有河堤路才有的。

当年,我几次凭着某种兴趣跑到那里,是想从乡下和外地人的手里换取一些意中小物,但我和许多人一样,已经完全忽视或者不知道这片临河地可以代表这座小城脏乱差甚至丑陋风格的一面。还有一些人把挤集在河道上的老船当作一道风景,看着寻灵感找乐趣,其实不知道疍家人漂泊的辛酸。

这次,我怀着与过去不一样的兴趣来到这里,而眼前焕然一新,像是蜕去了过往的皮肤,称得上历史性变迁。

前几年,政府投入巨资,把城区"一江两岸"作为民心工程,大建设,大整治,拓宽拓长东西沿江路,造出双向车道和四米宽的人行道、绿化带,两岸筑起了十多公里永久性多功能箱涵防洪堤。过去五年八年,就因洪水泛滥而出现水浸街景象,如今,河水或潺湲或汹涌,都在堤岸的规范之内。破烂不堪,被人诟病的"一江两岸",成了防洪、运动、观光、休闲长廊。如果不是如逢旧识那样,找到夹在高楼中五十年前的旧建筑做标识,很难认出是当年的河堤路。与此同时,政府获得省里的支持,拆除了所有连家船,把四百多户疍家人搬迁上岸,住上新楼房,结束了其祖祖辈辈的漂泊历史。

在铺了花岗石的人行道上行走,左边是设了围栏的防洪堤和缓缓的江流,右边是修理别致的绿篱和成荫的樟树,以及平坦开阔的车道。昔日那段集散地,热闹气氛基本保留下来,但场景完全改变了,地摊分类分行,整齐规范,不碍车辆从中间过去。

我找到人行道上一条石凳坐下,观赏正午阳光下的江面和对面堤下向两边延伸的金色水线,不觉一位老人向我走过来,用纸巾抹着两边嘴角的油腻,热情地向我推荐对面一间叫"日日新饮食店"的猪杂炒粉。我向他表示接受后,有点儿矫作地问他一些河畔的变迁。他睁大眼睛,"噢噢,变了,大变了,全变了",接着有兴致地把手指向左边,"你看"。那头有一对男女青年在树荫下相亲的镜头和一排长长的别致的绿篱花树。

在那间店里吃着猪杂炒粉,味道确实不错。一位五十岁上下的汉子从厨房出来走到桌子边,一脸殷勤笑容,问我味道如何,我连说了两个"很好"。或许此刻他闲着,并且我是一位生客,干脆坐在对面,叫一个中年女人给我送来一杯茶水。我把那天的意图说了,他挺有兴致地侃开,说能有今天,永远忘不了政府的恩,他家数代都在船上,做梦都没想到能够上岸住上安居楼房,这间店是他和老婆开的夫妻店。

我好奇地打量一遍他和倚在门口歇息的妻子,发现他们身体上疍家人的特征还未完全消失:小腿微拱,腰杆粗短,臀部发达,一脸纯朴和谦逊。

看出他是有故事的半个疍家人,直接进入他的关注里,和他聊到旁边这条河,他习惯称这条江为河。他说他的故乡在河里,呼吸着河风,喝着河水长大。他认为前生的所有遭遇是命定的一部分,现在衣食无忧、风雨无忌也是命定的一部分。虽然已经脚踏实地,心里有了一种安妥和熨帖感,但过去几十年生活的洇染,让他对河依然有一种舍不了的情感。特别在晚上,忙完了一天事情,总爱倚在河边围栏上,听着河流的声音,看着两岸灯火创造的画轴般的世界,心里久久不能平静……社会的进步,资金的力量,让山城"一河两岸"变得如此辉煌、迷人。

从小食店出来,继续溯江而行。阳光丰满而灿烂,江风吹拂着行道旁的樟树,不时有几片叶子落下,缓缓流水闪烁着金灿灿的光华。前面,五个穿红着绿的青年男女朝我走来,看样子他们十分开心,目光在江面上飞来飞去,嘴里发出嘻嘻哈哈的笑声,像在争着讲他们记忆中的事。我猜他们是从较偏远的乡下某个地方上来的,今天特意来看看"一江两岸"的新景色。

或者是眼前的江流和两岸景观越来越开阔,又在上面迈步的缘故吧,我的思想一直跟着脚步跳跃不止。我想,从历史角度看,这座小城和我们都有共同的过往和未来,也跟其他城市一样,每次的大变革,都发生许多令人欣喜和令人嘘叹的事情。光阴无尽,日月如梭,多少年后,新颜变旧貌,许多事情变成了旧梦。当我们有幸处于新的起点,用追忆将"新"与"旧"链接起来时,不能拿出过多的理由去鄙视过去,而应该更多地以良好的心态去思索今天的来源,憧憬未来的辉煌。

堤围的光芒

夏日闲暇,独自一人跑到漠阳江堤围上溜达,看两岸的景致。堤外江水稍涨,看样子前段上游降过大雨,水质半清半浑,水湄簕竹枝挂着洪水带来的草秆;几只白鹭悠然徜徉于露出的沙滩上,向下弯弓着长颈子,寻觅其所需;三大两小水牛在河坡上吃草,背上骑着几只鹩哥。堤内田野稻禾已经抽穗多日,一块连一块向南铺展,间或有几垄玉米、豆角、茄子。稻花香夹杂着青草味和村子炊饭味扑进鼻腔,直抵心肺。不时遇见年龄不同的男女擦身而过,挑着东西或背着孩子。他们的家大概在附近村子,都不认识我,都向我投来探寻的目光,弄得我好尴尬。

我不由得放慢脚步,一种意识让我把目光收回,落到堤围上。感觉果然不一样,蜿蜒南去的堤围,像披上绿衣的巨龙,配得上"漠阳江一大奇观"称号。地方志记载,本县域内的漠阳江和潭水河两岸堤围共二百四十八条,总长二百二十多公里。梯形堤上宽三米,下宽十五米,高四米多,捍卫耕地十万亩,均是二十世纪七十年代投入数万劳力修筑的。目下,江水缓缓南流,然而也许没想到,每年汛期中上游降暴雨,迅速上涨的江水,裹挟着一路扯断的枝叶和草秆等杂物,轰轰隆隆擦过堤围,往下游翻滚而去,还一路不忘虎视眈眈两岸的稻禾和村庄。

亲身感受过洪水灾害的人记忆犹新。没有堤围时,夏秋季连降几场暴雨,山洪暴发,泛滥的江水排山倒海似的涌入两岸,一夜间,大片耕地和无数村庄变成泽国。如此的洪水说来就来,毫无情义,一年一次,一年两次,甚至一个月两次,有时正值稻禾浪花,有时谷穗已经变黄,村人悉心种植得好好的作物,被淹得没一丝踪影。那时候,多少村人伫立于涝水旁,发愣,发愁,泪湿眼眶,祈求洪水快快退去。而洪水往往来得快,去得迟,三五天才见到一些作物的秆尖,待基本退完时,浑身粘着一层厚厚的泥尘,继续生长机会甚微。被洪水围困的村子,人们根据往年的经验,忖摸洪水的大小,把三鸟、猪牛、粮食转移到安全地方。然而,洪水过后,还是传出不少房屋倒塌、猪牛被淹死的揪心消息。大批作物失收,时年不济,饥饿的日子不期而至。

"水利是农业的命脉"是至高至纯的真理。二十世纪七十年代初,心怀水灾之痛的人们,开始把目光凝聚到漠阳江上。一年刚入冬,两岸插上了一行一列红旗,竹木搭起的宣传栏上贴着"学大寨,赶昔阳,誓把山水重安排"的巨大红色标语,在太阳下闪着炫目光芒;高音喇叭张开大嘴对着大江,高亢的男声震得水面抖起圈圈波纹;刚放下收割镰刀,把粮食入仓的村人,扛起铁锹、锄头、钢钎,纷纷赶赴江岸,投身一场规模前所未有的治水战斗。

把治水说成战斗也贴切,人们早已将旱灾和水灾形容为"两魔"。人敢与魔斗,体现出人的胆量之大,意志之坚强,力量之伟大。此前几年,政府动员各地战旱魔,数万人上场,开山辟岭，日夜苦战，修筑中小型水库一百二十多座，开挖引水渠二百多公里，城乡形成了灌溉网，旱魔被驱赶到了太平洋。

我伫立于西岸堤围上，堤内这条村子，记得名叫白鹤塘，但已经见不到当年的模样，基本是新建的楼房。村前大片稻禾竞相抽穗，通往江里的那道烂滋沟改造成了"三面光"水渠，与堤围交接处筑起一座水闸，水渠接纳一块块稻田流出的水，经过闸口排到江里。

望着平顺的江流和安宁的村庄，恍惚像站在五十年前的河岸上。

我们公社筑堤大会战是从这儿打响的。烂滋沟两边长满小灌木，刺又长又尖，沟里长年积下的淤泥像一条黑长的舌头，穿过稻田伸向江里。因为不知烂滋沟深浅，平时村人不会动它，而洪水到来时，它迅速与江勾搭在一起，引导洪水长驱直入，扑向庄稼和村庄。

那天，一众村里人围在烂滋沟两旁，手持铁锄、铁铲、镰刀、竹箕等工具。简单的开工仪式后，壮汉们纷纷跳到齐脐深的烂滋中，只露出上半身。当时还没有挖掘机、推土机，手推车之类工具也用不上，全靠人挖、推、装、提、挑、抬、扛，一箕一桶将烂泥搬运到一个荒坡上。接着开工的还有几个工地。远远看去，场面壮观，劳动号子滚动着铁锄挥动的亮光、扎土的响声、密集的脚步声和人的哼唧，汇成如雷的声浪。如果调动想象力，还原得更加生动、逼真。而近在咫尺的漠阳江，此刻变得十分枯瘦，露出棱棱的干土和一个个沙滩。对于岸边发生的第一次针对自己的事情，它应该会出现波澜，把这个场景收藏在最深处。因为人们看到，几近空虚的河床，利用自身的优势，引导着寒冷的北风呼啸而来，刮得泥土冻硬，人们脸上生疼，手脚和肩上很快多了一层厚茧。

一个个烂涩窝没有了，代之以水泥砂石加钢筋筑起的水闸和涵洞，岸边的土堤每天在延长增高。没有任何机械的年代，能够在短期内取得赫然战绩，除了从群众中自然爆发出来的干劲，还与领导以身作则及严明的工地管理密不可分。

县和各公社都设立大会战指挥部，公社指挥部设在工地，一间用竹叶片和稻秆搭成的棚房，配有木桌、竹椅、广播设备等。看似简陋，却很有权威，公社领导坐镇，还有民兵、技术员、资料员，施行一套既常规又严格的制度，管理每一块工地，每一个大队，每一个人。领导天天到现场，既当指挥员又当战斗员，经常见到他们锄、挖、挑的身影。对群众的管理十分严厉，几乎是全民参与，不漏一个劳力，不能偷懒、逃避。我们在校的中学生也几次拉到工地大干。

那时候特别快饥饿，这或许与食物单一、能量不足有关，一两个钟头后，肚腹跟挑挖开的泥窝一样陷下去。广播宣布吃午餐，大家迫不及待回到田埂或草坡，就地挖一个灶坑，起火加热带来的稀粥、番薯、芋头，大口咀嚼吞咽，像上古时期一群嗥月的猛兽。记得体育老师一气吃下三斤萝卜、两斤番薯、一盆汤水，肚腹还没有撑起来。

奖罚分明是工地一大特点。我们村两位妇女偷偷去了趁圩，整天没到工地，第二天还迟到，民兵把她们带到指挥部，训了一顿后做出处罚：挑一百担泥土。中午大家吃饭歇息时，被叫去挑土，她们显然不满，气得满脸通红。看来火上了心头，不知劳累，满头大汗，挑土上上下下堤基比谁都快。外号叫"大吃"的那位嘴里不停骂街，语言恶毒。横七竖八的目光像箭镞一样射向同一个目标，还有各种唏嘘、嗤笑、喝彩。我大概好奇，走到泥口处，却看得心里发毛。她们都赤着双脚，"大吃"一只脚板被尖石刺破，流出的血染红了泥土，但她全然不顾，或者是激愤抵消了疼痛，甚至有几次，挑泥爬上坡时，趔趄几下跌坐到泥堆上，又腾地翻起身来，样子疯了似的……在人们开工时，她们超额完成了任务，有民兵在旁边记数。

我发现，漠阳江沿岸公社名称都与水有关联，如春湾、合水、河西、马水、潭水。那年冬季，都按县里部署拉开了水利大会战帷幕。将一担土挑上堤顶，朝东面望去，隔江那边一样红旗飘扬，听得见高音喇叭播出的歌声："学习大寨，赶大寨，大寨红旗迎风扬……"如果能像江道上空两只老鹰那样，一路拍下两岸场景，真有力拔山兮之气势。一个秋冬至次年开春，已经战绩喜人，一段段堤围变戏法似的出现在江岸，相邻两个大队的堤围连接起来，两个公社的连接起来，人们相见不相识，但兴奋的心情是一样的。那时共同口号是："奋战三年，锁住泛滥千年一遇洪水。"

继续顺水行走，眼前又出现一个村子，地势低，离江近，两棵古榕树是固定坐标。它们依然精气神十足，把好些人间的沧桑镌刻在压实的年轮里，包括修筑堤围的火热场景。那两年我们村人出工收工经过村巷、屋檐、牛栏、猪舍、晒场，听人说，一年大洪水来得特别快，有几户人家来不及逃出去，最后爬上两棵老榕树过了一夜。现在一切都变了，宅舍全是楼房，规整的白瓷砖墙与江水相辉映，当年的荒坡成了果园、菜园，田里抽穗的禾苗把叶秆挤到土埂边，形成一道绿色边线伴着堤围延伸。一群孩子在榕树下嬉戏，一切都那样安详、自在，犹如一幅好看的画。

走走停停，左右看看。后面几位老人走过来，戴着草帽，穿着的衣服色彩光艳，这衣服穿在他们那代人身上，朴拙而有生气。拥有丰收和财富，日子过得快活。当天是圩日，猜他们是齐齐趁圩回来，身上有提篮、背袋，一位老伯挑着两只蛇皮袋，一头是鹅，一头是鸭，伸出长长的脖颈儿望着江水，还不时对话几句。他亦一脸高兴，看似与人谈论着有趣的事，经过我身边看也不看我一眼。

我想，他们的家在江边，从年纪推测，当年是修筑脚下这道堤围的主力。如今，江风吹老了堤围，吹走了曾经人工修筑的痕迹，堤围与内外草木、土坡模糊成了自然静物。如果把话题扯起来，他们的感受一定比我深。"恐涝症"折腾了他们半辈子，多少次在稻禾、花生、豆子生长茂盛时，一场暴雨到来，心先揪紧，深夜摸到江边察看水情，哪有今天这样悠然舒心，无忧无虑。

前面是一道江湾，江面开阔，沙滩线条柔美，堤坡上青草如茵，令人爱羡。我像一个小孩似的，独自从堤顶滑到堤脚，又走上去，赶出许多草蜢，还索性躺在草皮上……有意念从草下抠一块土，嗅嗅，掂一掂，或许能嗅到当年的气息，掂出岁月的沉重，但抠不动，密密的草根护着，下面的土非常坚实，那是经过石夯一遍遍夯实，经过成千成万双脚板重重复复踏实，又经过数十年时间压实，是用江一般的汗水浇铸成的呀！

阳光下，堤围的身影显得那么雄壮，闪耀着一种令人敬畏的光芒，清水翠绿的容颜一直延伸，延伸在阳光灿烂、江水长流的岸上，静默地与人们分享田野漫出的稻花馥香和村庄的安宁与快乐。

浸在酒杯里的往事

我出生在农村,家里清贫,父母不喝酒,没有家传。出来工作后,对酒依然敬而远之。

第一次喝酒是随县领导下乡检查工作,席间酒店上了两瓶本地"米酒王",每人一杯。大家都喝了,我几次瞧着酒杯,就是不动。领导看我不喝,说:小岑,你要喝杯酒,喝了上下楼梯都轻轻松松的。领导开口,我喝了,感觉颇有劲道,醇厚中有苦辣,刺喉,脸发热,最后出现"薄醉",上下楼梯果然有踩在棉花上的感觉。一连几天如此,几天下来觉得自己喝下了一斤多酒。

从此,人生中多了一段"酒生涯"。有时竟能一次喝五六两。也就仗着自己能喝的酒量,一段时间斗胆跟几位同事和朋友闯荡酒江湖,虽然不是主力,却在记忆里封存了许多"酒事"。

大概全国各地一样,二十世纪八九十年代盛行吃喝风。这似乎不能说好,也不能说坏。那时全社会以经济建设为中心,提倡步子宽一点儿,胆子大一点儿,走出去,引进来。县里镇里出现许多招商引资外交场合,大大小小酒场应时而生,酒桌上蕴藏商机,酒杯里盛满情谊和契约、订单。大小地方都有招商引资任务，领导是引领者、带头人，都能喝能吃能跑。带有商意的酒场，里面一般有领导和老板。那时喝的大多是洋酒。洋酒捷足先登，是因为做起海外生意的人，都是领潮者，研究过那时国人的心理和即将随社会经济发展兴起的酒市场，率先从国门输入大批洋酒。三四百元一瓶，大家都知道是个什么数字，但宴请方豪气，舍得。事情成功了皆大欢喜，不成也有个朋友情谊，总有用得着的时候。喜欢喝洋酒的人，具有开放观念、敢闯精神。用洋酒招待贵宾，也因为够档次，够体面，够气派。许多人都因率先喝上名贵洋酒而感到荣幸，而一些仍有亲属在农村务农的人，就舍不得喝，认为一杯酒价值一箩稻谷，一口就没了，心痛啊。

酒场的意义早已超过了酒的本身，特别是山区，人们以热情好客著称，酒桌上规矩多，礼数多，劝酒词语多。以酒搭桥、开路的事情屡见不鲜。一场两场酒，就能看出对方有没有诚意，够不够朋友。记得一家龙头企业以酒公关的事，当时该公司产品滞销，市场狭窄，领导突出奇招，公开向社会高薪招聘多位能喝酒的人做公关，凡有客商到来，必安排他们接待、陪同。

世上之人，没有不讲情、不动情、不用情的。酒的作用也真大，或者是美酒加上公关人的热情起了化学反应，原来三心二意的商人，两次酒桌交流后，变得一心一意，放心签下了交易协议。

生意外交场合喝酒主客双方彬彬有礼，酒词讲究，酒成了友谊和使者的象征。二十多年前就流行这样的话："能喝七两喝一斤，大家才放心"，"酒风即作风，酒风正，作风正"。

那时单位之间的宴请也经常配美酒，意为多多交流，增进情谊。说白了，没有酒的宴席真少了一种气氛。两三桌人围在一起，谈工作，谈家庭，谈未来，其乐融融。待酒菜上来了，主人热情为大家盛汤、夹菜，并说，今天的酒菜简简单单，没什么特色，请大家见谅。其实，菜是丰盛的，酒也不错。桌上很快分出两个阵营，一个吃饭菜的，一个喝酒的。喝酒的不怎么在乎菜的丰俭，齐齐举起杯，第一杯"万事如意"，第二杯"身体健康"，第三杯"步步高升"，三杯过后尽开颜，脸上的表情五谷丰登。喝酒阵营瓦解，一部分酒量有限的人拿出理由就此打住，继续举杯的是豪爽豪饮者，在他们的学养意识里，酒乃彼之砒霜，吾之蜜糖，喝酒不单是个人之事，还是单位之事，赢了是个人的名声，是单位的名声，醉了也有英雄之称，只要不过分失态，不闹出大麻烦。本来都喝得七七八八了，但他们越来越兴奋，找出各种举杯理由，非要见个分晓不可，最后是一方醉倒，或双方醉休，诚实的也表现出千奇百态，令人忍俊不禁。

其实，小小的酒杯照出世相和个人心态。你会发现，有些人本来能喝些酒，可他们喜欢弄虚作假，偷偷把茶水或白开水倒到杯里，充当酒同别人一起干，别人喝得脸红耳赤，他却不动声色，之后被人揭穿，被骂得狗血淋头，无地自容。也有挑酒喝的，你好心请他，他就指定要哪种酒。某君能喝酒，但一般不喝酒，不喝一般酒，喝酒不一般。一次几个朋友聚餐，一人从家里拿出一瓶国酒茅台，人多酒少，他见是顶级好酒，便提起酒壶，逐一敬了一圈，一瓶酒基本倒空，而他大概喝了一半，之后还借故离场。也见过"英雄救美"的场面。一个单位人貌出众又能喝点儿酒的女士坐在酒桌旁，一众男士或者想接近她，主动过去敬酒，不知如何时刻，一位男士会舍身救美，代她喝下数杯酒，这结果是可以想象的。

社会上朋友、熟人喝酒，没什么约束和顾忌。忙了一天后，几位老友新朋相约聚在一起，大家似乎心里有默契，不劝酒，不逼人喝酒，对酒闲谈，讲些笑话俗话，于酒桌上轻松度过两三个钟头，也尽兴了。但是，酒场上的人来自天南海北就不同了，七八位、十多位大汉在一起，先连干三杯，场面腾然激越火热。酒精在一些人身上起了作用时，能喝的人讲出各种喝酒的理由：当过兵的干一杯，五百年前是一家的干杯，属相一样的干一杯，多年不见的干一杯，迟到的自干一杯。大家那么友好，又爱面子，明知足量了，还硬喝，十几杯二十杯酒下肚，不翻江倒海是英雄、酒豪。

俗话说，人在江湖身不由己，这句话似乎可以拿到酒场上。我有个朋友天生怕酒，每次聚会都摆着一杯酒，可就是不喝，说淋头也不喝。有个赌气的朋友真的把一杯酒浇到他头上，回到家，他妻子为此哭了半夜……之后大家聚餐都不叫他了。迫人喝酒，把酒淋到别人头上，是酒桌上坚守信仰的恐怖主义，烂醉如泥麻烦，出了人命就是大事了。

不少场面喝醉的概率大，但也有人不怕醉，甚至喜欢醉，不醉无归，醒来又是一条好汉，再喝。这种人被酒精驾驭，世界幻化，语言行为常失态，令人啼笑皆非。某君身材魁梧，一次喝醉后回家，竟把门口一辆摩托车扛上楼梯，到第二层连人带车瘫躺在地。一男性子特别冲动，与朋友喝醉，怪怨起酒来，把剩下的两瓶酒都砸烂了，在无可自制之下还把酒桌掀翻了，这不免令人沮丧，是酒的遗憾，也是人的过错，是人用酒来塑造自己。还见一位豪气男灌下一斤白酒后，从包里抽出大叠钞票分给大家，其实他已经浑然不知。也有一位胖男醉后裸身躺睡在客厅的沙发上，第二天醒来发现身上多块皮肉被蚊子叮咬得红肿，地上有许多因吸多了含有高浓度酒精的血液而醉倒的蚊子。

酒这神奇之物，怎么说它呢？几千年的酒文化，让酒杯里积淀出人生的快乐与哀愁，成功与失败。

在酒场上拼过的人，尽管后来戒了酒抑或继续喝酒，酒在胃部留下的记忆是顽固的。想想过去那"疯酒"场面，真惊悸，喝酒者不堪重负，家庭不堪重负，社会不堪重负。但那毕竟是一个时期的事。

我离开自己工作过的地方多年，也离开了当年喝酒的同事和朋友。一次回去，傍晚在一间老饭店用餐，发现对面坐着两位老朋友，也称老"酒友"，桌上放着一瓶老酒，面前各一杯，过去都是酒场上响名之人。见到往昔的酒友，我一时高兴起来，端起一杯主动过去敬，以为会一口干了，没想到他们很有礼貌，很在意地轻轻呷一小口，对我说：老兄，我们的辉煌已经过去了，现在喝酒随意随量，酒有度，人也要有度，活得久，才喝得多。这话让我醍醐灌顶，他们跨过了二十多年酒场，到达了炉火纯青、至臻至善的品酒人生境界。

是啊！几十年后的今天，也就是你从青年跨入老年时期，这个世界变了，过去是那么美妙，今天也是这么美妙，只是美妙的内容不同。假若你没有喝酒，也没有任何人干预时，对着一瓶香醇的酒沉思，是否会为自己过去在酒场的表现感到唏嘘、遗憾，抑或自豪、欣慰？

英雄姊妹树

两棵年纪相仿，容貌相似的木棉树，相距七八米，自幼至今形影不离，于沧桑的尘世间演绎斑斓的生命过程。

夏秋之交，一场特大台风夹暴雨袭来，城里许多树木断枝的断枝，翻倒的翻倒。特别是木棉树那块坡地，比城里其他地方高，好几棵树被连根拔起，有两棵躺在木棉树旁边。论年纪，木棉树三百载有余，为城中树之最，论高度，也没有多少活树能够与它们相比，但它们依然顶天立地，安然无恙；依然笑迎太阳，遥望星空，仿佛有神助。

过后人们在清理断枝，扶起尚有生命希望的树木时，有感于两棵树的挺拔、高伟、坚强，还有个令人称颂的"英雄树"的名字，于是在两树身躯之间，挂上一幅"向英雄姊妹树致敬"的红布黄字标语。从此，小城的人对两棵树的关注度前所未有，每天许多路过的人都会抬头仰望它们的姿容。

人们开始以"姊妹树"代称两棵木棉树，一提起姊妹树，就明白是它们。姊妹树娉娉婷婷，玉立于城东侧一个较高的土坡上，北挨一家园林式五星级酒店，西邻一片人工培植的杂树林和一个大广场，东南临一座三面环山，泉水源源的生态园湖。

姊妹树站立的位置天成佳好，人说是一块风水宝地，从哪个角度，都可以看见它们硕大的躯干和修长的枝条。我家在城东，离它们不远，常常路过树下，行走于湖岸绿道或者爬山。不知不觉，竟成了姊妹树的崇拜者，一有机会少不了一睹它们的风姿；有时还坐在湖边的石栏上，久久凝望它们，并致以敬意。就此，思绪也常常顺着上空摇动的枝叶飘向远方。

荒山野岭的树木历来是自然繁殖的，这个山坡东面是绵延二十多公里的山脉，二十年前是杂树藤蔓的家园，人迹罕至。某个人特意种植两棵树还找不到证据，更多的推测是，在遥远的过去，它们是两颗相约好的种子，从裂开的果实里出来，连同白色的棉絮从某地随风飘飞到这儿，然后落地发芽生根，前世今生如此，就不用多思。但哪个是姊，哪个是妹，似乎难以确定。从直觉来看，姊妹亲密无间，都需三人才抱得过来，东面的躯干稍大，凸起的根粗些，枝杈多些，有姊的英姿和风范，西面是妹，它们发芽长叶时间差几天。

在园林所记录资料中，两棵树已超过三百年。也就是很早之前，它们已经成为枝繁叶茂、花枝招展的大家闺秀，立于树木蔓草中，一直被人们忽视。真正了解它们，关注它们，是小城风景线书写到身边才有。二十世纪九十年代开始，小城不断变迁长大，周围许多老房子被拆掉，建起新楼房，树木被砍伐，砍出一大片光地，之后按布局移植一些树木。或许，姊妹树凭着娉婷的身姿和美好的寓意，让人产生了怜惜，还有运气，才幸免于刀锯裂身，也是从那时候才露出芳容，才有了后来的故事。

我观察到，扎土擎天的树木，少不了经受风吹雨打，亦少不了遇到野虫蛀咬，蛮藤纠缠，使得树木到了一定年龄后，出现躯干生洞、中空、开裂，树干古劲曲虬，遍布节疤。而姊妹树不同，灰褐色的皮没有裂开的沟沟壑壑，枝叶散发自如，像心里装满春天希望而未曾经历多少沧桑的大姑娘。

农历八月，秋风穿透大地每个角落，万物开始改变颜色。辉煌过春夏，风雅到秋末的姊妹树，枝头上的叶子一天比一天少。失去水分的叶片薄而轻，一阵接一阵劲风吹来，无数叶片在空中飘洒飞旋，似乎不舍离开，但最终被风带走，并且一去不回来。姊妹树和许多树都卸下了绿装，剩下硕大的躯干和光秃秃的枝条，整个冬季北风把光枝当作琴弦演奏。冬眠的姊妹树看似那样，其实是一种自我庇护方式，不张扬，不舒展，而体内的脉络上下大小畅通，蕴藏着又红又绿的心愿。

立春过后至雨水，南风开始长途跋涉，到达小城，携来绵绵细雨。感知敏捷的姊妹树胳臂渐渐变得清朗，三天两夜间幽幽洇出点点绿豆似的芽苞，再过两个晨暮，芽苞长成了红色的花苞，到这刻，捂也捂不住了，一朵朵花儿绽放开来。第一批花来到尘间，就展示出热情、友好的脸庞，空气中马上有了芳香，天空上多了颜色。

小城的人喜欢红色，特别是来自自然的红色，看见木棉花开，心里多了一份安慰，多了一份向往，很想看到百花齐放、千红竞艳的景象。然而，参天的木棉树，不能够所有花在一天一夜全部开放，总是有时间的先后。可能每条枝干的生长方位、大小长短不同，接受的阳光风雨不同，造成它们的感知触角有早晚差异，或是枝干也有呆笨与聪明之分，或是山里驻着一个花神，要听从其号令。

无须心急，七八天后，所有花苞绽放，此时叶子尚在赶往春天的路上，花和叶很难相见。枝头上全是花朵，千万朵酒杯大的花相聚在一个空间，迷幻、炫目、动情，像燃烧在蓝天白云之间的火焰，又像烟花从粗粝的土石坡深处猛然炸开，映红天空，映红湖面。整个节气，是姊妹树一年中最高贵、最光彩、最自豪的时刻。

姊妹树的花没有桃花那般面若灿霞，神似明珠，也没有白玉兰花的芳香、妩媚，它是一种很普通的花，花萼杯状，厚革质，顶端三至五裂，裂片圆形，花蕊基部合生呈筒状，形似大白菜。虽然普通，然若细看，又觉得颇为不俗，每朵花片晶莹透明，有一种翡翠的光发自内里，透出一种清新、热烈的气息，给人一种奋发向上的力量。

不说所有花苞开放，第一批花张开红脸庞，就轰动了周围，各种蜂、蝶、蚂蚁、螳螂、小鸟纷至沓来。那段日子，最忙的算小蜜蜂，小小的嘴齿，一刻不停地张合着，两条毛茸茸的后脚发胖，缀集着饱满的蜜露。它们勤劳无比，一天数次把采到的花蜜带回巢里去。而蝴蝶和蚂蚁则不同，没有蜜蜂那样的巢，无须牵挂、操劳，整天沉迷于花间，饮饱了玉液琼浆，就醉意朦胧，伏在花朵上，醒来饿了再饮。

爱花的人与自然界小生灵一样，被灿然的花朵吸引住，常常驻足树下，引颈注视，心动情动，用这种方式来颐养身心；另一些人忙着一年开头的事，忘记了季节更迭大地变化，见到两姊妹已经披红戴彩，才顿觉春天已经到来，原来树木的节奏，也是大地的节奏，春天的节奏，树上枝条手里握着时令；还有一些人，往年的记忆被启封，早早赶到树下，捡拾昨夜脱落的花朵。花朵叶片厚，有一定韧性，有些分量，不会轻易被风带走，落到地上仍然完好无损。花朵于他们来说，树上是花，落到地上是宝。捡拾者觉得还不够，把目光投到树上，一阵风从湖那边吹过来，枝条轻轻晃动,十多朵花发出嘀嘀响声,告别陪伴多日的枝头,像红色小鸟似的往下旋落,不疾不慢,带着露珠,引得人们惊喜地叫出声来。捡花者一般不是赏花,是吃花,它是民间五花茶的上料。有的人当场将捡到的花塞进嘴里,美滋滋地嚼食花叶和花蕊;亦有人把花带回家,整理后用花叶花蕊与肉片炒作一碟佳肴,或煲一个上汤,再是把花晒干、封存,待日后用。

世间大凡激越、艳丽的东西,呈现的时间都短,如闪电、彩虹。人们希望姊妹树的花期更长,而这终归是一种美好的心愿。大多数花凋零后,只有少数留下结成果实。其实在枝头绽开花朵时,细胞层里已经萌动着叶子芽苞的欲望,朦胧地看见鲜艳的花,只是姊妹树要专心地让每朵花绽放得无拘无束,无瑕无疵,才未让叶子见天。一旦花们退完场,雏儿的叶子可在一夜间从枝头钻出来,两三天长成成叶,完全替代了先前花朵的位置和空间。

换上一身绿装的姊妹树,清雅淡素,从容轻松。枝条没那般婀娜多姿,却格外专注,伸展出生命的向往,不会长出赘枝、病枝、呆枝;叶子不像有些树那般茂密繁杂,然不同凡响,宁静、谦和、典雅,一如枝干的性格。

夏季的姊妹树,看似悠闲,而日月星辰一天天从头顶上走过,枝叶和根系不断吸收天地灵气,自身变得愈有智慧,愈加挺拔,缓缓而坚硬地把生命压缩成薄薄的年轮,不断以毅力和付出铸造自己坚定、自信、忠诚、无私的形象。

姊妹树于我难忘,离开小城一年多,常常会想起它们。这次回去,第一时间去看它们。湖风飒飒拂来,阳光在枝叶上飞舞。我抚摸着树干,觉得身躯比往日更加伟岸,气质更高雅。我忽然想到,这么多年,它们为自己而生,也为人类而生,为自然界小生灵而生。人可以亲近它们，观赏它们，与它们对话，但不可以亵渎它们；它们会遵循天地轮回规律，拔节长枝，叶青叶黄，花开花落，过去这样，现在这样，将来也这样。

小草谣

没有花香，没有树高，我是一棵无人知道的小草，从不寂寞，从不烦恼，你看我的伙伴遍及天涯海角……河流啊山川你哺育了我，大地啊母亲把我紧紧拥抱。二十世纪九十年代，这首用诗做歌词的歌唱遍祖国大地，曲调响亮抒情，让人听了动情。

生长于乡村的我，童年天天与小草在一起，还借由打猪菜，认识很多野草：车前草、飞机菜、竹仔菜、牛轭草、狗尾草、铁线草……观察过多种小草的生长过程。没有艳丽姿彩的朴素小草，伙伴遍及大地，最直接而通常的解释，是因为它有着其他许多植物无法比拟的强大生命力和适应性。

春天奉着上帝的使命，从遥远的地方走过来，为自然界千万生灵启开生命之门。几场细雨过后，地面氤氲着雾气，溪沿、坡地、路旁、田野的土壤开始松软，小草的芽芽一马当先，从地里纷纷蹦出来，鲜嫩鹅黄，样子仿佛破壳出来的小鸡，惹人疼爱。

长出叶片的草儿总是绿着面孔，以雏儿的姿势享受地母的滋养，照应着和风丽日，快快长大，开花结籽。有的草春夏两季能够开花结实两次，甚至三次，没有开花结籽实的草，努力把根系横向扩展，不断长出新芽。

成熟的草籽有一个强烈的欲望：离开母体，到别处去，像一个长大了的姑娘，要嫁出去，找到一个新家，也像一位好男儿，志在四方，天涯海角都是家。

小小的草籽没有脚，上天不忘赐给它绒状的翅膀或快速黏附动物身体的小刺。但没有外力借助，它们还是动不起来，一串串、一簇簇、一束束在那儿待着。一阵风路过，机会到了，草籽"嘀"地轻轻感谢一声，离开母体乘风腾飞，开始抱着团，飞着飞着就各散东西。有的被树木挡住，慢慢掉到地上；有的在飞越江河时坠入水中，被水送到远方；有的远走高飞几天几夜，最后落在一块地理气候不同的土地上……另一些长着小巴刺的草籽由茎秆托着，没有翅膀，风带不动，几乎张开的外壳，看得见里面的籽粒。一条狗蹿过，一头牛走过，一个人经过，草籽凭着高超的技巧，一次就能粘住皮毛和衣裤，并会让部分籽粒在抖动中从壳里跳出来，落到泥土里；如果遇到大雨，它会顺水走得更远，最后归宿不知，命运不可忖测。当年我喜欢和村里的小伙伴到山坡、草坪上玩闹，群草没过胸膛，每次回到家，都发现衣袋和裤头藏着一小兜草籽。

无论到了哪里，草籽们的心灵还在，生命基因还在，使命还在，过不了多少日子，依靠适宜的水分、温度，萌发嫩芽。长出叶子的小草，初次睁开嫩绿色眼睛，发现自己已经有了一个新家，四周面孔陌生，野地长着七节芒、蒲公英、五月艾、野苦荬、勒勾菜、红头兵、地胆头。其实，大家都是"天涯沦落者"，从一个地方到此旅居，只是时间不同，都很快亲和根下土地，懂得遵循天道，共同营造多姿多彩的山野风景，并不会忘记以传统方式繁殖，完成整个生命过程，让带着同样生命密码的后代，基本以同样的方式走向另一块地，生生不息。

多年前一个春天，我慕名到粤西，一个我国大陆纬度最低、海拔最高、面积最大的草甸。十多个缓缓起伏的山头连成一片，清一色的一种草，俨然大自然的神来之笔涂抹而成的一片荒绿，把山地覆盖得平实柔和。当地人说这种草霸力无边，生命旺盛，给它一个"霸王草"的名称。稀罕的"南方草原"，吸引着一批批游人远足前来观光。我一厢情愿地视"托根无处不延绵"的草为跨界物种的朋友，站在一个较高的甸坡上，望着离离的青草，心有感慨：草的霸气真大啊，大得超乎你的想象，超离植物的一般生长秩序和格局。四周的山头都是生机盎然的次生杂树林和蓬蓬的藤蔓，草甸最先曾经是树木和藤蔓的家园，后来不是人为，风或者动物把一条草根偶尔带到山上，之后萌芽生根。造物主决定草无法与树木比高比大，但给了它比树木强百倍的扩张力和守护力。几百年，上千年，用自身的强大力量，把树木藤蔓杀死或赶走，把这片山坡变成自己的家园。这个猜想如果有理的话，就不要说草的无情、残暴、霸道，是丛林法则的使然。说不定哪一天，脚下大片的草，会被另一种植物吞噬、绞杀，或驱逐。高贵的人类也是一样，大知闲闲，小知间间，为了让自己活得滋润一些，遂挖空心思折磨自己和同类，得到的奖励是可以让生活维持滋润状态。

绿色是生机，是希望，也是轮回。肃杀的冬天万物枯萎，草的日子一样难过，但它们格外聪明，让大部分叶茎给秋风吹干，伏十地面，就成了能够挡住寒风霜冻的被子，护住隐藏于土壤里根茎的苞芽生命。冬天过去，有草木的地方最早出现生机……人们说立春雨水节气的雨给大地披上绿装，的确，春风春雨把冻僵的土地唤醒，让万物睁开水灵灵的眼睛。而又试想，不说沙漠，那些没有草木的一片片荒塬，一座座赤岭，就算降落四个季节的雨水，还是秃秃光光，见不到一丝新质生机。

大多数草一生匍匐于地面，与大地最亲密，两者无时无刻不在私语。草与大地如此，与人类亦如此。我们的祖先特别敬畏天地，崇尚自然，把草看作地神的使者，生命的象征。不少离开田园的皇家贵族的宫殿，外表涂成草红色；帝王出巡坐的车和轿子，上面遮阳的是华盖，下面垫脚的是绿茵。白居易的"远芳侵古道，晴翠接荒城。又送王孙去，萋萋满别情"让我们知道古代接城的远道两旁都保留着翠草。诗人不假他物，借萋萋之草表达与朋友的离别之情。

内蒙古和新疆很多地方以草原著称。置身其中，放牧视野，草从脚下托根连叶，绵延到天际，织成大地最原始最朴素的衣裳，让有棱角的地方变得圆润而柔和。热爱草原的蒙古人，从古至今以草原为家。草原育出了蒙古人的强悍、真率、旷达的个性，草原唱出了流传千古的民歌：敕勒川，阴山下，天似穹庐，笼盖四野，天苍苍，野茫茫，风吹草低见牛羊。爱草的上帝，给了许多向往草原的作曲家和诗人灵感，让他们吟唱出大批赞美草原的歌曲和诗篇。

清明祭扫先辈茔墓，时值大地草青青，南方人不忘一个细节：把几块带泥土的草青覆在坟头上，意示自然得到新的轮回，让祖先的灵魂回到草木萌发、鲜花盛开的人间世界，享受一年一度的美好春色。

社会进步，草亦与时俱进，活路也更广阔，身份和地位大大提高。公园里的草与野外山川的草有区别，不惜成本种植，四季青绿。围在一块地上的草一样可以接受阳光的沐浴，享受月光的欢愉，吮吸天地甘露；可以与野蜂嬉戏，与蝴蝶调情。小草于园丁，琐碎而生动，细微而可爱，是生活的一部分，即使在寂静的夜晚，万物入眠，小屋里的园丁醒来，也不忘把目光投到草地上。那由一棵棵小草生命织成的柔软绿毡，不仅抚平了城市往昔的创伤，也滋养出由坚硬的混凝土设起的城市灵魂。人们可以恣意观赏，可以躺下来，亲密地与草相拥。

草的价值和作用在水利工程中得到充分利用和发挥。多数蓄水土坝，仍然沿用传统的办法保护：种草、养草（禁止种树木，因为根系容易破坏土质结构）。坝上的草将人们的心愿变成使命，利用春天的优势快快生长，把众多坚韧的根扎入土里，相互交织成一张密密的丝网，紧紧地保护着每一寸泥土；叶片也迅速长多长长长厚，成为一块把土壤覆盖得严严实实的草垫。夏秋季节暴风雨袭来，许多庄稼、花枝、树木被吹打得东倒西歪，而草却牢固地抓住泥土，昂着头，挺着胸，像履行神职的战士，小小的叶茎挡住暴雨，把雨水分化成涓涓细流，土坝安然无恙。

古今社会，人们对小草有了一个固定的认识，以草创造出许多词语，比如草包、草根、草鸡、草芥、草寇、草民、草屋。词语性味偏"寒"、偏"卑"，正能量不足。看见这些词语，心里不由得生出恻隐，像蚂蚁爬在背上。

它们不是流浪的风语，已经有了恒久的居所，牢固地植入了尘世基因。我无法改变它们，正像无法改变玫瑰花的色彩。但可以不去管它们，坚持自己的切身感受，赞同一些人的看法：小草是普通百姓的化身，不攀天高，不怨地薄，只要给点空气和阳光，就乐意扎根土壤里，虽然没有花朵那样的艳美和芳香，却有朴实的品质和顽强不屈的精神。这种品质和精神足以盖过一切，足以让人们重新去认识它，并惊叹。

根

历代文人骚客，对花和柳尤为喜爱，翻开书卷，随处可找到吟咏诗句和篇章。而根，平时人们很少想到，古今诗文中写根的不多。这看似不公平，可世间就是如此，不公平的事多着呢。要我写根，难为之处也不少。

根与花，与枝叶，与果实距离不远，隔着一层表土和一些空间，却各居两个迥异世界，一个旷阔无限，五彩缤纷，喧闹无比，千变万化，一个清贫循道，明灭无间，恒守沉寂。花们、枝条们被多情的智者形容为美丽女子，细化地把花比作美女的眼睛和脸蛋，把枝条比作美女的玉手和婀娜的腰肢。她们见形见物见色，直接入眼入心，可亲可摸，还可并足而眠。含义大大地复杂，一朵鲜花，一枝柳条，一个果实，可以触动人的情思，让人产生喜怒哀乐，能够对着其写出一百篇感怀诗文。而地下的根，与她们咫尺之距，却不见其形，不知其貌，只能想象。而现在人的眼睛是向上的，心是趋利的，脑袋的记忆是甜的，又有多少人愿意闭上眼睛念想看不见的根，更有谁会对它喊一声：根啊，我爱你，我想你，我梦你。

恕我缺少植物学知识，不懂根的原理和生命特性，但凭仅有的理解，却对它生出赞美之意。它没有华丽的外衣，没有婀娜的体态，色泽基本一样的淡土色，而它有生命，有感触，有智慧，有灵气，甚至了不起。在众多的、各种各样的根中，最能触及人们视觉的是榕树的根。于山野、乡村、城市公园，榕树不择地而生，几十年，几百年，上千年，众多的根从树头呈放射状长出，插入深深的泥土，树枝上还长出无数向下垂的气根，一部分在地面凸起的根大得像蟒蛇，根与根之间形成一个个沟槽，人可以在上面坐着或躺着休息。

根的伸展和散发欲望特别强盛。人们说，树冠有多宽，根就有多宽，树有多高，根就有多深。这是一种平衡猜度，不无道理。树纵生的根有多深不知道，而若留意，就会发现横伸的根宽度比树冠大得多。毛竹发达的根系让人不可思议，半径达五十多米，从这边山头伸展到那边山头；还有人证实一株健康完好小麦的根达七万条，总长五千多米；生长在石山顶上的树，山有多高，根就有多长，如果没有地球作用，它会长到天上去。

造物主在冥冥中就安排好一棵树，枝干和叶子也就是平时看见立在地面上的树，与下面的根紧密相连，但一刻不能轮岗，一刻不能移位，否则，枯死。这说明了根的重要，根的强大。是的，根的智慧和力量令人震惊，对生命的希望永不放弃让人敬佩。一粒种子，一条有生命的小根须落在一二百米高的岩石缝隙里，竟能发芽、生根、长叶，长成参天大树。一棵树被砍了，留下平地的树头，根的生命力仍然存在，甚至愈加强大，树头若有胚芽，就会不失时机地把生命从那儿释放出去，逐步长出众多嫩枝叶。若是树头遭到破坏枯死，没法儿接收根部信息，根就会默默待在下面，从地缝吸收阳光温度，还可像乌龟和青蛙那样用皮肤呼吸,一个春天,从有生细胞形成层萌发胚芽,穿破表土,长出枝叶,向地面上的树们、藤们、草们证明它的存在,同时颠覆许多人对根生命力的认知,让看惯了鲜花的人感到吃惊。英国植物学家爱德华·索尔兹伯里研究表明:种子可以休眠五年,十年,上百年,根的休眠没有这么长,但也有十年八年。一次在一个村子旁边见到一棵榕树,村里人叫它"火烧树",多次遭到雷劈火烧,上面茂盛的枝叶全没有了,剩下半截两人牵手才围拢的树干,大半边留着被火烧过的炭黑伤痕,看来几度昏死,是没有伤及多少的根把它医活。躯干下面隆起的根蟠龙奇崛,不分昼夜把养分输送上去,让大伤的树干源源得到生机,一侧的皮渐渐变绿,长出了嫩枝叶。

花和柳条固然好,催发人们的想象,借以形容事物,抒发个人情怀。我觉得根也一样,没有花的"灿幻"和"浮华",却有花所没有的"实在"与"纯真";没有枝条的"卖弄"与"招展",却有枝条所缺少的"专致"与"耐寒"。它不懂享受,也无暇享受,当枝叶迎着一片片飞舞的阳光左摇右摆,享受和风抚摸时,当花儿开得五彩缤纷,迎来一群蜂蝶和一群观赏人时,当枝头挂满红艳的果实时……它没有张扬一声,也没有祈望人们朝下瞧它一眼,它还是做它的根,不为上面世界的精彩而欣喜忘形,也不为自己低下而气馁,更不为人们瞧不起而悲伤,如果要说它有得意开心时刻,那是上面的大树枝繁叶茂,繁花似锦,果实累累的季节。

我相信:诚实、守职、勤劳、奉献、坚韧是根的心,里面全是金子。

终于找到了实力派诗人冰心玉壶和汉水真人咏根的诗:"入地无门却有门,蛛丝缝隙拓乾坤。三冬地下千须散,一夏天空万叶喷……春天欲问来何处，万紫千红自墨根。""不逐明灭耐岁寒，情甘困苦固长安……信守群峰腾虎气，清贫循道卧龙盘。"两颗诗心会合在一起，毫不惜情地咏唱出根少为人知的特性和品质，我们为此而欣慰和安然。

　　思想翅膀继续在根的世界飞翔。博通天地的造物主把根同命连在一起，命根，有根才有生命，有根才有源，万物皆有根，大地上河流的源头，大凡都有一座山做根，就是天上的雨水和山上的雾霭，也不能说其为无根之水。

　　人们把城市密密麻麻的高楼形容为一座座森林，每幢建筑像一棵树，有根，并且这种根比植物的根要大要长要坚硬。这是人们模仿树根，从一棵树抽枝散叶越发茂盛，炯炯参天，风雨撼不动得到启发，把无数的根植入地下，筑起的大厦直指云霄，可扪星月。

　　大地应先有自然的树木，后有人类建筑。人类祖先创造城市是一个伟大发明，处处展示一个热闹、繁华、富足的世界，而城市的根源来自广阔的乡村，没有乡村人的勤劳，没有乡村源源不断的供给，城市人每天要喝一半西北风。许多人从乡村走到城市，像一棵树从一个地方移到另一个地方，往往因水土不适，很难让根系亲和陌生的土质，以致一直茫茫然无所适从。

　　思根、寻根、归根是人的天性，乡愁就是根愁。两千多年前至圣孔夫子为后人做了一个榜样，年壮时历骋诸国二十多年，皆在奔走中"漂"过。凭其身份和地位，完全可以一直在异邦"漂"到终老，而六十八岁时，他回到鲁国故乡，不走了，心安了，坐在家里作《春秋》。岁月悠悠，这种观念未被吹老。许多人年轻时因生计漂洋过海，一把年纪后腰缠万贯，回故乡寻根、祭祖，作为人生一件完整事情。

根与世间万物一样,有失去本初生命的一天。但这又如哲人所说的"事死如事生",许多根最后在艺人手中"转世新生"成根雕。一个天生伸展迂回哲学的根系刚从土里出来,根艺师无比信赖它,无不动心地围着它转,虔诚地抚弄,因为它的力量与长寿,也因为它的造型与潜能让他想象无限,更因为从那无可复制的根须上看见了梦寐以求的东西。我们这山区根雕闻名遐迩,一次参观协会举办的根雕展,厅里作品琳琅满目,若龙、若虎、若鹰、若佛……还有行草兼备的"佛""寿""福"等字。这些来自深山野岭、崖壁石缝,甚至有的还带有生命的根,几十年、上百年,坚硬如铁。具有牧师之术的根艺师赋予它们另一种生命,有了灵魂,像什么,似什么,给一个人们喜爱的名字。当它们登上大雅之堂后,已经赋予了一种新使命、新意义,能够娴雅地名垂数代人。

我不再对根说什么,而它们却异口同声,此生至此,值得啊!

向往登山

父母在隔河对望的山脚下出生长大，因而我可以说是山的孩子。母亲说怀着我时经常要上山干活儿，出生后抱着到屋侧晒场上"望光光"，第一次睁开眼看外面世界，看见的是那座南北走向的马腰山；八个月大，已经坐在山上的草窝里抓草籽。那时没有爷爷奶奶，母亲上山割草，把我背上去，割几把草围成一个窝，让我安坐在里面，然后去割草，最后背着我挑着草担下山，这应该算我最早上过山吧。此事是母亲后来跟我说的。那时的山应该和现在的山差别不大，或许是荒野些，没有随意可行走的路。

我的名字前面是一座小而高的山，也许哪个年代哪位帝王赐给祖先这个姓时，已经注定后代永远跟山有缘。

能够在村地咚咚跑动时，我常邀同龄小伙伴往山上钻，摘野果，端鸟窝，也爬上过高处的石头。站在上面，一览大地，所见的景物和平常有很大不同，晴朗时可以望见东面南流的漠阳江和江边的那个塔；村路上的行人小得像蚂蚁，村屋像竖起的盒子；白云离我们那么近，天边那么远。或是童心缘故，看着，就有一种欲往上飞翔的感觉。

那时马腰山背面一条村子住着一位与我们同姓的瘸腿男人，常从那边山脚翻过来，经过我们村去赶集。他背驼，左脚短一截，走起来不正常，走一步，身体往左忽地歪斜一下。我们这群村童爱看他走路。他从山上下来时，走几步要停一下，摆幅很大的身体似乎随时会跌倒，也许他曾经跌倒过，我们没看见。有时他会挑着一些花生、大豆，或肩扛着一布袋东西从那边过来，又从集市买些东西背回去。他总是一个人默默地翻过来又翻回去。村孩好奇，还顽皮，叽叽喳喳跟在背后学他走路、爬山，他始终不愠不怒，反而对着村孩笑……

后来有半年没见过他，听村人说他双脚坏了，在家养治，这可能与爬山多有关。而当一跛一跛的身体再出现在那条山路时，我们以为他的脚有神助。可哪知道，一次我们在进山路口细心观察，发现他踏上石板的右脚掌和脚趾都很大、很粗，多处起了痂，完全变了形。看来，在他心念中，只要脚还能支持他走路，都不会终止爬山。他是否向往登山，勇于挑战，证明自己的价值，不好臆断，但可以肯定，就这样一位脚残背驼的人，心坚如钢，爬过的山路，翻越山头次数，许多人望之而莫及。后来想到，如果要在见过的人中选一个励志者，我会选这位跛脚叔。

尔后十多年，到了二十世纪八十年代，国内旅游热一波又一波兴起，游览之地，除了城市，还有海，还有山。人们似乎对山的兴趣更浓，指着中华这张金鸡版图，纵谈造物主赐给的各大名山："五岳归来不看山"、"黄山归来不看岳"、"登泰山而小天下"、"华山自古一条路"，令人跃跃欲试。确实，那时有些人将登五岳当作人生一大荣耀，回来就自豪得心高气傲，得意扬扬，少不了在众人面前"吹嘘"一番。一位在省城工作的老干部回到家乡，向后生人讲述他退休后结伴游览祖国大好河山的经历，两年登上了二十多座名山，写出了《中国十大名山》一书。且不说书怎样，大家十分敬佩他晚年向往登高的欲望和精神。

　　人们的心思和目光转向山后，没有路的山踏出了路，过去没有人到过的荒郊野外，也出现了人们的足印，平时没怎么留意的景物，忽然被关注起来。为了让更多人实现登山夙愿，把大量资金投进山里，筑起了数百米数千米长石阶，造出一个个人文景观，山上可行、可食、可居。

　　长期依山而居，一旦到了平坦而看不见山的地方，就觉得生活少了一种层次感，恍然隐隐觉得有些空虚和失落。我离开家乡到一个半岛读书就有这种感觉，每次假期回家，都抽时间结伴登山，以弥补心里那种虚缺。

　　工作所在的这座城，可谓山城，东面和西面是南北走向的天露山和云雾山。那时许多人还不具备远行登名山的条件，而在家乡四邻登山却常有。选一个天气适宜的假日，三五个朋友相约，登一座植物多样丰富的山，练筋肌，吸山气，赏山花，回来满面春风。我也一样，对名山心驰而力不足，看了朋友登游泰山、华山的照片，就明显有感触，多日心里蠢蠢欲动，但终究未能身动。有些时间闲下来时，躺在竹椅上冥思，想象徒手登一座名山，从山脚开始往上爬，一路观赏树木、鲜花、蔓草、山峰、沟谷，感受过程的快乐，意外遇到的惊喜⋯⋯从小与山结下的情怀，一直在冲动，登名山的欲念在攀升。

　　人与山的情结是天然的。造物主先造出苍茫的山，再造出人类。人类初始对大地物象认识朴素而粗浅，敬畏太阳下的万物，尤为敬畏山，认为山下入大地，上接云天，是巨大生灵，体内蕴积着无限天宇灵气。人对山尊崇、敬仰，山动了情，可以帮助人类解决许多物象无法解决的事情。广成子归居崆峒山,修炼千年成为十二金仙之首,神通天地。黄帝二度登山向他请教"至道之要"。得到法度的黄帝看到东方出现天启般光辉,顺意先后战胜了多个部族,统一了黄河流域大片土地。秦始皇登基后,对山的奉信尊崇尤高,公元前二一九年,率领文武大臣及儒生博士七十余人,前往泰山封禅,"封"为筑土为坛祭天,"禅"为祭地,场面壮观,气势雄伟,谆谆告知天帝地神,令"六王毕、四海一"的秦人到来,天下已经是他们的,百姓是秦国的,上天认可,保佑国泰民安。巍峨入云,支撑苍天的大山令人顶礼膜拜,祭祀天帝地神渐渐成为历代帝王的"专利"和标志。继后的汉武帝、隋文帝、唐高宗、唐玄宗、宋真宗多位皇帝到过泰山封禅。清乾隆潇洒一生,十一次朝拜泰山。

敬奉山,"天地可呈祥瑞",是古人对自然界很多现象未认识,不能准确把握的一种"祭天告地"活动,同时也表达了对大自然的虔诚和恭敬。

智者乐水,仁者乐山。儒学先祖孔子是最早登上泰山的圣贤,明代《泰山志》曰:"泰山胜迹,孔子称首。"孔子开了文人登泰山的先河,那时泰山乱石嶙峋,沟谷纵横,草木葳蕤,中路未开,于山下往上眺,重峦叠嶂,云雾缭绕,高峻莫测,不知往上走会到达哪个地方。如果说世界上第一个吃螃蟹的人是英雄,那么孔子亦称得上英雄。孔子登山的线路尚不明确,或许与后来开出的路基本一致,中路以上少有人迹,要数天披荆斩棘,一边登攀,一边开路。后人根据《孟子》记载,设置了孔子登山标志:一为山顶玉皇阁"孔子小天下"处,二为天街东侧"望昊胜绩"处,三为山下红门"孔子登临处"。

孔子一生在外游历三十年,登过不少山,登山必有感必有赋，尔后出了"登高必赋"的成语，"登东山而小鲁，登泰山而小天下"，一个至高境界的感悟，让后人感悟了两千多年。其表述泰山之高伟，更指人的眼界、视点要不断寻求突破，用超然物外的心境去观看世界的变幻纷扰，亦是对人生的新领悟。孟子解释，眼界高的人志大，眼界小的人则心小，乃是孔子登泰山的正式记载，亦为历代文人名士不可缺少的生活内容，并蔓延为流传久远的文化风光。

"一山一圣贤"。泰山于孔子是一座崇高的丰碑，而泰山因了孔子，成为后人心中一座永久的丰碑，一轮照亮古今的明月。

扯远了，回来。感谢先圣先贤，把他们和人世间的智慧与思想注入大山里，积淀成为光芒四射的历史文化瑰宝；成为后人向往那座山的理由。人们说，"行万里路，读万卷书"，这"路"也应该包括"山路"，一座风光秀丽、文化积厚的山，不亚于一座名城。

似乎与远方有约，九十年代初我第一次出远门登山，是泰山。上午九时到达山脚景区入口处，心里兴奋不用说，第一感觉泰山崔嵬峻峭，像一位胸怀无限宽广的巨人，拥抱接纳数以万计来自四面八方的游客。我们似乎有点儿遗憾，按领队主意，从中天门乘缆车上山，没能与上山石级路的景物见面，没有体验到登石级的劳累和兴致。而我们还是没有放过机会，在穿梭的轿厢里，从俯视角度观看山峰、怪石、苍松、深涧幽谷、拾级而上的行人，看见十八盘像一条灰白大蟒，匍匐在山峡当中。

记忆尤深的是"天街"，横在海拔一千五百多米高的街市，具备了游人吃、住、玩、用的一切所需。站在"孔子小天下"的玉皇阁处，放眼远眺，耸立的群峰像一团团泥墩，小的像泥丸，在深蓝的天空映衬下，一片苍茫，"会当凌绝顶，一览众山小"

的视觉直扑过来,一种"尊者"的自豪感油然而生,心灵似被一种气场带到一个崇高境界。也因此,我登山来了一个崖式突破,登山的兴趣不断往上跃。

说巧也巧,两年后参加一个在泰安举行的全国研讨会,再次有机会登泰山。这次与两位来自四川、陕西的同行做了山水约定,不乘缆车,走人造石级上山。

乘车至中天门,在此拾磴而上。其时行人不少,路显得拥挤。有些人已经很疲乏,看来是一早从山脚上来,踏了一万多级石阶;一群年轻人山雀一样往上冲,喊着几句流行歌,把上年纪的游客甩在后面;几位挑着东西的挑夫和抬着载人轿子的轿夫也走得快,脚步像机械似的有节奏,不知哪儿来的力气。我喜欢看两边的景物,有意识把标志性的怪石、松树、沟谷、石碑收进脑壳,这样似乎可以减少肢体疲乏。但半个小时后,四川那位同行还是累了,叹两声,一屁股坐到石阶侧边,歇一会儿继续走。路上不时见到坐在旁边或倚在石栏上的人,看样子有的赖在那里不想走了。

我们互相鼓励,把登山的兴趣提起来,但还是累得不行,脚开始发软,坐在路边石块上。上来三个挑着沉沉担子的大汉,通体黑红,后面有四个抬着两架空轿子的轿夫,看了我们一眼,有意把我们抬上山去,价钱一人一百五十元。我们似乎马上受到了激励,还想,每人都有一双脚,躺在别人肩上被扛上山顶,不是莫大的耻辱吗?谢绝轿夫的好心,鼓足勇气往上爬。前面两位老大爷特强,有说有笑,拾级脚步轻快,穿花一般超过一群人。我们跟在他们后面,学着他们的样子登级。"十八盘!"有人叫了一声。抬眼望,前上方的石壁上挂着一道天梯,因为陡且窄,人们只能有序地首脚相接,一级一级攀上去。两侧崖壁斜出的老松树,扭着身子朝这边张望,像在给登山人加油,有几棵还摆出一副自得其乐、潇洒自如的模样。那些断崖幽谷,看了也让人提神鼓气。

终于上去了,心像一只奔跑的小鹿,双脚发抖。而到了此刻,人们都不停歇,边走边把气调匀,到了天街上,个个轻松愉快,像平日走在街市一样。

两位同行兴奋不已,拍了许多照片。因前次有了经历,我自觉充当导游,陪同他们游览各个景点。

但有一个遗憾,是替别人遗憾,一位同事前晚喝了酒,竟放弃了这次登泰山。从南到北,到了泰山脚,却轻易丢了这个大好机会,不是遗憾吗?第二天,人们把话题扯到登泰山,他竟茫然无所语。或者于他,登不登山也无所谓。

尔后也明白,"山高人为峰"是强勇者的豪言。爱上登山是人生一件大幸事,登上一座山,就是对人生的一次充电,一次挑战,挑战多了,境界自然升华。而芸芸众生,有些人终生对登山没有兴趣,望见山峰心就生畏。如此天生,无可厚非。

近年,人们发现家乡一座山顶上有特别风光,此山叫鸡笼顶山,绵亘南北,主峰海拔一千二百米,南段山上隐藏着我国南方大陆纬度最低、海拔最高、面积最大的天然草甸,无须到内蒙古,可以观赏到草原的华美。草甸北侧一块锅状山地,生长着数百棵二百多年的野生杜鹃,每年四月末五月初,杜鹃花盛开时,景色像想象中的天庭一样美丽迷人;中段数座相互呼应的山峰,形似鸡笼,草植被,是体力旺盛登山者的征服对象和挑战场地;北向主峰像一个巨大金字塔,上面数块巨石突兀成一景,是冒险者的巅峰,登上去,可手摸流云,一览众山。

登山者发现山上这些稀罕景物后,借助网络把照片传播出去，代这座山向远方发出召唤。周边县市登山者逆水顺水，窄路陡路，翻山过岗涌向此山。尔后，茂名、湛江、阳江、珠三角等地驴友远足而至。

此山是一座"净山"，自然、生态、新鲜，没有人砌石级和栈道，没有任何人造景观，有的地方甚至没有路。按正常登山方式，到达观赏草甸、杜鹃花、主峰阳元石等景物，需要一整天时间。

就这样一座山，让无数登山爱好者动念，除了观赏景物，还特意为登山而来，有的人登了一次，还要登第二次。

"会当凌绝顶，一览众山小"是一种崇高境界，与永远止于山脚者云泥之别。人的一生能够登上几座山，这是一个不好回答的问题，或许到了生命尽头那天，才会交出一个近乎准确的答案……三座，三十座，三百座，数据多少，完全取决于一个人的追求与造化。

第六辑　白云生处

她间或会抬头望一望棚架上的绿苗,用手牵扯一下伸出外边的苗尖,此刻她心情愉悦,随着那眉眸一闪,泛红的脸上乍现一笑。不知道她想到了什么。"喜而不语"的微笑,与透着绿光的叶子相辉映,为这片茁壮的百香果增添了一份神秘、一抹美丽。

——《扶贫纪事》

扶贫纪事

一连几天,我和村代表在丈量一块给扶贫户种植百香果的坡地。最后一天中午经过村子,被一位村人叫住了,是一位尚且年轻的妇女,站在一间平房前面的桃树下,双眼闪着光芒,叫我时声调稍显拘谨,还有点儿羞涩。

我挂着扶贫第一书记职务,驻村两个月,几乎进过所有村子,地名叫矿桥的这个村子是扶贫重点村,进过三次,见过大人小孩。她这么一叫,自然引起我的注意,不由得止住脚步:

"嫂子,有什么事吗?"我还不知道她姓名,姑且称她嫂子。她看了我一眼,微低下头:"岑书记,我家也想种百香果……"显然接着还想说什么,但她隐住了。

村支部和扶贫工作组原则帮助扶贫户种植百香果,这些扶贫户是经过工作人员反复进村入户调查确定的,至于再安排非扶贫对象,我一时拿不定,只好说让我回去考虑。

"我家也想种百香果。"一句看似平常的话,发自一位年轻母亲的心,与孩子那种渴求目光连在一起,在我心里引起共鸣和想象……回去路上,一直思量着。

其实，她早已盯上了我这个第一书记，都怪我这双眼笨。走着，忽然想起上次站在人面树下的那个女人就是她。那天我和二十多户扶贫户及村代表在晒场上商量发展种养业，大家讨论得正热烈时，北端树冠下出现一位妇女，似刚从村外一个地方回来，把背着的一捆带根茎的东西搁在石头堆上，"偷"看似的朝这边望来。我正在回答群众提出的问题，或者有所觉察，她眼睛发出的光芒不时朝这边飞过来一点儿……但我一直忽视，只把她看作是对这个场面好奇的村里人，同时还有一位母亲和两位老奶奶带着几个孩子在那儿玩。

第二天在支部和扶贫工作组联会上，我把这位妇女提出帮扶她种植百香果的事让大家讨论，最后同意将她家"例外"列入这批帮扶对象。

我知道她心急，而我心也有点儿急。次日上午，我朝村子走去，要把这个消息告诉她，顺便了解一下她家的情况。

她家在村子南边，和旧村地密集房子隔两口池塘和一个晒场，一间一层平房，好像不够完善，外墙没有上灰浆，露出大小长短不一的红砖，砖缝长着青苔，前檐阶地两侧叠着几大捆干柴，背后一座大石山，杂树藤蔓向房子上空伸出。这样的房子在村里排不上等级，但也不能列入危房或无房户那种。

到家门口，两扇木门敞开，走出来两只公鸡。我叫了声"格兰"，这个名字是昨天村干部告诉我的，我说出这间小平房的位置及模样，大家就知道是她。她从屋里出来，见到我，似乎感到意外，一边寒暄，一边从屋里搬出木凳子让我坐，又回去取出一个暖水壶，给我倒一碗温开水。她穿一件已经褪色的淡黄半袖衬衣，双手失去同龄女人的柔嫩，手指稍粗，有几处正在脱皮，脸上过多的雀斑，让人想到她平日的辛劳和操心，好在一双眼睛还特别灵捷、清亮，证明是一位二十七八岁的母亲。我把村支部和扶贫工作组同意支持她家种植百香果的消息告诉她，她眼睛忽然亮起来，很柔很清晰的声音从略显瘦小的身板中发出来："啊啊！我谢谢你们了，我永远记住你们的好心！"我发现她微微发黄的瞳仁里，源源不断发散出一股温和而感激的气息。

一位陌生人和母亲交谈，惊动了在屋侧一棵树下玩耍的两个孩子，他们停止了逮蜻蜓、捉蜗牛动作，朝家门走回来，见到我，幼稚的脸庞出现近似惊愕的表情。看样子，大的姐姐约六岁，弟弟约三岁，都瞪着大眼睛盯着我，似乎要从我身上发现点儿什么，令我有点儿不自在。好在母亲细心，走过去对他们说了几句我听不懂的本地话，孩子点着头，很乖地跑回原来的地方玩开了。

我不时嗅到一股浓郁的植物味，判断是从门口和窗子散发出来的，此刻太阳正猛，屋顶和四墙已经被烤热，这不由得使我对屋里产生了兴趣。话题结束，我有意要探一下情况。

屋里暗黑，还有点儿潮湿，厅里一张矮小的方桌子和几张小木凳，靠墙一个压板构造的柜子，已经脱漆开裂，上面摆着一台蒙了尘灰的小电视机和其他物品。右边的房间没有门，吊着的一块灰布拉开一半，里面杂乱。她掀起门帘，让我进去，发现中间支着一个两层的木架，上面搁着一捆捆根根藤藤，黄的，白的，绿的，有些还带着尖尖长长的叶子，一种混杂的草药味直抵心肺。四个角落处所剩空间大些，放着铁锨、铁锹、竹箩、竹箕、扁担、木桶、瓷罐……还有两双穿了洞的布鞋和手套。前些时候，听说周遭几个村子的人有采挖野生药材的习惯，今天所见果然。

我不认识这些药材，但我装出有见识的样子，问她药材的来源、价格，她似尴尬了。我也不好意思，觉得不应问这些，因为刚见面，还不了解。但她很快打破了这气氛，指着那些药材，逐一告诉我那是五指毛桃，那是牛大力，那是土茯苓，那是石斛，那是金银花……都是在山上采挖的，石斛贵些，干货二百多元一斤，其他的随市随意，便宜也卖。

门口响起了孩子叫妈妈的声音，他手里捉住一只螳螂走进来，说是他和姐姐逮到的，要妈妈用一根线绑在它脖子上玩放牛……

这个小插曲，成了我离开她家的理由。

后来，我几次听到村里人说起采挖药材一事，还见过一些人家在门前晒药材，也就对此事做过了解。

这块最偏远的地方属典型喀斯特地貌，藏着腐殖土的山头，葳蕤生香，常年长着多种野生药材。前几年土药材好销，村里出现了采挖药材热，一些人家把此当作一条生活门路。但山再大，也抵不住人们天天刨挖，周遭所有山头都被踏过几遍，多高的山峰也有人爬上过，现在已经很难找到这些药材了。格兰还常常想着那些可以弥补生活的藤藤根根，隔天上山一次，大半天背着几捆"山珍"下山，每次回到家门，汗渍得头发又湿又乱，身上沾满泥巴和叶屑，刺破的手脚扎着布带。今年，许多人上山半天空手下来，她仍然能够背回些山货，村里人看着，对她又敬佩，又同情。

我对村里人也很同情，特别是对贫困家庭，没有理由对他们采挖药材说三道四，反之还从中看到了他们对生活的强烈欲望。而又在想，偏远贫困的山区都有一个"通病"，人们思想相对闭塞，眼光短浅，见到有一点儿好处就"抢"就"挤"，完了什么都没有了。所以"输血"不是长久之计,"造血"才是改变现状的根本,未来的日子才会变得有脸有光。这次精准扶贫跟以往不同,就是重视培育"造血工程"。村里的百香果项目,是从几个项目中选定的,半农半商,投入少,易管理,产量高,见效快,新苗种植八个月可挂果。

跟村里的扶贫户家人一来二往,大家渐渐成了熟人,对格兰,有时会跟她说句笑话,逗逗她的孩子。我觉得,后来跟她相遇,听她说话时再没有以前那种不自在,年轻的母亲,一位善良而勤劳的女性。

不到三十岁的格兰,不像村里一些妇女那样聒噪、多事,野雀子一样叽叽喳喳,她沉实、自信、做事利索、有头有尾,对未来生活抱着很大希望。我发现,自从那天分到一块种植百香果的地后,她脸上开始亮了起来,像一片乌云被扯开,露出了阳光的天空。那几天天气晴好,她一个人在斩草、锄地、起垄,偶尔在合适情形下,同邻近的村人说些开心话。看她一个人干得累,有人做完自己的,会主动过来帮她。

然而,在格兰多次出现在那块荒坡地时,村里有些人开始把闲碎话语绕到她身上。有人还向我道出了她丈夫的事:

"那贱骨头梁九变成了赌鬼,背上一箩赌债,跑到外地躲起来了。"

"一直不回家?"

"敢回家,有人等着剥他的皮。连父亲都气得从不理他。"

刚听到令我心里发颤。才觉得,格兰进入我的视野后,偶尔发现她的脸掠过一丝愁绪。在我的印象中,她丈夫一直在外面做事,所以不好多问。

她出生长大在大竹沟村,与现在的村子隔一座山,走路一趟要两个小时。因父亲早逝,家里只有母亲和一个哥,读完初中她就回家劳动,十七八岁已经懂得干各种农活儿。接着那几年,四邻村子出现了外出打工热,年轻人大多出去了,她还没有这个打算。而一个偶然机会,邻居一位外出打工妹仔春节回家,邀她上县城,碰到县里有劳务招聘会,她试着报了名,后来到了珠三角一间电子厂务工。

跟丈夫梁九认识是一次同乡聚会。那时,厂里一位技术员对她有意思,家在工厂附近,有幢新楼房,常常有意无意接近格兰,几次请她吃夜宵,一起逛超市。而那时梁九对她频频示好,紧追不舍。在需要做出选择时,她反复思量过,觉得还是在家乡生活一辈子好,因为自己从小少出门,难以习惯外面的世界,加之母亲体弱,又常闹情绪。她渐渐疏远了那位技术员,跟梁九越行越密近。

恋爱半年,春节前结婚,结婚不久,格兰怀上孩子,一切都正常而又适合程序。不久她辞工回家,梁九跟着回去。虽然村子贫困,家里几乎一无所有,但格兰的想象是美好的,相信未来靠她和丈夫的双手,靠她从小学到的种养本领,能够建立一个幸福家庭。她建议拆掉了旧瓦房,盖起了一间一层平房。虽然房子矮,看似一户穷人家,但格兰不计较,计较的是三五年后有了钱再续建。

当时格兰和丈夫手上还有些钱,已经商量好,准备将这些钱投入搞种养。然而,种养没搞成,梁九却染上了赌瘾。

那段时间,梁九整天不在家,有时凌晨一两点钟回来,蒙头就睡,起来时无精打采,未几,有摩托车开到屋前,载着他往村外飞。有时,会把一叠钱放到格兰床前的木柜上,格兰以为他与人合伙做生意,也就不多问了。直到有一天,听见村里传闻,才知道丈夫和邻村一伙人去邻县一个小镇参加聚赌。

赌博害己害人害家。格兰心里难受，一天深夜梁九回来，格兰当着他的面连骂带劝两个钟头，把那叠钱给了他，说不能受用这样来的钱。梁九还是怕格兰的，支支吾吾半天，说以后收手。可在家待了几天，说有事又出去了。不两天，村里传出他继续赌博，并且输光了，还欠着别人的赌债。

格兰心像刀割，隐隐感到事情的严重。

不久，村里一夜不见了十多只鸡鸭，人们怀疑是梁九和外地人合伙偷走了，真是应了"一鸡衰，百鸡锥"这句老话。丈夫真的如此着了魔？格兰心痛得无法忍受，夜晚在家暗暗流泪。之后，梁九一直无踪无影，人说是躲赌债去了。

村里人憎恶梁九赌博做贼，也对格兰另眼相看。有些人认为她家有"毒"，平时会串门的几个女人好久不过来了；有些好事者在她背后叽叽喳喳，话语难听；有个光棍儿对她不怀好意地笑着说："你当初嫁给我就好了，我的洞房比你的好得多……"她不愠不恼，脸一红，走远了。两个孩子的母亲，身体柔软而结实，虽没有摇摆招展，还是让一些男人看傻了。

是的，"心由己主，命由己立"，痛苦快乐，一念之间。命运把她变成了一棵小草，生长在山上石头夹缝中的一棵小草，面对的是凌风暴雨的摧折。不晓得格兰是否为自己当初在婚姻大事上的选择而后悔。但我看她是那种"嫁猪随猪，嫁狗随狗"的女人，非常温顺，非常坚韧。她不认为丈夫坏得无药可救，天天盼他回心转意，而痛恨的是外面吹来的赌博风。

一场大雨过后，太阳当空，把已经起了垄的那片果园地烤得冒起一缕缕白气。订购的第一批果苗回来了，格兰被列入首批领取名单。领到果苗的人挑着往地里走，没有领到的围着村干部问这问那，样子着急。其实是拉果苗的车子不大，路途较远，第二批次日可到。因为以往没种过这种果，我们从县里请来两位技术员到现场指导，传授各个阶段的栽培知识。在所有人中，格兰最年轻，还以为她不谙农事，她听了技术员的指导后，地垄大小长短、苗子行距、开穴回土、浇水定根，样样在行，连技术员都赞她是个种植好手。

我敬佩村里人的力量，同时也看到他们对种植百香果寄托的厚望。一片长久丢荒的坡地，土质坚硬，长满了杂树芒茅，没有使用任何机械，靠一人一镰把大小树木、野草、藤蔓斩掉，一锄一锄把土翻过来，打碎，清草根，起垄，开沟。昔日无人问津的荒野，变成了令人瞩目的果园。而在周遭十多里，没有这样集中成片、似模似样的果园。

七八天，满园果苗长出了新叶，杯口大的叶片晶莹透明，阳光下看到有规则的叶脉，苗尖弯弯，嫩如露珠。对这样的小苗，人们呵护有加，天天在垄间"巡视"，捉蜗牛、青虫，新垦的地多虫子，雨水过后，各种虫蛆从地里钻出来，爬到叶子上，这时是捉它们的最佳时机。那些草头香有了机会也疯长，要及早除掉，免得影响幼苗生长。

一个月后，苗子长到两尺多长，翘起的苗尖摇摇摆摆，像要抓到什么。人们赶着用树枝、竹竿搭起棚架。根系吸收到基肥的青苗生长非常厉害，长了眼睛似的，又像有神力，找到枝干后，不断螺旋式往上爬，棚有多高，就上多高，然后在棚顶分出枝条，向四周延伸，条条蔓蔓，像编织一张大网，一棵就能占据十多平方米空间，两三棵藤苗叶子交织重叠在一起，包括空间一大片，等到叶子浓密时，一派生机勃勃。

扶贫有如春风化雨。村里人从此看到了希望，看到了作为。

我常会到园里察看，几次看见格兰和村人在除草、施肥。她间或会抬头望一望棚架上的苗，用手牵扯一下伸出外边的苗尖，此刻她心情愉悦，随着那眉眸一闪，泛红的脸上乍现一笑。不知道她想到了什么。"喜而不语"的微笑，与泛着绿光的叶子相辉映，为这片茁壮的百香果增添了一份神秘、一抹美丽。

春节过后，大地吐故纳新。我回到村里，按计划走访一些特困户。经过村前那座小山冈时，特地绕过去，看看"基地"的百香果。

半个月过去，棚架上果苗密密蓬蓬的，向前长了一截，再过一个月就会开花结果。因这段时间没下雨，人们在忙着用引来的山坑水浇果地。格兰的那片地还湿润，估计昨天已经浇过了。

中午路过格兰家，她正在门前削果菜，绾起头发很精神，见到我，一边寒暄一边从屋里端出一盆年糕给我吃。两个孩子身上的衣服都是新的，应该是格兰给他们过年的最大礼物。我按照村里习惯给两位孩子一个小"利市"，格兰十分感激，教孩子对我做出恭贺和感谢姿势。

我想简单问两句她丈夫的情况，春节有没有回家，但马上觉得不对，隐而不问。而我一直在想，作为扶贫村第一责任人，必须去帮助她丈夫，帮助格兰，尽管比帮助她种植百香果难，还是要去做，无论结果怎样。

为了谁

端午节傍晚,天边的红霞给这座国际级大都市抹上的辉光渐渐消退,楼宇密集的地方已经亮起了灯,马路上车流如河,行人匆匆而过。

饭后,我从小区后面出去到附近一个广场散步,经过门口通道,忽然有人同我打招呼,声音似曾熟悉。是他,一个我偶然认识不久的外省人,和妻子及两个男子,在门前一张小桌子上吃晚饭。

或许是从事过多年新闻工作,一种习惯让我靠近他们。老张,先前只知道他的姓,以一种超乎城市人的热情,拉过来一张小木凳,拭去木板上的灰尘,让我坐下,还倒了一杯酒,递给我一双木筷,要我加入他们小小的"饭局"。

热情难却,我坐了下来。他显然成了这块小地方的主人,怕我尴尬,向我介绍,对面两位是他的老乡,干的工作跟他一样,今天是端午节,城里人不干事,他们没事干,约老乡过来"小酌"。菜是妻子用电热锅做的,还从店里买了一盒猪脚、一盒盐焗鸡。印象中,平时他们都在街边吃快餐,今晚算是"丰盛"了。

背后是一幢三层"石米楼",已经拆了一半,一层那小间是老张的"家"。十多平方米空间，说不上什么布置，也无须布置。一张简陋木床，两张木凳，一张小方桌，昏暗的墙角堆放着板车、木桶、绳索、铁铲等劳动和生活用具。就这样一个窝家，供晚上歇息。四周是高拔如虹的小区楼宇。看着人与人、楼与楼，不同的际遇，不同的身份，让人由衷感慨，小人物的世界，酸的更酸，低的更低，一生也攀不上楼宇的层次。这又怎能唤醒那种流行在都市的近乎麻木的感知？我出身低微，父母是农民，也干过农活儿，现在虽然借居城市，而身上仍有许多与老张他们相似的东西。也正如此，我有天生的理由去接近他们，了解他们更多的生活际遇。

这顿"小酌"对于他们是难得的，值得收进脑壳里。第二天一早，他们就会安心地回到那个"岗位"，一个小区围墙外行道旁，坐在紧贴墙壁的木椅上，陪着的是一块压板，上面写着极其认真但仍歪歪扭扭的字：搬河沙、打地面、清淤泥、搬砖头、修马桶、扇墙灰、打墙洞、搬家具、疏通下水道、打扫卫生……还有一架收折起的平板车和铁铲、扁担、钢钎。这些也算是"广告"，绝对没有视频广告那样耀眼，但还是要天天放在那里，证明他们的身份、职业和许多人所不具备的力量。

我认识老张，是年头一次换房搬家具。在这样高密度的都市里，换房搬家的人多。四年前已搬过一次，是请了搬家公司。这次因为不远，并且有巷道相通，不阻碍交通，和家人商定请打散工的人帮忙，价钱也便宜，是搬家公司的一半还少。我在附近小区转了一圈，很快找到了这对夫妇。他没有多讲价钱，用背、扛、抬、拉，几趟就搬完全部家具。我很满意，多给了二百元，他十分感激，说只有我这种人才理解他们，以后会记得我。

一次交往相识，之后多次出入相见和短暂一两句交谈，渐渐成了"相熟"。我也开始自觉关注他们。

老张像对信任的熟人那样,向我道出了他的一些身世。他是河南人,家里有两个儿子、一个老母亲,儿子在读中学。之前一直在家种地,五年前村里大部分土地因搞开发被征收了。没地种,没收入,连糊口都难,最后只好选择外出。因没有其他技能,只能打散工,原先试着在本省一座城市四处碰,两个月后找到像今天这样的散工。当时他一心想着儿子读书,有了一些收入后,才保证儿子不辍学,也能解决老母亲的生活所需。尔后那座城市适合他干的活儿越来越少,决定南下到这座大都市。好在有老乡帮忙,几经周折找到这活儿。两年后,妻子从家里过来。

跟老张谈起时,他对在大城市打这些散杂工颇有感受,家乡天高地阔,自己的活儿自己做主,累了可随时歇息,中午天气闷热可停下,早晚多干些。到了城市就不同,要看别人眼色,按别人主意去做。搬家具如果没有电梯,冰箱、洗衣机、桌子全靠背、扛、抬,上上下下,累得难受。他向我讲述这些时,说一个老乡去年帮人背家具上下五层楼,把腰弄伤了,休养一个月还干不了活儿,只好回家。拆墙皮打地板也不好干,限制特别多,只能在上班时间干,不准开窗,闭在房间里打钻,闷热噪声不用说,那些飞溅起的灰尘就够受,戴了口罩,半天下来,喉咙干涩得要出火,耳朵、眼睛可以掏出一把泥尘;打扫卫生更受气,主人要求苛刻,不满意要返工,不然就扣钱;挑沙上楼累得无法说,有时真想丢下担子跑回老家。

打这种散工收入几何,我不清楚,也不好直接问他。估计应该还可以,否则,不会天天守在那里,画地为牢。老张说他家乡一个村子就有十多户人家外出干这活儿。这也不怪,稍为留意,在别的地方也会发现老张的"同行"。比如地铁口,桥头侧,小区外围巷角,有的聚在一张石桌上打牌,有的在树下打瞌睡,有的坐在石基上闲聊。一旦有人走过去,他们立即放下手里的玩意儿或从假睡中翻起身,呼啦一下围上来,"老板打地板吗?""老板搬家吗?""老板通下水道吗?"每双眼睛都一样挂着期待和疑惑。而往往,他们当中,只有少数人能够干上活儿。由于活少,有的人几天没活儿干,就用降低价钱来抢活儿。如此弄不好,会发生争吵,甚至肢体接触。

近段时间,我有更多机会在城市游走,也许是认识老张的缘故,每到一处都有一种意识提醒我去发现他们。当看到相似的身影,就想走过去,像见了老张那样同他们打招呼,问一些他们的情况,但还是不敢……在生出这种意念时,还有一种莫名的顾虑。然而,还是觉得,写作者也同哲学家一样,要让思想落地,必须看清生活和社会真相。这第一要义应是学会与谦卑的劳动者交流,从底层群体中找出准备的答案。

散落于城市各个角落的这类人有多少,来自多少个地方,不好臆断。从直观来看,他们身世一样,都是"城市过客""都市农人",脸孔一样黑红,手脚一样粗糙,一样有家庭。命运是这么相似:失去土地,生活于贫困乡村,外出谋生,依附于他们几代人完全不沾边的陌生城市,干着别人不想干、无法干、干不了的重活儿、脏活儿、险活儿。对于他们,这些经历似乎是一种被动,一种无奈。其实他们早已知道,祖祖辈辈以土地为生,到了他们这一代离开土地,不会有好的命运。我经过一些公共场所,常发现有人在露天地板上铺上一张破垫,在那儿度过一个夜晚。这些人,是不是老张他们闯进都市之初的写照?

他们不像年轻人那样,在都市里挑战自我,挥洒青春,证明自己的价值,寻找人生定位。于这个大千世界,他们走到哪里,都是如此渺小,是一生颠簸中的一粒尘埃,也是一生中无数心跳的延续。他们的目标和愿望朴素而单一,就是挣点儿钱,无论付出多少。干一番事业,创造财富,不是他们所想。

老张还算好,有妻子在身边做帮手。他很体贴妻子,觉得妻子跟他出来受委屈,一个人能干的活儿不叫妻子,让她在"家"做饭、洗衣,收集别人丢出的纸箱、塑料瓶之类可回收垃圾。妻子也最懂他,干完活儿晚上回去,看见他累的样子,知道他哪里酸痛,帮他按摩、拍打、涂药水,打水给他泡脚。那些孤身一人的,有活儿干就好过,没活儿干就聚在一起打牌。他说一个老乡一次被别人叫去打牌,把两个月的血汗钱输掉了,后悔得两天不吃不睡,好在还不迷失,离开了那群人到别的地方找活干。

我知道,他们对生活要求甚低,身份和工作注定要吃盒饭。中午歇下来,吃完饭,喝下两杯水,胃腹就踏实。帮人家搬家,主人丢掉一些旧衣服,他们觉得那些衣服还好,丢了可惜,会从中拣些出来穿。平时不敢逛街,不敢出去吃夜宵,白天太热,就到旁边小店买来冰棍儿降温。没活儿干时,倚坐于桥头、巷角,除了穿梭的汽车、高跟鞋、手提包匆匆而过,没有人会回头看他们一眼,世界的排列,把他们远远甩在后面,按在了最偏角的地方。

我问老张,天天这样辛劳,有没有过开心时候?他对我笑笑,用一句老话作答:人非草木,孰能无情。丢家丢里到此,就是为了后代。晚上回来,坐在门前歇息,看见对面大楼里家家户户亮着灯,传出孩子的读书声、唱歌声,就会不由得想起家,想到远隔千里的孩子。如果说最高兴最开心的时刻,那是手机微信里显示的金额积到一定数额时,拨通在校读书孩子的手机,说几句,一按把每月固定的钱转到他们微信里,或者与他们通话时,儿女说一声爸妈辛苦了，爸妈注意身体，好想念爸妈。

这些肺腑之言，让我看到，他们本色还在，并没有因为自己的低微而颓废，也没有被灯红酒绿、五彩缤纷的都市浪潮所淹没，依然是一个辛勤的农民，一个有大山一样厚爱的父亲，一个不失初衷的丈夫，一位扛得起山的男人。老张说那位被人拉去打牌输得一干二净的老乡，后来学会了批腻子、油墙漆，活路畅通，今年叫来家乡几位叔侄入伙，他做了"小老板"。

我明白，他们的一切都是那么朴实、客观，既为小家，又为大家，亦为国家，宁愿自己今天多流汗，也不愿孩子将来像自己这样流汗。多么伟大的父母，多么宽广的胸怀，多么无私的品质。

前两天接到老张一个电话，十分高兴地向我送来一个好消息，他第二个儿子高考成绩出来了，达到了省内一本分数线。儿子报告这消息，让他兴奋得整夜不入眠。他打算过几天回趟老家，同儿子一起分享快乐时刻。

茫茫人海，相识是缘，我祝福他，一切都好。

人与江

我人生的大半个旅程,除了在家乡那座恒定不变的马腰山,就是滋养万物、奔流至海不复回的漠阳江。

记得刚懂事那两年,父亲常常捎回一些与山有关的事和物,比如石壁上那片沉寂多年的杜鹃开了花,今年会是一个好时年;今天上午人们在山坑口捉到两只偷鸡的黄鼠狼;有时从山上砍下一捆篱竹扛回家,上面夹着一把熟得红透的山果子,或者衣兜里装着两只可爱的小鹩哥。

真正跟父亲第一次上山,是六岁那年秋冬。父亲割鸡藤,我在茂密的树林里钻了半天,摘了两口袋野果子,认识了哪些野果子可以吃,哪些不能吃,见到各种各样的鸟和它们筑在树上的巢。岂料从此,对山产生了兴趣,时不时同村里几位玩伴钻进去,最初几次在半山腰以下范围,之后越爬越高,横径越宽。一次,摘满两袋野果子,拉着旁边树枝往上爬,到达大人说起的那块蟾蜍石,坐于其上,慢慢享受果子的美味。不知为啥,坐在那块顶着蓝天的石头上,总爱远眺四方,发现远近景物那么新奇,西面山头起起伏伏,连绵至远,间或有村舍、田畴、一段小河，南面是脚下蜿蜒而去的山体，东面铺展着一片旷阔的土地，一条江流把土地一分为二，最远处一座大山与我们村的山隔空对望。

我更喜欢朝东放目，凝望村里人常说的而许多孩子未曾接触到的那条江，后来知道叫漠阳江，像一条白丝带飘落大地，蜿蜒向南，上面帆影点点。那时候还不懂画境之美，而如梦如幻的江影，令少年浮想联翩，心像小鹿在奔跑。多少年后想想，身上那种久不泯灭的向往远方的意趣，是从坐在那块蟾蜍石朝东张望时燃起的，一发如江流不可遏止，甚至把少年引入了自恋式的飘飘然的境界，直至几十年后的今天，梦境中仍会再现当年见到那条江的景象。那时不知世界之大，几乎未曾走出村里人日常活动和劳作的村地，心里想象的远方肯定不是省城、北京、上海森林似的人类之城，它是有形而不定形的，可能是离开家乡而外的旁边有一条河流的一座小城，铺满阳光的海边沙滩，一片地貌多样的山地，或者是一个缥缈不定的虚幻场景——这大概是出生于山村而未涉足外面世界的孩子所共有的一种向往远方的欲望与遐想。

其实，我们村子离漠阳江不远，一片耕地从村前一直向东铺展至江边，五六公里，其间有两条往江流去的小河，几条被竹林树木围蔽的村庄，大体属于江流域，可以说与江为邻。那时村里人在聊天儿时常会说到这条江，原来我们的太祖与它有渊源，是因了这条江，才有马腰山下源源的子嗣，之后从外乡嫁到村里的婶嫂都与这条江有密切关系。

我跟寻过族谱，祖先先前居住于二百公里以外一个叫"三埠"的水乡，后因战乱不休，乡人纷纷外逃。我们的祖先选择往众多荒野的西南逃，携男带女，步行十多天，翻过无数座山，涉过一条条大小溪河，一直没有落脚，抵达现在的漠阳江上游已经精疲力竭,而后租一条木船顺流而下,至一段开阔江面,江水缓缓向东折出一个弯,此刻祖先似乎得到仙人指点,眼前一亮,在右边一个叫"白鹅墩"的地方上岸,然后举步往西,至一座山下止脚,于此结庐,垦荒种地,繁衍生息。家乡那座山从远看似一匹向北奔驰的马,"马腰山"的名字是不是祖先起的未做考究。于此看,我们岑氏与江结缘已久,江边叫"白鹅墩"的土坡至今保留着一座完好的太祖坟墓,族人每年都拜祭。江于大人不陌生,在江边村子出生长大的姑娘,有不少嫁到我们村里。

在正式接触大江之前,村里每代孩子都像我这样,凭借故乡那座山,眺望大江。长大后沿着江边的路走出去,乡愁牵引着他们从遥远的地方起程,踏着熟悉的听得见江涛声响的乡道回到故土。

真正零距离接触漠阳江是十二岁那年一个夏日,挑着两捆干柴到江边集市卖。那时身体已经长了点力气,但从家到圩市有一段路程,好在村里一位大嫂同行,帮我挑了半截路。我把柴挑到圩巷口一棵映树下,那儿摆着好几担柴捆,几位买柴人在旁边转着瞅,与卖者论价。听说,买柴的大多是疍家人,他们岸上没有居所,没有地田,靠一条船运输为生,一家大小终年缩宿在船舱里,历史原因限制他们不能上岸砍柴,做饭用的柴基本要买。我的柴是村背山上砍的黄牛木杆和樟树根,劈碎,晒干,留有浓郁的香樟味。一位戴着宽檐儿竹帽的女人朝我这边走过来,她身坯很大,比我们村婶嫂都大,目光从我身上溜转到柴捆子上。我没有像旁人那样跟她论价,她出口说三分钱一斤,不容思量,我立即答应,因为之前我见过两位伯伯的都是这个价钱,虽然我的柴比他们的好。

我挑起柴,跟在她背后,辗转穿过横直几条巷子,出到江边。她叫码头那边一个人拿杆秤过来称柴，五十二斤。她两只大手轻松地提起两捆柴，朝通往船的搭板走去，我才判定她是疍家人。但我没有过多留意她和那条船，因为手里攥着她给的一元五角六分钱，加上袋里原有的五角钱，是以往未曾拥有的数额，高兴得心里怦怦跳。

我站在江边一棵叶子又大又密的树下愣了一会儿，忽然一股热熟的麦香味扑进鼻腔，味蕾马上被打开，同时一个封存已久的欲念跳出来：美美地吃上顿面包。麦香味是从一间伸出的平房窗户跑出来的，进去那间大屋是饭堂。我穿过一条窄巷，有点儿大摇大摆，自如自得地走进饭厅，买了两个共三角钱的大肉包和一个五分钱的大馒头。又回到原来的地方，一口一口地咬吃，肉麦混合的香味令我陷入一种莫名其妙的陶醉状态：我真好，我真好，真幸福。但又为好玩伴文仔感到遗憾，前天晚上约好一同来的，第二天一早他却跟母亲去了外婆家。

包子馒头全落到肚里，饱腹感往上溢，精气神马上回来。我还不想回家，或者忘记了回家，溜达了一段，又回来，坐在一段残断的石阶上，把双脚放到河水里。旁边人们上上下下，打水、洗手、拉尿，根本没有人理我，或者没发现我。而我，人小小，目光在沙滩、江面一遍遍漫游，东思西想。

江边的建筑已经破旧，看似杂乱无章，却各有其秩序，有其存在的理由。太阳照得灿亮的江流，两岸狭长的沙滩，远处的山峰是底色，三十多条头向岸边的疍家船排列在一起，篷背一律灰色，直棱棱的桅杆指向天空，每条船都由绑在岸上石柱的缆绳拉住，一块块踏板从船舷斜伸到岸地，船上的人行走于上面如履平地。向江里伸的渡口石基上聚着一大堆人；码头泊着两条船，人们忙着从船上卸下一包包沉重的货物；菜行的行人不多，几位卖菜老者在大声聊天儿；设在两堵旧墙角的简便处不时有人进出。

最吸引我的是江里的船。一条船躺在那里显得孤独，几十条连在一起，舷挨舷，江水托起一个有声有势的天地。船是走水路的，那时还不知道这些船从何处来，要到哪里去，也不晓得这条江从哪里来，上有多长，下有多长，只听大人说过江的先源是大山里一条涓涓之流，出来不断接纳，越走越大，以江的浩然流过无数村庄地缘，最后在很远的地方归入大海。细看，发现每条船的分布基本一样，十多米长，尾部为货物舱，中部是我们所说的床铺，朝岸的头部是灶厨。不时有男男女女在船上行走，从船尾到船头，从一条船过到另一条船，衣服大体灰黑色，手粗，腰壮短，脚微拱，肩膀肌肉发达，特别是妇女，一边屁股就能坐满一张板凳。忽然看到先前同我交易的那个女人，蹲在船头，把柴头一块一块铺开晒太阳。那些柴我已经晒了十多天，特干，不知道她为什么还要晒，我心里怪她多事。她背后的小灶生着火，大股灰烟从斜伸出外面的瓦筒喷出。我看见她将一大截番薯塞进嘴里，又拿一个盆子从江里打上水，倒进铁锅里煮东西。一个与我年龄相仿的女孩子从船舱里出来，蹲在舷边的木板上拉尿，尿水飞落到江里，发出哗哗的响声，羞得我把脸转过了背后。我们村的男孩子有时会排在池塘基上往水里拉尿，看谁尿得远，很有玩味，但女孩子就不敢这样随便。而人家船上那女孩是纯拉尿，一点儿不以为意，拉完了提上裤子，回到舱里。后来我知道，船上本来没有拉的地方，那样拉或许是习惯，不仅孩子拉，大人也会拉，不过大人有所讲究，可能在夜间。我还看见五个比我小的男孩子赤裸身子从船上跳进水里，有两个较小的肩上系着浮水葫芦。看着他们在江里玩得欢，我心里痒痒的，但我克制住了，怕清幽不见底的江水，怕自己受不了沉在江里，虽然常在村里池塘玩,有过几年浮水龄,是潜泳好手。

我不知道这些船停过后会往哪里去,会运载些什么。后来明白,原来大江流域水路运输比陆路发达,中上游江段游泊着六百多条船,比各类汽车数量多得多。船只不分昼夜穿行于江中,几个公社的粮仓建在江边上,一年两造的爱国粮、公余粮基本靠船运载到县城或其他地方,又运来农村种植所需的大量磷肥、尿素、氨水等。

太阳过了顶,我想起要回家,但忽然又决定到沙滩上走走。细细的沙软软的、暖暖的,脚印深深浅浅,重重叠叠。一位大人挑着东西,带着两个孩子,从渡口下来,斜线往岸走,我跟过去,学着两个孩子的姿势行走,不像,他们脚步轻松自如,自己脚板浮浮,用力不协调,一会儿落在后面,心里只好自叹不如……

第一次"涉江"是我一个人,村里没有谁知道。那天装进脑袋里的新奇趣事,日渐变旧。多年后想起,觉得当年能够有那份耐心和兴趣去观察,去尝试,要感谢自己,其对一个少年精神世界多少有拓宽作用。

十多天后,我和文仔约好,再去那段江边玩,单是玩,不挑柴去,因为我仍有一元二角"私己钱"。但老天一连几天降暴雨,我们在家檐口下望着雨水等,等到的是大涝水。以往隔两三年都会出现一次涝水,可没这次的大,村子前望去一片白茫茫。白茫茫之下有一片片水稻、花生、黄豆等作物,低处几条村庄被浸淹,有的只露出几片鳞瓦,那儿好几户人家连夜搬着家什到我们村的亲戚家,江边上那条圩街,房屋剩下半截白墙,像浮在水上的塔子。

雨停后,涝水仍在,计划泡了汤。我决定到涝水边玩玩,上午邀上文仔、针仔跑出去，行走在弯弯曲曲的水湄线上，踢着一圈圈涌动波浪。水边积起一堆堆水泡，还有被风浪冲来的许多杂物，蛇鼠蛙随处可见。少年不知世间愁。我们用棍打开水泡和树叶，捡拾那些认为有用的小瓶子、小木凳、葫芦仔，全然没想到水下倒伏的庄稼在呜咽，被淹的村子人家的酸楚。对于从大江涌上来的大涝水，人们是无奈的，不会骂江河作怪，而是怨老天，江河自古以来就是那么大，那么长，老天深高得不可测，脾气怪得不可捉摸。遇上一场大涝，就算那年倒霉，粮食严重失收，次年出现饥荒。

往年浸大涝有飞机过来投放救灾物资，在涝水上面盘旋一圈，然后降低高度，把一包包东西投落到草坡上，多数是大米，亦有饼干、衣物。这些物资本来是给涝水围困村子群众的，但人都走了，四周水汪汪。听到隆隆声音，人们跑到涝水边观望，看见飞机打开尾窗掉包裹，捡到物资的人算幸运，但不能独吞，大队干部早知此事，会按上面的要求分发给灾民。那天我们在涝水边玩了大半天，要是飞机来投放东西，会是第一时间捡到的，可是它没有来，一直都没来。

尔后，我涉江的机会多了，因为几个亲戚的家都在隔江那边的山脚下，一年会相互往来几次。那年春节跟母亲去探舅舅，到渡口搭船过去。到江边，我恍然一惊讶，一个冬季让大江的脸变得那样枯瘦，远近露出一个个草坡似的沙滩，船退到了最低处，像一条条水牛在低头喝水，全然没有了夏秋季的威势；由沙包垒起的渡头长长的，伸到江心，渡船转摆转摆就靠了对岸。撑渡人是个脸庞干瘦而黑红的中年汉子，他就那般"眼利"，来来往往那么多人，刚踏上船就认出我们是"外人"，外人是要收搭渡钱的，只收单程，每人一角，我也到了要收钱的年龄。

倒是沙滩对我有吸引力。兴许是年节，行走沙滩的人都挑挑提提，大多是走亲戚和趁圩的，一步一摇，不紧不慢，像一群首尾相接的蚂蚁在搬东西。前面一位挑着一担小竹箩的老人走着走着就脱出来，坐到侧边沙滩上吃米糍，他好像认识我母亲，笑着想同母亲打招呼，但母亲似乎不在意。忽然一个激灵，我冲出行人群，在旁边走，边踢着沙玩。一个与我同高比我稍胖的男孩跑过来，和我并着走，一时跳下一个沙窿，一时蹭平一个小沙堆，嘻嘻哈哈，像在跟沙子做游戏，渐渐偏离了大人行走路线，前面沙滩延伸到江的拐弯处。两只大黄狗像一阵风，向远处飘去，留下几行不规整的脚印。我们跑到一个没人行的沙滩上，踩出的足印深深浅浅，弯弯曲曲，回头看，明净的沙滩上仿佛留着两个雄性少年跳脱的身影。分别，互相通了姓名，而后很快忘了。

十四岁，我和文仔酝酿出一个大计划：上县城。这个计划的诞生与之前的涉江有密切关联，它教一个少年在某方面出现了早熟，精神向往的翅膀越飞越远。

县城在北面，距家乡十五公里，有两条路可到达，一条横过村子前面的沙土公路，一条漠阳江水道。那时候县城对村里人的实际作用不大，上过城的人不多。早初步行公路或搭班车，但班车少，有时一天就两趟，后来有人搭疍家船。三思之后，我和文仔决定搭船走水路，因为是秋天，公路上浮着一层厚厚的干沙尘，北风刮过，一团团砸向路两侧，庄稼、草木蒙上一层黄白灰尘，要是有汽车驶过，扬起的沙尘像长龙，逼得行人捂鼻蒙头退到路边，回到村里灰头垢脸不像人。吃的尘土多了，人们想到了水路，想到载货物往返县城与小圩的疍家船。疍家人脑筋一转，认为多少有点儿赚，于是向岸上人敞开"顺风船"。

那天我和文仔一早出门，肩上挂着一个装有一条米粽和一把木柄开合小刀的布袋，赶到以往涉江的那个埠头。果然有两条载满货物的船要上县城。给了钱，上了船。男船主问我们是否晕船，是否吃了东西，我们说不晕船，不饿。船上没有其他人，我们被安置在船头一块木板上坐。船主在一处踩动一个木轮，帆徐徐向上打开。好大一面帆，有遮天蔽日之势。不知怎么，觉得原来没有风，帆升起后，风就来了，把帆鼓得满满的，我们身边也有凉风流过。男人解开绑在岸上石柱的绳缆，跳上船，用篙竹顶着岸边，喝一声，沉重的船缓缓离开埠头，向北驶去。

　　我判断这条船是一家五口，各有岗位。父亲和大儿子各在一边船舷踏板上，负责撑船，长长的篙竹插到江里，一端顶在胸肩上，斜着身子，用力一步一步向后走，到尾端拔起篙竹，退回到船头。这样反反复复，用脚板一遍遍量着那块本来不长的舷板，量着江水的长度；妻子立在船尾，右手掌着舵把，眼睛盯着前方水面，还时不时看看舷上的撑篙人。他们有时会对话几句：水蛟湾，扳右，扳右……锁牛墩，风转雨……似懂非懂，其实是在互相提醒注意，像开汽车那样避开障碍；两位比我们小的女孩盘坐在昏暗的舱里，慢慢吃着干薯片，静默得像两只小猫。

　　这是逆水行船，不进则退，过了一片长着草木的土坡，南风忽然大起来，听见高帆上的呼呼声，他们不怎么用力，船亦能够往上行。我和文仔没乘过汽车，不知那种感觉怎样，第一次乘这样的船，感觉真爽，船像一只逆水游动的大肥鹅，两侧的水微微破开，听得见船底擦过流水的响声；两岸的树木、土坡、沙滩、村屋，还有天上的云块，平平缓缓地向背后走去。我们身上流动着一种未曾有过的悠然移动快感。

　　我心里很兴奋，从"楼上楼下电灯电话"引出想象县城街道、车站、大百货店、大饭店的模样，以及那些富有优越感的

"街哥""街姐"的衣着。忽然,出事了,船在一个转弯的水道上打转,整条船在摇晃。他们惊叫起来:大风,刹风,回帆,落锚,右撑篙……帆落下来,船不晃了,但还不听使唤,向右转动,"唰"的一声,搁浅在一个沙滩上,不动了。他们的脸都变成了铁青色。原来,东面远处下雨,一阵意料不及的短时大风找到江面猛刮过来,让他们措手不及。还好,船没怎么样,只是被沙紧紧吻住了。父亲和儿子跳下沙滩,试图用肩膀顶船舷,母亲在那头用篙撑,喊出一阵阵用力的声音,满脸烈红。哪能动摇得了沉重大船,只有江水汩汩流过。过了好一会儿,他们带着歉意走过来,叫我和文仔落船,退给我们每人五角钱,我们不要,他们抓住我们的手,硬给了,说船暂时不能走,已经有了一半路程,叫我们沿着左岸走,江边上有个高塔那里是县城。

上了岸,还不想走,想着能怎样帮他们。如果是在陆上手推车、牛车陷下了坑,我们可以去推,去顶,可这江里不同,在乡村嗅牛粪长大的孩子对江里的活儿一窍不通。他们忙过,上了船,立在舷上远远地望着上下江面,看来在想办法,或等候过往的船家帮忙。看着他们无奈的样子,我心尖儿颤了一下:漂在水上过日子不容易啊!遇到这样的不测,他们内心是否怨这条江,怨河神,喟叹生活的辛酸?或许,他们全不怨,全不怪,祖先把他们的命运和这条江绑在了一起,江永远是他们生活的依靠。如果把一条江看成有生命的个体,那么载起的船永远在它心里,蛋家人经受的风风雨雨、酸甜苦辣,江全知道。唯有行船和生活的遭遇与不测,才能让他们变得铁骨铮铮,滋长出倔强意气,才叫一个完整的蛋家人的生活。

我和文仔把那条船甩在后面,沿着岸上的芒草地高一脚低一脚往上走。经过一个村子,发现前面有"拉纤"。在叙述这个场面时，我忽然想起一首歌谣："妹妹你坐船头，哥哥在岸上走，恩恩爱爱，纤绳荡悠悠……"词作者想象浪漫而文艺，与我见到的纤夫拉纤景况云泥之别。两位拉纤的男人身材高大，上身赤裸，体肤棕黑，腰系一条汗布，长裤扎脚，勒在胸肩上的粗纤斜拉在江面，一头系着船上的木桩，两位妇女吃力地撑篙竹，一个女孩在船头烧着炉子。我们走到他们旁边，他们好像没发现似的，或者那时候已经不把旁人看在眼里。"哼——唷，哼——唷"，似吟哦，又似大吼。张开嘴鼻喷出的是力化作的粗气，每移动两步叫喊一声，脖颈和肩膀隆起一条条一块块筋肌，紧绷的纤绳扫过江面，压过岸上一片片草秆，发出叮嘣叮嘣的响声。当然，恩恩爱爱，夫妻同心，无可比拟，不然船就不能逆流而上。那一刻，我觉得天是不测的，江是宏伟的，船是渺小的，人是倔强的。他们前进一步都艰难，要坚持半天，真是不敢想象。后来知道，他们船上都配有帆，熟悉不同季节和不同天气风在每段江上的线路、大小，调整好船和帆的角度，巧借风力推助，有多个江段不用拉纤。

在没有多少路的岸边行走不容易，一片野芒，一块庄稼，一道沟渠，手脚几处被芒叶割伤，而想到疍家人拉纤的艰辛，觉得自己这点儿伤痛不算什么。不知过了多久，江面宽了许多，村子前有路伸到江边，还看见远处东岸山上有一个灰褐色的塔和一众楼房，判断那是县城。穿过几条村子和一片菜地，到达县城江段西岸，两边码头泊着许多船和大群人，原来隔侧正在修筑过江桥梁。我们跟着一帮人搭渡船过东岸，城区在那边。

两纵三横交叉着几条街，大片两层的楼房，仅有几幢较高的楼都是一副鹤立鸡群骄傲的样子，街道比家乡的圩街要宽得多，长得多，行人多得多。我和文仔觉得陌生又新奇，不论走到哪里，东瞧瞧，西望望，寻找"楼上楼下，电灯电话"的感觉。街道有电灯，一条铁杆竖起，上面戴着一顶白帽子，一个小碗大灯泡，可惜大白天见不到大放光华的景象。我们辗转撞到了车站，大厅天花板上吊着一串灯泡，发出炫目的橙黄色亮光，几排木凳上坐满了人，背后一块空地停着几辆"白背篷"班车。

电影院也在大街上，门口很宽，四扇木门关着，从门缝往里瞧，正在放电影，暗黑中闪着银幕的光。中午到了一个叫"牛皮塘"的地方，池塘四周长着几棵大映树和杧果树，侧边一个球场，几个孩子在打篮球。我们坐在球场边的树下，吃着带来的米粽当午餐，之后买一瓶汽水喝了。大街基本逛过，小街小巷不想逛，再回到最热闹的红旗路，喜欢看那些穿工作服结队在街上行走的工人，喜欢看百货店里白白净净、脸带笑容的售货员，每个人与我们乡下人都不同，县城的街道有县城的面貌，县城的人有县城的表情，与公社的圩街可不一样。一直溜到下午，去到车站，买到增开班车票，搭渡船过到西岸，再乘"白背篷"班车回到村口。

岁月如梭，沧海桑田，这座漠阳江边县城昔日的模样，深深印在脑海里。

长大后，我懂得了这条江和它连着这块土地的一些知识，中上游大名叫阳春，下游叫阳江。阳春的名字为南北朝梁普通年间（520—527）废莫阳县所称的阳春县，取"漠水之阳，四季如春"之意。地势西北高，东南低，一江从北偏西流向南偏东，东面南北走向的大露山主脉和余脉，与西面同样南北走向的云雾山主脉和诸山地，构成以漠阳江流域为中心的狭长低洼地带——阳春盆地。近乎封闭的地形，就成一个草木丰茂、春意盎然的自然环境，同时也就形成历史上阳春人口繁衍相对较慢，经济生活落后的状况。南宋文学家、爱国名臣胡铨一年夏日沿漠阳江逆流而上，一路见到的都是河流溪涧、野岭荒坡、树木花草，有感而发"路入阳春境，杳然非世间"。于此看出历史上这块土地人烟稀落，那时只有几千户，大多散落在江两岸。元代以后，东南沿海一带战乱频发，包括一些客家望族和一批普通人家开始西迁。作为粤西地的阳春开始接纳客家文化与生产方式，漠阳江无疑成为文化传播与交融的重要纽带。迁徙的客家人从漠阳江下游溯江而上，至中游又沿着各条支流继续向西走，相信有水必有山，必有好地方，最终落脚溪流淙淙的山脚，安居生息，一直保留着原有的血脉和习俗，以至形成了如今仍然明显的一江之隔两片地带两种语言特征——西面"客家语体"和东面"白话语体"。两种语体人生活习俗差异较大，平时交流也存在一定语言障碍。似乎经过迁徙颠簸的客家人更聪明，更热情，很快学会听说白话，主动与先前生活在这块地的人家打交道，主动适应山区的生活。

人生就这么巧，一九八三年在外地读书毕业，学校动员学生去西北地区援疆，我没去成，最后分配回到曾经向往的县城。我很快安下心来，想自己一生离不开江河，命里的"八字"缺水。

县城不大，工作单位离漠阳江不远，门前一条街直到江边。那时单身一人，空闲时喜欢到江边逛。以前到过江边，多年后再来，江还是那条江，但江里江岸有了较大变化，一排旧瓦屋和不多的楼房墙连墙，檐挨檐，改造成了商铺、饭店，门口对着"河皮街"。三六九"圩日"，会集着来自四面八方的群众和小贩，人多得摩肩接踵，近一千米长河岸成了"大杂烩"，是县城最繁闹的地方。其实，历史上这里一直热闹，小城早期的瓦铺街、灯笼街都建在江边，人们所需的粮食、日用品都从江边码头上来，又有许多物品从码头下到船里。我常到那儿挤是喜欢凑热闹,喜欢看来自东南西北人的脸谱,听不同的语言,还喜欢从多得眼花的小摊中拣些自己心仪的东西,如小刀、皮带、茶壶、竹篮、竹椅、小古玩。

江上聚集的船逐日增多,是水道出现萎缩后,疍家人把它们从上下一百多公里江道撑过来的,泊在东西两岸,灰蓬蓬的一大片,船头的一半搁在沙土上,船舱内里空空,像无数张开的嘴巴对着小城,似在呼叫什么,又在等待什么。它们的主人已经一早上了岸,做某些岸上人不愿做的重活儿,晚上带些东西回来,否则,人和船会饿着。

有人把这些船看作一道风景构成物,忽视了它们挤集于江面上暗示着已经发生的变化和其他意义,多次徘徊于江边,找到一个最佳位置,等到傍晚时,把摄影机镜头对到江上,拍下一幅幅夕阳西下余晖映照漠阳江和疍家船的风物照,还竟然获得市级摄影大赛奖。

也有人怀着理性心里看这些疍家船。过去货上货下,货出货进,活跃风行于江河水道上,俨然一支庞大的运输生力军。随着陆路运输迅猛发展,似乎应了"三十年河东,三十年河西"这句老话,与刘禹锡的"风行草偃,其势必然"。看着它们像一群靠了岸的河蟹,把几根脚爪伸到滩上,隐隐感到它们一个时代已经结束,面临着的是另一种投靠和选择。

以物喻人,所述无非是疍家人的命运状况。而我,因少时多次接触他们,对他们遭遇多少存在同情心。他们过去更长的历史我不清楚,而我心里却常想:同在一方天空,同处一块土地,同吸一样空气,同饮一江水,一线之隔的疍家人与岸上人就有那么大差异。如果说平时赤脚、戴宽檐儿竹帽、穿黑色麻布阔脚宽袖衫裤是他们的习俗和生活所需，还可以理解，但他们世世代代对岸上的人和事物存在敬畏、拘谨、陌生心理，以至上岸走路低头，孤独沉默，做事中规中矩，仿佛陆地是别人的，连陆上的空气都是别人的，这些乃非习俗所使然，已经是完全失去了驾船江河乘风破浪的气度。对于这种心态，在还未找到让人可信的依据去解释时，还是以哲人的观点审视之：存在乃客观，变化是规律，过去他们或许不是这样，是江河与陆地的差异在一代代人身上泅出的结果。而随着社会的不断发展，一切都会改变，就像一棵老竹子，被捣烂，腐化后变成纯净而白亮的纸页。若如此，否极泰来，他们将会以一个新的面貌出现在社会上。

二十世纪八十年代中后期是机遇年代，一批批有志年轻人随机走进城里，街上出现一群烫发和穿着时尚的青年，仿佛一道亮丽风景，吸引着众人眼球。城里人迅速增多，娱乐的地方少，于是人们的目光开始转移到江上——县团组织一举打破这条江长久的沉寂，开辟全新的"漠江夜游"。

两条较大的疍家船被改装一新，加载了机动螺旋桨，木板构成两层，配贴上花膜、彩带、灯光、音响，犹如江上浮着的楼阁，流溢出的光华，姿姿势势。那种光华，只属于那个时期。

晚上八时半，受邀的一百多位青年聚集到江边，我也有幸加入到这个"青年军"中。许多没有受邀的人也赶过来，但因船小拥挤，只能隔岸观望。

别具一格的两条船一前一后，顺水往五公里一个未命名的小岛行驶。突突的机声和节奏强劲的时代曲交杂在一起，彼起此伏，随着飒飒的夜风，跃上亮起灯火的两岸，直驱小巷深处。人们从中感受到改革开放的春风越吹越劲，沐浴着大地每个角落，小城将迎来一个巨大的变化。

这个夜游活动看似简单,却荡着时代范儿之风,组织者和参与者自有一种身份和荣誉的自豪感。它先轰动了整座县城,再鼓动江边几个镇,一批青年闻风而动,花半天时间赶到县城,亲身感受夜游的氛围。那些已具生意头脑的人思维一转,在夜游船到来前赶到小岛上,备好一串串牛肉、羊肉、鸡翅、腊肠,生起烧烤炭炉,肉食饮料很快销空。

活动一直延续了一个秋季。之后,一些脑洞大开之人,租几条船拼在一起装修成"水上酒店""水上餐馆"。晚上江面灯火炽亮,在浮于水面的桌子上吃饭喝酒,新潮,风浪一来,连体船一摇一摇,别有一番新趣味。这段江从此热起来了。

之所以思维常常顺着江流往下漂,是因为中下游与我的人生大事密切相关。

父亲的一生在漠阳江西地度过,母亲出生长大于漠阳江东地。她一次跟我说,年轻时经媒人牵线,与父亲在江渡头一处认识,多次双目往来,心领神会,志同道合。一条大江从身旁流过,这是大半个世纪之前发生在江边与我们兄妹有天缘关系的事情。

无须深入调查,你认识的相当部分家庭的前辈后代都与江河攀在一起。到了我当婚之年,认识的那位姑娘眼睛特别水灵,具有水陆兼备的气质。随她辗转到她出生的村子,村名叫"新埠",埠与江河密不可分,那儿已属于漠阳江下游,江面开阔,往下几公里筑起一座很大的拦河坝,名曰"双捷陂",为阳江地界。我在村子四周遛了一遍,发现宅舍其实是建在河滩上,与滔滔江水一堤之隔,门前屋后挖下两尺就是沙,耕地全是砂质土,典型的江河冲积层……她父母有慧眼,见过几次就看清我踏实、能干的脾性,一次在江边小镇共进"午餐"时,欣然同意我们的亲事。那时，大江从小镇南侧流过，也从我们身边流过。

结婚后，少不了一年要几次探亲。对于我，这竟成了一个考验。于江南边的小村离县城四十多公里，除了县城有两座跨江桥外，往下中游没有任何可通行的桥梁，班车每天只有两趟开往中途小镇，从小镇那儿，有断断续续的土路通往四周村子，没有可认定的路通往妻子出生的那片滩地。好在，那时有两条铁壳机船往返这段江。

我和妻子选择了水路，但要搭上一趟船也不容易，天一亮就有许多人挤在码头，又要限载。妻子只好拿出本事，叫镇里的熟人预订"船票"。

那时孩子还未出生，我背着两个包，又提着两个包，和妻子提前赶到码头，来回还算好。孩子出生后情形就不同，要带的东西多，有时班车到镇里就不走了，只得背着孩子，提着大包小包匆匆赶往三公里处的码头，生怕船开走。有几次为了乘上回城那班车，众人都往车门挤，我们怕挤痛孩子，同车上熟人打招呼，把孩子从车窗放进去……现在想起来，那时探一次亲确实"艰辛"。也许我和妻子出生就注定具有一种"遇难则强"的心理，或者一直有某种动力在牵引着，没有因此而怨艾一声，也没有少探一次亲。

漠阳江进入省和国家版图后，潭水河、下双河、西山河、情人河、高流河等多条支流也获得专家认证。那些年我以县城为中心，利用假日从江边向通往外面的公路出行，线路大多是弯弯曲曲勉强可行车的村道，也始终离不开溪河，有时穿过一架简易桥；有时与溪流交叉重叠，车子轧着水行走；有时穿过一片葱茏得带有野性的庄稼地，边缘是袅起炊烟的村舍，哗啦啦的水流声不绝于耳，大自然的新奇景象令人神清气爽。有几次一直往上溯，最后到达一条小溪的所在，甚至是最末梢。那不是世界的边缘，一座很大的分水岭，恰是大自然阐明自身的地方。

西山河为十多条支流中最大的，从西面一座与邻县交界的分水岭下发源，流经多个镇，接纳来自新合山地、双底山地、横垌山地、花滩山地等众多溪流。那次溯源后回到镇里朋友家吃饭，他房子后面就是小河，水量不大，清凉可人，婉转自如。喝过酒后，大家热得汗水淋漓，朋友引我们到房子后面的石板上，把双脚泡到河水里，上面有清风，下面有凉水，那份爽快难以形容。时隔多年，那段小河流已化成心中一道风景。

这样往上探，发现各支流一年一年在变化，跨过溪河的水泥钢筋桥洞越来越多，有的地方筑起坝截水发电，有的岸长出了小集市，有的河边兴建起造纸、酿酒、木材加工等小企业，大片山林被砍，改造成大规模大名堂水果基地……在传来一个个神话似的好消息的同时，大小河流被损坏、江水受污染的消息，像涌起的波浪一堆堆推送到岸上。看着江水由清澈得像姑娘的眼睛，变成了满是黄斑的妇人脸，无不惊心。后来想到，是迅猛发展过程出现的另一种状况，似乎不可避免，也催生了人们保护自然环境、全面治理江河的意识和"既要金山银山，又要绿水青山"的观念。

江流不枯，转眼便是永恒。在写这些文字前三年，一项伟大的历史使命把我送到了漠阳江源头地——组织任命我为新时期精准扶贫驻村第一书记。

以往我到过一些江河的源头，也在文字记载中读到一些源头，一条细水从山脚流出，或从石窟里喷出一圈水，由高处往低走，近百公里甚至更长远的地方，一直没有人烟，水在荒野中穿行、山、树、草地、天空、阳光，所有的一切，静谧不语。我们这块地属于省里最大最典型的山区，七分山地三分耕地，地形地貌复杂多样。我以为漠阳江的源头也一样，上段是人烟稀少的原始山地。这是我特大的主观臆断。当从一条穿过我国大陆最南端喀斯特地带的省道下来，沿着从源头出来的溪坑旁边村道往上行时，见到的景象令我惊讶，也是对我妄断的打脸。一脉低平的山谷蜿蜒向西，两侧山头起起伏伏，路边和山脚分布着一个个俨然的村庄，袅升的炊烟在上空缭绕；长长弯弯的梯田大小不一，一块块从山腰向下叠伸到溪缘，稻禾、玉米、高粱、豆子、蔬菜等作物扑面而来，给人一种清新丰厚的喜悦。

第一次"探源"，彻底抹去了之前的想象，令我眼界大开，也令我信心大增。

其实，漠阳江源头的起点为云帘村之西云雾山脉五点梅脚下，这是水利专家所认证的，一堵向北伸出的高崖上凿出"漠阳江源头"五个大红字。源头延伸范围没有具体的地址和数字，而按地形来看，它从云帘出来，流经的大塘、新竹、社塘、阳三等村委会可称为源头地。它流经村子前面，有姿有势，成为村子的一个标志；流经庄稼地，人们用石块随便垒起一个"坝"，把部分水引入地里灌溉；流经低洼处，被茂密的水草覆盖得不见踪影，只听见哗啦啦的响声，穿行多座喀斯特地带岩山底部，就成了著名的"玉溪三洞"和"凌霄岩地下河"。一直走到四十多公里处的石望镇之南，才有了江河的形胜，在版图中叫漠阳江。江由北向南流去，一路闪耀着绿莹莹的水色，与通天蜡烛、云灵山、崆峒山、鹦鹉山等众多山峰恢宏辉映，绽放出明珠般光芒，春湾、合水、春城、马水、岗美几个镇，因此而璀璨丽致。

我对源头的兴趣一直保持很久，除了工作需要走村过寨调查情况，安贫抚困，还于假日带着另一种意图和心情游玩源头，与一草一木、一涧一溪、一石一崖亲密接触，感受源头宁静清纯的生态之美。

那次与城里来的朋友一起沿着溪流往上溯，弯来转去，或踩着村里人踩出的黄泥小径，或蹚过一段溪与路重合的水面，或穿过树枝藤蔓构成的绿色隧道……到山根，却蒙住了，进入了村人平时少活动的地方，一大片茂密且高的芒藤挡住了去路，水从地面淌过来。停脚辨认一会儿，然后绕过一个矮冈，找到那道水，沿着铺满卵石的小溪往上探，爬上一个石坎，发现前面一条小瀑布和一个丈多宽的石潭。潭四周有石块可让人坐下歇息，上面崖壁托出的枝叶蔽合成荫。我们在潭边驻足，凝神而动情地观赏那道小瀑布。它从上面一个缺口出来，以跳跃的姿势落到潭里，涌起一团团泡珠。我们以为这就是源头的最终点，也是起点。上面为云雾山北段一个大窝，主峰海拔过千米。周遭的山体忠诚地履行造物主的爱意，终年管护和滋养源头，小心翼翼把土地里、石缝间冒出的众多涓流捧在手心里，又把它们送到群山环抱的低谷处，聚成一道有形有声有势的小瀑布，使得这里成为漠阳江的制高点。

从那里出来，辗转于山坡、田野、村庄，深感源头不凡。高峻的山体，碧绿的树林，众多的溪流，参与了对源头的形塑，固守着深沉、朴素、自然的气质。它们是扎根这块土地上的一道道护身符，源头人最永久最丰富的血脉在这儿生长、延续、轮回，命运在角角落落的屋檐下潜伏，日子在生活的手心里循环往复。

由源头衍生的这条江，亦有了母亲的美称。它确实古老，于三亿年前漫长的地壳大运动过程中形成，专家考证东畔春湾的牛窿山洞古遗址和西畔陂面独石仔古遗址，二万五千年前已有人类在漠阳江流域生活。近乎蒙昧的早期,大地食物丰富,尤其是江两岸,水丰草肥,竹木葱茏,人类在日月星辰的映照下,凭着坚忍的生命力依江而活。也证实了江河与天地同生,人类文明从河流开始的原理。

所谓"源头第一村",是指这脉山谷最南端叫木溪坑的村子,村舍新新旧旧,高高低低,错落于当地人说的"五点梅"山脚下,村人大多姓罗。早年他们祖宗于此落脚后,一代代劈山垦荒,经年累月用心血和汗水绣花一样侍弄着这片土地,生活所需的一切,可在庄稼地里、屋前屋后、山上、溪涧中得到,一年四季日子直接、新鲜,享有源头的赐赏,带着手心的温暖。家家户户像源头的万物,以情相待,和谐相处。我们拜访一位八十多岁老人,他从一间依然结实的老砖屋出来,站在门前迎接我们。他的目光依然清澈见底,看人时候脸上带着羞涩,这兴许是源头村人最原生态的表情。跟他交谈得知,他祖上九代在此地生息,过去天天跟庄稼、溪流、山林打交道,极少走出这里,县城只到过一次。这种"散漫"而"简单"的生活,使得他不善言辞,不懂寒暄,而朴实和善的心地写在脸上。他望一下屋右侧两棵龙眼树上已经成熟的果子,中断与我们交谈,把对面的孩子唤过来,摘下龙眼果给我们尝鲜,邻居几位孩子跑过来,抓起一把边吃边玩闹。"吃!吃!"他十分诚意地对我们叫着,一直倚在门旁,一副慈祥的脸容。

源头的人,源头的物,让我心动不已。另一次由村人向导,从源头第一村沿着向左分出的一道溪流西行。好不容易绕过一座怪石嶙峋、藤木丛生的山嘴。前面的景象令我惊喜:云雾山余脉之北呈现大片喀斯特地貌,高耸的山体下面是一块块田畴,变黄的稻穗与褐色山峰辉映;在土质山与岩石山之间,坐落着一座村子,全是新楼房。我们从一条沿溪边筑起的硬底化村道进去,牌坊上刻着"美丽乡村田山"。在最偏远的山旮旯,竟有如此美丽的村子,不敢相信。可眼前就是事实,一幢幢楼房高高低低,错落有致,外墙贴着时新瓷砖;巷道和门前的空坪全硬底化,旁边设起精致的绿篱和小花圃;一些人家门前停着小汽车;空地上建有文化室、篮球场、小凉亭;通往村外的水泥路装了太阳能路灯。从山里出来的一道溪环绕着村子,筑起的两道坝子把水蓄到膝高,一群群灰鸭在嬉戏,好一道亮丽的乡村自然景致。

在访问村里人时,他们说出了二十多年前村里的贫困落后状况:宅舍大多是老旧低矮砖屋,赤裸的巷道高低不平,出入行走坑坑洼洼的泥地,别说汽车,摩托车也经常摔倒,全村百分之四十人家生活在贫困线之下。为了照明,人们把一个可发电的东西安装在竹筒一端,晚上放到田坎处,让水冲转叶轮,勉强使家里一两个灯泡发亮……四年前,省里单位到此扶贫,春风化雨,彻底改变了贫困状况,昔日的村子变成了"深山奇葩"。

离开村子前,我临溪而立,望着源源流水,心里叮叮咚咚,哗啦哗啦。从这里开始,想象的翅膀跟着源流飞翔,迂回延伸,从小到大,从溪到江,一路水色青翠,两岸生机勃发。

最后,心境引领着目光回到了曾经生养过我的那座村子,那段底下压着传奇的江,陌生,新颖,神秘,可爱,一切都在江流过间变迁。

人与江的故事不会完,永远不会完。

白云生处

从一地偏小镇驱车，往西北绕行于云雾山脚溪缘一个多小时，然后弃车，往北越过一架石垒溪桥，爬上一道缓坡，看见一片片青砖墙和灰褐色鳞瓦。

这是我要走访的一个山村，在一定程度上满足了我喜欢钻山的欲望。

此前查阅地方志自然概貌，云雾山乃粤西主要山脉，从罗定市主峰绵延南去，跨越阳春、信宜、高州三市。脚下为山脉北段，众多溪涧从群山深处出去，蜿蜒向东，越走越宽，有河的雏形，人称这块山地为"北河"。外面人一提到北河，第一意识是山高水长，云雾缭绕。

因为山高水长，烟村自然稀少，这个叫双王的村子是我在山里的首遇。

站在村子前面山坡上遥望，一脉谷沟自西向东七弯八拐，听得见低处溪水穿过石缝，流过浅滩的声音；西面耸起的山呈弧形，像一道巨大的屏障拱立在苍穹下，有"一夫当关万夫莫开"之势。

作物地跟所见到的大多数山村一样，缓坡梯形田地里长着庄稼。眼前是早造作物收获期，外面的水稻、玉米、豆类已经收获完毕，这山窝或是温度低些，作物欲多点儿时间享受清凉，自个儿放慢生长速度，稻穗刚泛黄，旱地作物开始收获。村宅错落在高坡上，北侧二十多户，南侧七八户。除了三间外贴瓷砖的楼房，其余大多是青砖鳞瓦屋，有几间还上了年纪，砖缝长出绿苔，瓦面竖起茅草，一些藤类植物从墙角往上爬。如果地里没有作物，晒场上没有木耳、蘑菇等山物，坡下的土路没有人行的新足印，两棵老龙眼树下没有公鸡和母鸡的嬉戏，给人的印象是荒凉的。而我已经感到了荒凉，不过并没有影响我的兴趣，反而觉得村子有故事——每次走访偏远山村，都能得到一些收获。

与我一起进来的老陈是镇里的农办主任，当地人，口音与山里人一样，今年第二次带人进这个村子，多少对这山窝熟悉。有他在，我也淡定了。

从斜坡一条小道往上走，左边一块玉米地，玉米棒子饱饱圆圆，风带来一股清香。忽然，地里钻出一条大黄狗，对着我们狂吠，或许发现我们没有恶意，叫一阵就不叫了，摇着尾巴，眼睛很在意地盯着两位外来人。一会儿，一位老人从垄间出来，手上的篮子装着玉米棒。老陈走过去，用本地话跟老人打招呼，老人很快认出是前两个月带人进村的陈主任。陈主任向他介绍我，又向我介绍他。老人姓黄，按习惯我叫他黄伯。

黄伯对人的客气出乎意料，他又钻进玉米丛林，赶快摘满一篮玉米，说玉米是他一直保留的本地种，甜香、爽口、抵饿，回去煮熟，让我们尝鲜。

黄伯古铜色的脸布着几条大皱纹，手脚粗老，但身体硬朗，说话中气充盈。他家在一座老宅子旁边，砖墙、椽瓦面，前面一个灰砂打的晒场，场基外有两棵枝叶婆娑的龙眼树。

按意图，我是要以跟村人聊天儿的方式了解这个山窝的过去和现在的。

黄伯热情，很快把几张竹椅搬到屋前树荫下，还为我们泡了一壶热山茶。聊开不久，右侧邻居过来三位老人，黄伯称白眉的那位为三哥，称缺牙的那位为黄先，女的是三哥老婆三嫂，我也这样称呼他们。

开始我不相信他们都如此喜欢跟外人说话，在我点出一个问题后，你一言我一语，无拘无束，有时说得偏差点儿，还争论几句……村子的过去和现在逐步呈现在眼前，也从中看出他们在山窝生活几十年泅出的情感、态度和留下的印迹。

他们的话，也是前辈传下来的话，自他们的祖辈三郎公从外面沿着溪流到这里结庐定居，至今已经生衍了十一代，留下的一座老宅院还在，旁边三棵老龙眼树是那时种的，遒劲如虬，样子像祖先那样坚毅、自信。黄伯说他懂事时，这些树木是这个样子，每年都果实累累，至今羽化成了神树，是村人敬拜的对象。

他们都说这山窝好，不缺山、不缺水、不缺地，大雨不涝，旱天不旱，炎夏不热，冬天不寒，种什么得什么，生活所需的大部分能从山里和地里得到。他们记得，二十世纪一个时期山外闹饥荒，这山窝也不缺吃，一批饿人翻山越岭到此，得到村人救济，有两户人家还在此定居下来……老人话语清晰，带着山里人的纯朴意味。太阳穿过摇曳的枝叶投到地上，斑斓流彩，老人黑瘦的脸上皱纹里深深浅浅的光，随着微微摇动的头，时明时暗。那皱纹，像极了对面山壁上那片石纹，写满了岁月的沧桑和艰辛。

按思维引导或认为有依据的想象来说，这山窝的时间漫长而沉静，山外的波澜不易越过重重山峰与谷沟，搅动这方小世界，连春风、寒流霜冻都是悄悄来到这里。在山里生活久了,夜里做的梦也见到熟悉的溪流和山冈,闻到春秋的庄稼和草木之芬芳;每天太阳从东岭升起,被清风鸟鸣、狗吠鸡啼唤醒。慢悠而朴素的生活,可以没有焦虑,没有抱怨,没有企盼。

然而,世事没有恒常,时代变迁的浪潮最终波及山窝。山村从那时候开始变,变得没有什么可以阻挡,以致出现了令他们想象不到的今天景况——只有老人留守的"老人村"。

他们向我讲述了当年的变化。

变化从路开始,早年村里只有一条弯弯曲曲的山路通往外面,到镇里趁一趟圩,太阳从东岭露脸时出门,回到村里已经是落岗时候。村里人平时都很少出去,至于县城,上了年纪的老人只上过一两次。二十世纪九十年代后期修通公路,出去入来方便,多年不见面的亲戚进山来了。外地人有事没事开着摩托车进入山窝闲游,还带着生了心的年轻人往外走。

一年春节过后,从外面开进来一辆中巴车,把村里的年轻人接走了,一个很帅气的大男人说外面几家工厂大招工,要接村里的后生去当工人,包吃包住,每月能拿到一叠现钞……从此,历史在这个山窝开始进行一场无缝对接,一直沉寂的山窝像湖打开了缺口,几年间,村里的年轻人几乎都出去了,有的举家迁到了外面同宗人聚居地,搞起种养,有的到镇里购了房安家,外出了的年轻人一直恋在城里,黄伯两个儿子,一个在珠三角,一个在县城,两个女儿嫁到了外村……

按人之常情来说,当年他们的三郎公为了生活安宁,带着老少跋涉到这山窝,至今带着洗不掉血缘的后代离开了这里,老人不免有"失落"感和"不适"感。然而当我怀着一种忐忑心理问这个问题时,他们脸上的表情是淡然的,黄伯说了一句:事情过去了,都已经习惯了。此话是当真,还是无奈之后说的,无须多追问。我也在想,时代的潮流不可逆,从山沟里往外走,成了一种大趋势,挡也挡不住。我们无须找出种种理由去说"迁徙"的不是,儿子的不肖,也不要说留守老人的"顽固"。而从某种情感上说,似乎对"看家护院"的老人考虑和理解多一些……

我又问,后代在外面安了家,你们可以出去跟他们一起生活。话刚出,老人似被什么击中了,内心的平静被打破。黄伯说,前几年他们去过儿子那里,但不习惯,几天就回来了,真正要在那里住下来不容易。老人话里有了语气,从干瘪的眼帘发出的光,慢慢在村屋、山头、田地、树木间移动。

从他们的话语和变化的神态看出,对面的山坡不愿他们离开。他们的父母和祖辈走了,但没有走远,都在那边土坡上立着。黄伯说,他们习惯在每年春分拜祭亲人,平时坐在晒场围基上,抬头就能看见父母的坟,像眼睛望着这边村屋,经过坟前,都呼唤一声亲人。假若人都出去了,村子空了,前辈会成为孤魂,那怎忍心呢?

村子不愿他们离开。人在村子在。一代代人用勤劳的双手和对生活热爱的情愫,开辟、打扮家园,使之越来越亲和,越来越有家的味道。每一扇门板,每一面砖墙,每一块檐阶石,每一棵老树,都亲近得可以抚摸,可以唱歌。根和魂都在此,离开了会有一种怎样的痛苦?村子将会变成怎样?

田地离不开他们。谷沟每一块田地是村里过辈的人和活着的人一锄一锹开垦出来的,长出的作物养育了一代代人。而村里人迁走了,田地会变得很可怜,以往和人们相处得像一双手臂,这几年被丢下,长满了茅草,夜晚听得见野风带来的嘤嘤哭声。

老人说的全是"乡情",更是"乡愁",未发已发的乡愁……每一个老人身上负着一份世世代代积聚下来的乡愁，恋乡之情像溪流，源源不绝，又像山上的老藤，无时无刻不缠绵在心头，割也割不断，舍也舍不了。他们求的是生活日子平安，活出山里那些石头的样子。

太阳从叶缝直射下来，黄伯的妻子端着一竹箪煮熟的玉米过来。饱满黄净的玉米散着浓浓的甜香味，引得大家味蕾大开。吃着玉米时，从谷沟对面那边过来两个老人，提着一篮茄子、黄瓜等蔬菜，说是他们种的，吃不完，带过来给黄伯。

尔后，我们绕着生起杂草的村巷走了一圈，也许几十年前，这些房子是新的，是村庄最坚定的拥有，村人最可靠最信赖的归宿，每一堵墙，每一片瓦，每一扇门，都收藏着村人酸甜苦辣的日子，而眼前，大门紧闭，有的墙壁开了裂缝，有的鳞瓦往下塌。上了一定年纪的人都明白，村庄是凭人气活起来、旺起来的，人离开了，一切都悄悄撤退，慢慢散去，开始苍老和衰败。在村头和屋侧见到几位老人，他们都主动同我们打招呼，有的久久地盯着我们，仿佛我们成了他们的风景，而我也觉得他们是风景，山窝里耐看的风景。

告别黄伯他们，往下到谷底，我对那道溪水很感兴趣，同时想增加这次钻山的"履历"，同陈主任沿着溪边往里走。

种作物的田地大部分在村子前面和两侧土坡上，往里田地越少，作物也少，有几块旱地已经成了狗尾巴草、飞花草、黄茅草的领地，如果没有看见几段用石块筑起的地基，认不出以前是庄稼地。稍上溪底有两处横垒着一排类似水坝的散石块，应该是以前蓄水灌溉周边田地用的，不知什么时候已经弃用，如今在我们眼里是一个小景观，清澈的泉水哗哗流过石面，几只红蜻蜓背着阳光在上面嬉逐。一对灰羽高脚长颈鸟在旁边湿地觅食，行走的样子像鸵鸟。怕惊动它们,我们止住脚步,人也不动。但它们还是发现了两个长腿动物,喔呱一声飞走,拍着双翅越过高高树梢。我们觉得不好意思,一直注视着像两片云的影子向山里飘去。鸟不见了,两座山峰闯进眼帘,一座似驼峰,一座似奋飞的山鹰。

继续往里走,到达一个水潭,两丈见方,内侧和底下露出圆圆扁扁的天然石块,一股泉水从一丈多高的石面跳跃下来,发出玉珠落盘似的声音。周边草木得到丰沛水汽滋养,显得格外蓊郁,皮叶都那么水盈盈的动人。近看,潭水清亮见底,有小鱼游动,有凉风拂面。两条藤茎从高处的枝叶伸出,往下斜逸弯勾,几朵花白白亮亮,随着涌起的风一闪一闪,像小精灵在与潭水嬉戏。偶有几片阔叶落在水面上,如一叶叶扁舟在游弋。

这里不是尽头,山里还有山,还有溪,而我们不往上走了,坐在潭边石块上,清凉得全身舒爽,久久不想离去。

太阳西斜时候,天空上一片片活着的云,缓缓向西北飘动。我们离开村子,走在那条光影斑驳的土路上,心里似乎出现某种启示……不时回头望着村子灰青色的墙壁,又望一下谷沟西端最深处,脑海里相继闪出碧潭、藤花、玉米、老人的脸庞……心里想,世事变迁,彼一时,此一时,以往大批乡村青年涌向城市,以致各地出现了令人嘘叹的"老人村"。而近年又出现了城市人向往乡村,"复得返自然"的田园生活状态。在外面打拼过一番的乡村弟子,或许听见了故乡的呼唤,生出回原乡的心愿……

这是希望,但愿希望不是永久的。

大塘村的鸭

一天,在郊外一家农庄和几位朋友相聚,吃饭时一位朋友忽然对我说,什么时候带他们去大塘村吃柴火鸭,并亲眼看看那"源头鸭场"的风景。这位有"美食家"之称的胖子提出后,另三位朋友一齐盯我,翘首以盼似的等我表态。

我幡然明白,他们是想起了三个月前在这家农庄打火锅的事,那次我从距城八十多公里的漠阳江源头大塘村带回一只鸭,按照村里人的传统做法做成火锅鸭。可惜,人多就显得鸭肉少,两个回合就让锅见了底。在回味之余,他们再三说有生以来第一次尝到如此美味的"全鸭火锅"。

朋友无戏言,我立即答应,下个月中旬,秋至,是吃鸭最佳季节。

说起见识大塘村的鸭,还是一年前的事,我被组织派至偏远乡村任职,一段时间有机会关注乡村的传统特色产物。

一天假日,我有意走访位于漳阳江源头处的大塘村,因为多次听人说那里很有意思,几乎家家户户养鸭,靠鸭出名。从一段老省道出来,进入一条往西南蜿蜒延伸的村道,眼前是大片喀斯特地貌,第一次驾车行走于夹壁下窄小的山路，突然想起从四川阿坝进入九寨沟的那段路，头顶压着高耸的褐色山峰，不由得有点儿毛骨悚然……过后的景象又令我心旷神怡，耳目一新：一脉平缓的带状地一直往南，连接绵延的云雾山北段，其间田阡纵横，平畴中拔起一座座披着绿装的石山，山脚聚落着一幢幢村舍，水稻、玉米、黄瓜、白菜一片片。经过的村子，时不时见到一群鸭子在村巷迈步，在池塘戏水，好一派鱼米之乡的景象。

我要去的村子在这块谷地的最南面，也是谷地的尽头处，数十户楼房村舍错落在东南高西北低的土坡上，源源的山泉水顺着大小沟渠流过梯状作物地，流入池塘流过村庄。

第一印象，大塘村的鸭确实名不虚传，池塘、沟渠、村巷都活跃着鸭，白的、灰的、绿的、黑的、花翎的，在蹚水，在和鸡打架。一群花翎鸭特别醒目，两列纵队大摇大摆迈过晒场，还有几只黑毛鸭从田野飞回来，落在池塘里，开始还以为是什么大鸟，后村人说是番鸭。这种鸭与一般鸭不同，还保留着野鸭的飞行技能。

人们说，养家禽养猪多的村子脏且臭，外人进入难以适应。事实如此，过去我到过一些养殖多的村庄，见到猪、鸭、鸡的身子脏兮兮，沟里填积着大量粪水，整天嗅到一种难受的气味。但这里不同，沟渠、池塘一年四季流淌着山泉水，天天把鸭的身子洗得干净发亮。

我到前两个月认识的罗叔家，一幢新楼房，前面一口池塘里浮着一群灰色鸭子。等我到来，鸭子一下子集结在水中央，齐齐地举着脖子，不知是以这种举动欢迎我，还是对不熟悉的外方人的忌怕。而罗叔的身影出现在塘边时，嘟一声，鸭们就伸出脖子赶快游过来，张开扁嘴叫个不停。

我倚在池塘边围基，与罗叔聊起村子人养鸭。凭以往的经验，我以为进村辗转见到的一群群鸭就是他们的"村宝"，罗叔却说，你所见到的是村里散养的，还不能代表大塘村的鸭，还有一个养鸭"秘密基地"。于是他领着我往村外走，要看看他们的"秘密"。

村子南面是一片梯田，抽穗扬花的稻禾、玉米、豆类作物由下往上一层层铺到山脚。沿着田埂穿过绿浪漫溢的田野，再穿过一片竹林，踏上一条带状草坡，前面是云雾山余脉，从淙淙的水声知道，山脚下有一道坑溪。走近，发现坑溪边缘围着许多竹篱，二三十米一个单元，溪水里浮着一群群鸭。原来这就是他们的"秘密基地"。罗叔说这溪很长，汇集了东南侧几座山的水，围起竹篱这段大约一公里，村里大部分人家有鸭在此，春夏季多达三千只。

在此我遇到一位正在喂鸭的老人，叫罗计，七十多岁，牙口耳朵端正，脸色黑红有光泽。我走过去，发现他的鸭子一部分蹲在糠盆边，一部分落到溪里，个个体形健硕，冠红，羽毛多光泽，两翼有蓝色斑翎，深绿色脑袋一伸一缩，或扑打着翅膀，或嘎嘎大叫。

与他聊起鸭，他十分健谈，说他养了四十多年鸭，鸭是家宝，是钱柜，自孵自养，懂得各种鸭的质地，逐步优化品种。他喜欢养鸭，又喜欢吃鸭，每个月煲一锅药材鸭汤，滋补身体，今天仍有力气爬山采野生石斛，是因为多吃鸭。村里人请外来客人吃饭，莫过于柴火鸭煲了。到了夏秋季节，一只养了六七个月的鸭，加入本地山上采来的石斛、牛大力，一豆柴炭顶着锅底，四五个大汉举起酒杯，这是最雄性的场景。

问他大塘的鸭何以如此出名，他道出了几个缘由：环境是首要,地处偏远,群山环绕,溪水一年四季淌过村地,没有臭水污积,鸭子出生几天,就放到坑溪里,一生享有这里的福气,喝着山泉水长大;这片垌庄稼地面积不多,可是一年四季没闲着,种什么都丰收,鸭吃的是自产的稻谷、玉米、大豆、番薯,还吃坑溪里的螺子、虫子;村人养鸭不像其他养鸭场那样计成本,讲求经济效益,四五十天出寮,村里的鸭多达六七个月,有足够时间养蓄体内能量……

我敬佩罗计的养鸭经验,称他为"鸭司令""养鸭专家"。他显然十分高兴,换一个语调吹起他的本事,说对自家的鸭熟悉得如数家珍,有时遇大雨,一两只鸭跑过了隔离栏里,混在众多的鸭中,他能够一眼认出哪只鸭是自己的,一手把它抓出来;一只鸭是老是嫩,大概长了多少天,都能说出;闭了眼,摸一摸鸭的身子,就能知道哪只是公鸭,哪只是母鸭……

说过一大堆话后,他走到溪缘,挥动一面黄色的"号令"旗子,又轻轻地敲一下手中的钢盆子,鸭们像士兵听见号令似的,纷纷蹽上岸,来到他的跟前,伸出长长脖子同他对话。他伸手抓起一只,说至少有五斤重,下月中旬可以出寮。

看着通人意的鸭们毛色那么亮丽,样子那么可爱,真不想拔它的毛,而想一直把它养在身边。罗叔告诉我他有过这样的体验,十年前养了五只番鸭,长大后十分通解人意,早上出门列着队在地坪对着罗叔叫一会儿,然后啪地张开翅膀飞向村外的溪渠处寻食、嬉水,下午回到屋前的池塘,用又扁又长的嘴把羽毛洗得干干净净,再上到地坪晾干身子,傍晚回到笼子里。它们在村子生活了六年,最后老得走不动了,罗叔才拔了它们的毛,炖了吃。那骨肉含的营养能量,比平常的鸭要高出好几倍。

辗转村内村外,傍晚回到罗叔家,家人已经做好了一锅柴火鸭摆在饭桌上，揭开盖子，带着汤色的热气升腾，满屋都是石斛红枣柴火鸭的味道。罗叔客气地给我盛了一大碗，我喝一口汤，又夹上一块鸭肉吃起来，觉得味道比以往吃过的火锅鸭好得多。

问起鸭的价钱，是市场上"大路鸭"的三倍。一听令人咋舌，想想却觉得"货真价实"，饲养的环境和过程绝非那些大路鸭所具备。

两个星期后，特地到大塘村买了两只鸭回城，不料，中途在一个镇用餐，被朋友"截获"了一只，剩下一只当晚送到郊外那家农庄做了火锅鸭。

吃狗肉无妨

我们这块地方，或许是延续早辈的习性，或许是其他缘由，几乎打破异域的禁忌，把狗肉做成颇具特色的食物，炖、煮、烧、炆、炒一应俱全，城镇乡村长年飘着狗肉之香。

不说乡村，一个不大的县城，专营狗肉的店子不下百间，集成各地不同做法，做出各种不同味道而一样令喜好者牵肠挂肚的狗肉。

凡狗肉店大体一样，招徕顾客不靠门面装潢，靠内在的狗肉味道。一间小店，几张小方桌，一排竹椅，另一头或隔侧是简易锅灶，砧台、肉桌、橱柜，竹盏上排着加工过的狗头、狗骨、狗脚、狗腩、狗内脏。最不可思议的是竹椅，日积月累，每张都被油渍涂得乌青发亮，散发出特有的臊味，令人乍见有些尴尬。但不用担心，这些油渍成分很多是顾客带油的手和灶锅的油气涂染上去的，已经变成家具漆一样融和，不会怎么玷污衣服。有人说这是狗肉店的"专利"，顾客一进来就能产生一种融入感。油渍越明显，表明生意越旺，狗肉越好吃。而许多人不理解狗肉店为什么千篇一律坐竹椅。

狗肉店不大，专味，需要的人手不多，多数是夫妻加兄妹，厨房店面一手揽。狗肉的做法沿袭了传统而又有所创新，一般是当天做好当天卖。厨间没有隔物，公开透明，一锅带汤汁的赭色炆狗，不时地冒着热气，一进来味蕾被打开。

香气扑鼻的狗肉怎样做出来的？问老板，原来是将整条狗斩成一块块，连同胆、肝、肾、肚、肠等，倒进热油锅里，放入两斤生姜，适当的大小茴香、八角，武火爆炒，直至狗肉变微黄，腾起一股焦香，再加入水煮近一个小时，待水变成浓柔汤汁，放入腐乳、酱油，小火炆煮，便成了一锅香喷喷的"炆狗"，上碗即可食。

"清水狗"与炆狗做法不同，把一条狗分开多块，将完整的头、脚、尾龙骨、大骨、排骨、腩肉和内脏放进大锅里出一轮水，也叫"飞水"，然后倒进一个特制的大钢锅里加水熬煮。配料选北芪、党参、大枣、枸杞、生姜等，但不放油盐，熟后肉滑汤清，肉骨一块块摆在竹盏上，顾客可按需要挑选加热食用，汤水免费。

"狗肉滚三滚，神仙站不稳"。这句老话形容狗肉的味道使人不能自持，确实如此，喜好者一闻到狗肉香，就迫不及待要一吃为快。我们小城吃狗肉一般在晚上，因为一锅狗肉看似猪肉羊肉一样，独味简单，然其制作时间往往超过猪羊，吃也需要时间和闲心。似乎每个地域都有一帮"狗肉朋友"，通有"吃相"，常常邀约在一起，基本固定一两间味道切意的店子。一盆带汤汁狗腩，一副狗排，一碟青菜，一碟蒸粉，一壶烧酒。狗肉本身味道浓重，但许多人还喜欢加卜即制的辣椒酱，吃起来既刺激又痛快，一开始觉得粗声大气的，说话耿直，到了啃骨头时才发现粗中有细：手抓骨头，用牙把骨缝的肉一条条撕出来，呷一口高度白酒，狗肉的味道和酒的米香味全在嘴里，心里感觉有如神仙般快乐。

一间不起眼儿的店子，七八张桌子，几十把椅子，人多时候，脸对脸，背挨背，转身起坐有些不便，到了起兴或干杯时，各种声音大得要炸开店子。但这并不影响隔壁桌的心绪，因为狗肉店本身就是"粗"，每张桌子都有自己的氛围，就是从写字楼下来的白领女子也很快适应，毫无拘谨地坐到桌边，张口就吃，脸上洋溢着阵阵快意。但有一条不成文的约定，小孩子一般不进狗肉店，这似乎是大人不想让孩子过早沾上狗肉的臊味。

到了寒冬腊月，北风肆虐时候，狗肉店基本改成火锅吃法。其热闹程度不亚于经营鸡羊火锅的店子。推开一扇门，一头钻进去，里面热气腾腾，热情的店主立即带着一种熟悉味道上来迎接。火锅主料是当天预备好的清水狗件和汤水，可以到厨房即时点到合心水的火锅。

坊间说狗肉是穷人的人参，有一定道理，特别是火锅狗肉，有肉有骨头有药材汤水，营养丰富，清而不腻，温而不燥，多吃无妨。吃过火锅，整夜身子暖融融的，到第二天中午不吃东西也不觉得饿。有些男人特别"钟爱"狗鞭，说是"大宝"，个中缘由不用说。

"酒香不怕巷子深"是老话。狗肉亦然，除了不怕巷子深，还不怕路途远。吃狗肉的人嘴刁，总想吃到不同做法不同味道的，密识到一个地方狗肉味道特别，邀上三五个朋友，驱车到几十公里乡下吃"狗宴"。狗是本地种质，全狗做法，木柴火，铁锅头，做好后锅底留着微炭火，大锅带骨狗肉腾着热气，不像城里的狗肉经过多次加热。并且主人格外热情大方，客人可以端着盆子到锅边挑选喜欢的肉和骨头，还能喝到两壶赠送的"土炮"。这样去回吃一顿狗肉虽然耗费大些，但大家全然不计较，因为这个过程会成为一个具有美好趣味的回忆。

本地清水狗的特色做法外地没有，喜欢的朋友远道而来，设个火锅招待，朋友觉得吃法和味道很独特，下次再来，吃过还要打大包回去。

"狗肉穿肠过，佛祖心中留"，记得是电影《少林寺》一位僧人说的一句话。这位僧人行脚已久，傍晚来到一小镇已经饥肠辘辘。忽然一阵特别的香味飘过来，令他为之一颤，不由得循着香味穿过一条小巷，发现一间小店门前火灶上烹着一锅热气腾腾的狗肉。僧界本来不涉荤，特别是要远离含有"忌意"的肉。但他还是犯了戒，大碗大块地吃起来。看出僧人确实抵不住狗肉之香的诱惑，又担心过肠的狗肉捎走心中的佛祖。

僧人吃狗肉是杜撰，而现实中狗肉确实是有"忌"。有些人终生不吃狗肉，一说到狗肉，胃部立即产生一种拒绝意识，闻到狗肉味就恶心作呕。其故或许是一些人所说的狗身上藏着一些鲜为人知的东西，具有与人类相似的灵魂，能够看到世间人类永远看不见的影像，身上附有一种永远洗不掉的"邪气"。这往往引起人们的"顾忌"，特别是做生意的人，顾忌尤为明显，担心狗肉毁掉"旺气"。

又想到，古往今来，狗没有过好名声，与其成词大多带有讽刺意味，如狗眼看人低、狗屁不通、狗急跳墙、狗皮膏药、狗头军师、狗血淋头、狗仗人势。然而，那些把狗当成宠物的人，把这些都脱略了，舍得花数千元甚至上万元买回一条狗，看作朋友，看作家里成员，连快递都换成狗的名字，从相处中得到安慰和快乐。别说杀狗吃狗，弄伤了点点皮毛也心痛，死了还为它筑个坟。

吃狗肉与不吃狗肉两种人，两种心态意识，同时存在，过去有之，现在有之，都未曾见过产生冲突，吃狗肉的人不会在不吃狗肉的人面前花语引诱，更不会做出某种强迫行为；不吃狗肉的也不会对吃狗肉的说三道四，亦不会阻止。

不用多说，狗肉是可以吃的。简单点儿，狗肉于众人，就如萝卜与青菜，各有所爱，不必想得太多。